人文社科

高校学术研究论著丛刊

文化交融与碰撞视阈下的20世纪英美文学创作研究

张郭丽 著

中国书籍出版社
China Book Press

图书在版编目(CIP)数据

文化交融与碰撞视阈下的20世纪英美文学创作研究/
张郭丽著.—北京:中国书籍出版社,2019.6
ISBN 978-7-5068-7305-5

Ⅰ.①文… Ⅱ.①张… Ⅲ.①英国文学—文学创作
研究—20世纪 ②文学创作研究—美国—20世纪
Ⅳ.①I561.065 ②I712.065

中国版本图书馆CIP数据核字(2019)第112597号

文化交融与碰撞视阈下的20世纪英美文学创作研究

张郭丽 著

丛书策划 谭 鹏 武 斌
责任编辑 邹 浩
责任印制 孙马飞 马 芝
封面设计 东方美迪
出版发行 中国书籍出版社
地　　址 北京市丰台区三路居路97号(邮编:100073)
电　　话 (010)52257143(总编室) (010)52257140(发行部)
电子邮箱 chinabp@vip.sina.com
经　　销 全国新华书店
印　　刷 三河市铭浩彩色印装有限公司
开　　本 710毫米×1000毫米 1/16
印　　张 16.25
字　　数 211千字
版　　次 2020年1月第1版 2020年1月第1次印刷
书　　号 ISBN 978-7-5068-7305-5
定　　价 75.00元

目　录

绪论 …………………………………………………………… 1

第一章　20 世纪初的英国文学 ………………………………… 7

第一节　跨世纪的巨人:哈代 ………………………………… 7

第二节　传统文化的延续:爱德华时代的三巨头 ……… 13

第三节　从传统到现代的小说 ……………………………… 19

第四节　地方文化的崛起:爱尔兰文艺复兴 ………… 27

第二章　两次世界大战期间的英国文学 …………………… 32

第一节　意识流小说的高峰 ………………………………… 32

第二节　左翼文学的诞生 …………………………………… 41

第三节　社会讽刺小说的崛起 ……………………………… 45

第四节　T. S. 艾略特等人与诗剧的复兴…………………… 56

第三章　第二次世界大战后至 20 世纪 70 年代的英国文学 … 59

第一节　"愤怒的青年" ……………………………………… 59

第二节　用荒诞表现荒诞:荒诞小说的创作 ………… 68

第三节　实验主义小说的创作 ……………………………… 75

第四节　运动派诗歌的发展 ………………………………… 83

第五节　新戏运动 …………………………………………… 88

第四章　20 世纪 70 年代以后的英国文学 ……………… 94

第一节　开放格局影响下的多元化诗坛 ………………… 94

第二节　女权运动与女性文学的崛起 ………………… 100

第三节　移民文学的突起 ………………………………… 108

第五章 20世纪初的美国文学 …… 116
第一节 美国梦的幻灭:悲剧自然主义小说的创作 …… 116
第二节 逐渐与批判现实主义融合的自然主义小说 …… 121
第三节 黑幕运动的参与者:黑幕小说的创作 …… 128
第四节 地域文学中心的转移:伊迪斯·华顿、欧尼斯特·普耳等 …… 134
第五节 现代美国戏剧的缔造者:尤金·奥尼尔 …… 141

第六章 两次世界大战期间的美国文学 …… 147
第一节 美国新诗运动与意象派诗歌 …… 147
第二节 "迷惘一代"的作家探索 …… 154
第三节 黑人种族文化的兴起与哈莱姆文艺复兴 …… 161
第四节 大萧条背景下社会主义思潮的映射:左翼文学 …… 171
第五节 地域文化的崛起:南方小说 …… 176

第七章 第二次世界大战后至越南战争期间的美国文学 …… 184
第一节 黑色幽默的诞生及其文学影响 …… 185
第二节 犹太移民与美国犹太文学的兴起 …… 193
第三节 黑人种族的抗争与黑人文学的繁荣 …… 198
第四节 美国诗坛的多元化发展 …… 203
第五节 田纳西·威廉斯等人与戏剧的新发展 …… 216

第八章 越南战争以后的美国文学 …… 220
第一节 心理展现与现实描摹的融合:心理现实主义的诞生 …… 221
第二节 东西文化的碰撞:华裔小说的创作 …… 229
第三节 土著文化的变革:印第安裔小说的创作 …… 235
第四节 萨姆·谢波德等人与戏剧的多元化发展 …… 241

参考文献 …… 248

绪　论

一、文学与文化的关系

对人类学家和历史学家来说，“文化”一词包含了所有非本能的行为，是人类有意识地创造和传递的行为的总和。因此，任何通过学习得来的行为都属于文化。从其产生来看，文化是人类在社会发展的进程中创造出来的，能体现本民族、本地区特色的生活要素形态的统称，也就是说本民族、本地区的衣、食、住、行、文、物等都囊括在文化中。由于产生环境的不同，不同文化之间也具有差异性，这些各具特色的文化组合起来就构成了整个世界多元的文化氛围。而在文化中，文学总是凝聚着一个国家、地区人民的劳动与智慧，蕴含着一个国家、地区丰厚的文化，因此从古至今，不管是国内还是国外，文学都是文化重要的一个子系统。

从动态过程来看，文学不是一个自在自为的封闭系统，在不同的时期，在不同的文化环境下，文学会有不同的表现。具体来看，人类原始文化时期，文学中出现神话内容，以幻想的方式解释人与自然的关系。农耕文化时期，社会上又出现了表现农耕文化的文学作品，工业文明时期社会上出现了表现工业文明的文学内容。文学教科书中将其表述为文学的“时代性”“民族性”，它实际上是文学的“文化性”的代码用语。就文学形式来说，虽然与文化的关系不那么直接，但也同样是文化的产物，而且是更为深层内在的产物。一个民族盛行的某种文学样式，在另一个民族的文学中可能是“缺类”；某一时代风行某种文学结构，体现某种风格色彩；同是古代诗歌，古希腊和印度是鸿篇巨制，而希伯来和中国却是短章小曲。这都可以从文化上找到根源。

同时，文学把人、社会、自然作为表现对象，反映文化的内在本质，当然要求对文化做真实的记录，通过把动态发展的文化凝固成静态的物化形态，成为一种形象的文化载体，让文化得以观照自身、认识自我。我们从各民族的远古神话中，可以看到各民族早期的思维方式和文化心理，如通过《荷马史诗》，可以了解古希腊由原始社会向奴隶社会过渡时期的政治、经济、军事、家庭、风物等文化现象和深层的文化观念。当然，文学的文化载体功能不仅表现在个别作家、个别作品当中，宏观地、整体地看，我们还可以在文学中清晰、完整地看到某一民族的文化模式、文化的历史类型、文化的变迁与发展、文化冲突和交流等。

二、20世纪多元共存的文化背景

进入20世纪以来，随着现代科学以及各国交往的日益密切，不同民族、不同国家的文化交融与碰撞显得格外激烈，在这种激烈的文化交融中，多元共存的文化背景逐渐成为20世纪以来世界文化发展的主要趋势。

从世界范围看，文化的存在状态表现为多元化。文化的主体是人类，世界上各民族在延续的过程中，创造了各具特色的文化形态。如果把一个民族文化称为一个文化或者文化的一个"元"的话，那么，全球的文化则是一个多元的文化体。不同的民族文化通过自己的语言文字、意识形态、人种特征、社会制度（秩序）建构和伦理道德体系、价值观念系统地向世界展示出本民族不同于其他民族的生命存在状态。世界文化种类繁多，显示出人类世界的生机和活力。

也因为这种多样性的文化发展环境，文化在世界范围内，既有先进文化，也有落后文化；既有健康文化，也有腐朽文化；既有高雅文化，也有大众文化；既有民族文化，也有世界文化；既有东方文化，也有西方文化等。这些多元的文化恰恰向我们揭示了文化在现实中所具有的复杂性和多元性，而多元共生的文化发展特征也正在被各个国家认同。

1982年，联合国教科文组织在墨西哥城召开了“世界文化政策会议”，126个与会国一致通过了《墨西哥文化政策宣言》，其中对文化的含义做了这样界定：“文化现在可以看成是由一个社会或社会集团的精神、物质、理智和感情等方面的显著特点所构成的综合性整体。它不仅包括艺术和文学，也包括生活方式、人类的基本权利、价值体系、传统和信仰。”2001年，联合国教科文组织通过了著名的《世界文化多样性宣言》，将文化重新定义为“某个社会或某个社会群体特有的精神与物质、智力与情感方面的不同特点的总和；除了文学和艺术，文化还包括生活方式、共处的方式、价值观体系、传统和信仰。”在该定义中，特别增加了“共处的方式”一说，强调在经济全球化进程中，在不断深化和国际信息传播日益频繁的新形势下，各种文化如何友好相处的问题在当今国际社会日益凸显和日渐重要。

三、多元文化背景对英美文学的影响

20世纪多元的文化背景对英美文学也产生了重要影响，其中对英国文学的影响主要表现在多元的文化思潮传入英国国内，推动了英国文学的发展，而对美国的影响则除了吸纳欧洲文化形成自己的文学体系，主要表现为族裔文学脱去了边缘文学的帽子而进入主流文学的视野中，为美国文学的发展奠定了坚实基础。

首先来看英国文学，20世纪西方社会历史纷繁复杂，两次世界大战的爆发让人们经历了前所未有的幻灭感，再加上经济和文化危机日益严峻，西方资本主义国家的国内矛盾越来越深，传统的以宗教、王权压制民众思想的做法被战乱打破，人们开始追求新的思想，在这种情况下以反对文化、艺术传统为特征，在艺术和文学上强调感觉、直觉等主观感受，突出画家、作家的主体性，追求表达方式的独特和文笔的新奇的现代主义逐渐兴起并快速在西方国家蔓延。英国作为老牌资本主义国家，自然也难破例，传统的对人性的善的力量由19世纪的怀疑变成了20世纪的失望与绝望，非理性主义思潮迅速蔓延，现代主义文学在英国迅速发展，催动了英国意识流小说的兴起和现代派诗歌、戏剧的创作。同时，战争的爆发和经济危机的产生，以及马克思主义思想的传播和无产阶级革命的爆发，让左翼思潮传入英国，英国文学又从反传统回归到现实主义的道路上，通过文学描摹、批判、讽刺现实社会成为英国文学的重要特征，但这一时期的现实主义文学传统也已经发生了转变。现代主义文学创作的探索为现实主义文学的发展提供了思路，不少作家开始考虑将现代主义文学创作的技巧融入现实主义文学，催生了以心理现实主义等为代表的新型现实主义文学。

进入20世纪下半叶以后，面对经济全球化的浪潮，社会政治、经济以及文化生活的各个方面都发生了深刻变化，开始越来越重视自身的发展和完善，越来越重视生活质量和生活体验。人们反对传统的思维模式、文化模式，反对权威的存在，英国文学又由现实主义向现代主义转变，作家们纷纷以现代主义文学为基础，在吸收英国早期现代主义文学思潮的基础上，广泛吸纳存在主义、解构主义、荒诞主义等文学思潮，开创了后现代主义文学创作的道路，期间不同作家从不同角度进行文学创作，推动了英国文学的多元化发展。

其次来看美国文学，美国作为一个移民国家，不断吸纳世界各地的文化，也因为此，美国文化的生命力就在于它的开放性，它从来不是一个封闭的体系。从其文化发展历程来看，美国文化虽然是以盎格鲁-撒克逊文化为基础发展起来，但在构建的过程中，汲取了世界诸多文化，特别是欧洲文化的精华，欧洲的政治文化对美国三权分立制衡的模式、美国的人权观念和美国市民社会的形成与发展均产生了重大甚至决定性的影响，这些影响也体现在文学创作上，如作为美国标新立异的现代派鼻祖的格特鲁德·斯坦因，她长期居住在巴黎，在她周围聚集了一批日后被称为“迷惘一代”的作家，像海明威，他反复阅读陀思妥耶夫斯基、屠格涅夫、契诃夫、托尔斯泰和劳伦斯的作品，从福楼拜那里学到精确、超然和讥讽，从司汤达那里学到了处理全景式战争场面的方法，扩大了他的借鉴范围，创造了自己独特的叙事和语言风格等。除了以上两位作家，美国还有许多作家从欧洲文学和文化中汲取素养丰富和发展自己的创作，而这些创作最终也都被归入美国文学大家庭。可以说，多元化的文化背景和多元文化交流为美国文学的发展奠定了良好的基础。

同时，20世纪五六十年代以来，美国的民权运动此起彼伏，长期处于边缘地位的非白人群体越来越重视自身的权利。民权运动通过以种族为基础的“群体斗争”的方式来争取“群体权利”，这种斗争方式是对传统的强调个人权利的“一元”文化传统的一种反叛，也是多元文化崛起的一种有效意识形态和组织方式，因而“群体诉求”“群体权利”也逐渐成为多元文化主义运动的核心。与之相呼应，美国的族裔文学迅速发展了起来。在此过程中，黑人文学从某种意义上来说，在历史上曾经起到引领美国文学的作用，如“黑人复兴运动”。非裔美国黑人是美国最大的移民群体之一，他们在美国的经历以及反抗种族压迫的言说，不但开创了美国族裔文学的先河，而且影响了整个美国文学的发展。从理查德·赖特、拉尔夫·艾里森，到爱丽丝·沃克、托尼·莫里森；从黑人复兴运动到后现代文学，黑人作家以黑人独特的种族经历为叙事内容，打破了白人男性作家数百年来在美国文学领域的话语霸权。他们所聚焦的关于异化、身份、自主、阶级等主题，改变了美国的主流文学潮流。除了非裔美国作家，其他族裔作家也对美国文学的发展起着重要的推动作用。1964年以后出现的华裔作家如汤亭亭、赵健秀、徐忠雄和谭恩美等，揭开了美国文学史上的新篇章——有色人种移民文学，产生了积极的社会效应；第二次世界大战以后出现的犹太作家索尔·贝娄、艾萨克·巴什维斯·辛格、伯纳德·马拉默德、约瑟夫·海勒将犹太裔美国人的生活展现在大众面前;以史科特·莫马迪、詹姆斯·韦尔奇、路易丝·厄尔德里奇等为代表的印第安本土作家在当代美国文学界崭露头角,并以独特的土著文化特色创建了美国印第安文学的经典。总之,族裔文学在用文学建构自己身份的同时,影响并发展了美国的文学和文化,为美国主流文学开创了族裔化的发展道路。

第一章　20 世纪初的英国文学

20 世纪是一个经历了革命与战争的动荡世纪，一个人类科学技术和物质文明日新月异并迅猛发展的世纪。就英国而言，在 20 世纪初，随着第一次世界大战的爆发，英国在战争中损失极为惨重，其作为海上霸主的地位开始被动摇，在这种情况下，维多利亚时期以崇尚道德修养和谦虚礼貌为特征的社会文化被打破，自由、博爱、人道理想等观念被战争蹂躏得体无完肤，英国文明被抛进一场深刻的危机之中。这使人们的思想遭受了前所未有的冲击，同时，产生于法国的印象主义、出现于瑞士苏黎世的达达主义，以德国青骑士社活动的俄国画家 W. 康定斯基为标签的抽象主义相继传入英国，与英国原有的社会思想产生交融与碰撞，带动了英国国内文化环境的变化。文学是表现社会文化最有力的工具，这一时期的英国文学自然也表现出很强的碰撞与融合的趋势，具体表现为：一方面英国在 20 世纪初期依然延续了传统的现实主义文风，另一方面吸纳了来自欧洲国家的现代主义思潮，带动了现代主义文学的兴起。

第一节　跨世纪的巨人：哈代

托马斯·哈代(Thomas Hardy，1840—1928)是横跨两个世纪的作家，他既是 19 世纪后期英国杰出的现实主义小说家，也是 20 世纪英国的一位重要诗人。他的作品，深刻反映了 19 世纪后期资本主义侵入英国农村后引起的社会经济、政治、道德、风俗等方面的变化和破产农民的悲惨命运。在英国文坛，哈代的作品承上启下，既继承了英国批判现实主义的优秀传统，又为20世纪的英国文学开拓了道路。

哈代出生于英国西南部的一个农业小镇，这里紧邻多塞特郡的大荒原，曾是英格兰6—9世纪“七国争雄”时期古威塞克斯王国的心脏，英格兰文化的重要发源地，后来在经济、军事等方面日趋落后，但文化遗产丰厚，这一自然环境日后成为哈代创作的主要背景。哈代的父亲为破落贵族后裔，颇有音乐才华；母亲虽为女仆出身，但有良好的文化素养，注重子女教育。哈代8岁上学，16岁给本地一个建筑师当学徒，师傅的邻居是当时多塞特郡有名的学者和诗人巴恩斯，在巴恩斯的影响下，哈代开始进行文学创作。哈代以诗歌开始他的文学生涯，后转而从事小说写作，晚年又转回诗歌创作。他一生创作了14部长篇小说，4部短篇小说集，此外还有8部诗集和史诗剧《列王》3部。其中，小说主要发表于19世纪，进入20世纪以后，哈代的创作主要集中在诗歌上。

在小说创作上，哈代将家乡所在地区虚拟成“威塞克斯”，多塞特被改为卡斯特桥。他在书中所描写的地貌，以及当地的文化和语言，都与实际情况相差无几，这使他的小说极具乡土特色。所以这些小说常被称作“威塞克斯小说”。这些小说讲述的内容都与这一特定地区的生活有关，也借此开创了“乡土小说”的先河。而他的这种创作方式与当时的社会环境密切相关。19世纪70年代以后的英国，各种危机开始激化和表面化。科学和工业化携手全速并进，整个国家走向对外侵略的野蛮资本主义阶段，数以百万计的人们为了生计苦苦挣扎。大量的工厂遍及全国，农场破产，无数人挤在贫民窟里。整个世界失去了道德感，也没有了评判是非的标准。面对比自己强大的外在力量，人不再是拥有自由意志的造物主，而任由命运和偶然性控制和操纵却无能为力。生活已成为痛苦的挣扎，等待着人们的只有失意和绝望。哈代于是以其“威塞克斯小说”反映资本主义侵袭之下农村与农民的悲惨命运，揭露资产阶级道德、宗教、法律的虚伪和反人道本质。这些小说深受自然科学与哲学的影响，对人物精神世界的揭示相当深刻，景物描写尤具特色，既有耐人寻味的深意，又有强烈的艺术感染力。

同时，他的小说作品有鲜明的特征，如哈代在小说中运用了犹如两对男女合跳的“方舞”结构。在《无名的裘德》中，男主人公裘德受骗和艾拉白拉结婚，不久即遭抛弃。他随即爱上了表妹淑，淑却嫁给了斐劳森。然而，淑在婚后离开丈夫与裘德同居。后来，艾拉白拉重新出现，淑回到丈夫身边，而裘德又重新和艾拉白拉生活在一起。两对男女主人公的关系，经过一番交叉易位，又回到了起初的那种“方舞”阵形中。这种“方舞”式结构甚为严谨，在哈代的小说中屡见不鲜。经过一番曲折，人物之间的关系周而复始，好似开了一个玩笑。哈代运用这种结构，巧妙地将发生的事件和人物的悲剧有机地联系起来，使人感到似乎是命运在捉弄人。哈代要表现的正是这种无常的命运。

哈代进入文坛最初的尝试便是写诗，在小说创作前曾创作过一系列诗歌，只不过这些作品没有发表，之后凭借小说得到评论界和读者的青睐，便致力于小说创作，诗歌创作因此中断。直到《德伯家的苔丝》和《无名的裘德》相继受到批评责难后，哈代放弃小说创作，重写开始创作诗歌，在1928年去世前，他陆续出版诗集8部，包括《过去与现在之诗》《时光的笑柄》《现实的讽刺》《幻想时刻》《晚期与早期抒情诗》《人间万象、遥远之梦：歌谣与琐事》《冬日小语》等，加上一些未收入诗集的作品，共有近千首诗歌，加上长篇巨制《列王》，凭借这些作品，他成为20世纪初英国诗坛重要的诗人。

在诗歌的题材上，哈代秉承浪漫主义衣钵对自然和人生进行拷问，他写诗冷静、严肃，甚至略带嘲讽地观察人们日常生活的希望与恐惧、困惑与迷惘、喜与悲、苦与乐，而且诗作大多具有自传性。哈代的抒情诗有自然、爱情、战争和死亡四类题材，这构成了他创作的主要领域。

哈代对于自然界中的各种生物，充满爱心。他试图在大自然中找寻智慧、善良与美，但又在诗中展现自然阴暗残酷的一面，从而形成自己独特的自然观。例如《黑暗中的鸫鸟》所展现的自然，就显得阴森凄凉：

陆地那明晰的轮廓看似
“世纪”斜躺的尸体，
阴云密布的苍穹是他的墓穴，
清风是他的挽歌。

在这首诗中，诗人没有丝毫欣喜和愉悦，步入暮年的他，已感受到社会发展所带来的种种危机，而这些难以解决的危机最终只能导致战争这一人间惨剧。

在爱情诗中，哈代对恋人的描写感情真挚，令人动容，而其中最突出的就是以去世的妻子埃玛为主题的组诗。哈代与埃玛的家庭生活一度问题重重，哈代与许多年轻女性的交往让埃玛颇为不满，而她对哈代社交的限制以及自己也想成为作家的梦想则让哈代尴尬，因此，在埃玛去世前，两人并不和谐。1912年埃玛去世后，哈代悲痛不已，创作了一系列诗歌，感怀两人的美好恋情，其中最为人称道的是《呼唤声》，诗歌以朴实的语言、真切的笔触将失去爱人的沉痛和哀伤表现得淋漓尽致。诗作开始回忆小镇初遇时埃玛的“天蓝色裙子”，接着感叹如今爱人变成“没有声息的影子”，在诗歌的结尾，现实中年迈的诗人只能踉跄着在北风中追寻昔日恋人的呼唤声。哈代以韵律、节奏的变化配合诗歌的情感抒发，整首诗不仅意象丰富，还具有和谐的音乐感。

对于战争，哈代的态度是明确反对的。1899年，当英国发动波尔战争时，他曾以《离别》一诗来表明自己的态度。而他作于1902年的《他杀死的人》也是一首反对战争的诗：

倘若他和我相遇
在一家老字号的酒馆里，
我们俩就会面对面坐下来

喝干它几升啤酒才分手。

可是我们各自上了战场，
面对面瞪着眼相望，
他朝着我开枪而我也朝着他，
把他当场击毙。

我杀了他，就只因为——
因为他是我的敌人，
只为了他是我的敌人，当然，尽管……
这个显而易见。

也许他和我一样失了业，
卖掉了干活的家当，
想也没想就当了兵，
再没有别的原因。

战争真是古怪又荒唐！
你竟把伙伴枪杀在地，
可要是在酒店，你就会请他喝酒，
或者借他半个克朗。

这首诗进一步揭示了战争的残酷与荒谬。诗中的主人公是一位农村的退伍士兵，他的思想和语言都很普通，缺乏深度和内涵，因而诗中既没有辩证思考，也缺少激情和想象力。不过，诗歌以一种简洁质朴的风格传达出对于战争的嘲讽。这位士兵在想，尽管他不曾和对方争吵，彼此也没有恶意，他却杀死了对方，只是因为失业后参加了不同的军队而已，而倘若他们相遇在酒馆，也许会彼此分享美酒佳肴。诗作以这位士兵的思想为线展开，运用停顿和破折号细致入微地刻画了一个士兵内心的困惑，以简洁的语言表达了自己对战争的态度。

战争必然会带来死亡，而人到暮年，哈代也越来越真切地感受到死亡的阴影。哈代活到87岁，亲朋故友大多先他而去，抚今追昔，难免有不胜感慨之叹。哈代对于死亡的态度是略带感伤的，这种感叹生命无常、人生苦短的诗情可以追溯至英国文学的发端之作《贝奥武夫》。在《五个学生》和《她在他的葬礼上》等诗中，哈代流露出低沉哀伤的情绪。不过，他的名篇《身后》却体现出不同的情趣。这首诗颇似哈代写给自己的墓志铭，整首诗格调婉转而不低沉，带着淡淡的哀愁却又不曾悲观失望，诗人以平和的笔触写出邻居们的几句闲谈，朴实淳厚，与陶渊明的“死去何所道，托体同山阿”和“亲戚或余悲，他人亦已歌”的豁达颇有几分相似。同时，哈代通过诗中众多的意象揭示出死亡的不可避免和人生的脆弱、险恶、迷惘与短暂，因而这首诗显得寓意无限，感人至深。正如吉布森指出的，哈代所有最出色的诗歌作品都是“关注人类生命的生与死”，其中细节的选择尤为突出动人。

哈代虽然在题材选择上没有明显的创新，但在诗歌创作的体裁形式上体现出超越前人的大胆和积极。在他的近千首诗作中，仅有十分之一左右体裁相类同，其他的诗歌无论是格律还是形式都各不相同。就总体而言，哈代采用的歌谣体和四行诗比较多，所以诗作节奏抑扬顿挫，韵律生动自然，既有对前人诗体韵律的继承，也有自己剪裁独到的创新。例如，在《偶然》一诗中，哈代用了偶然(hap)等古字、生造字，但这些别扭的词语正与诗歌所要表达的人生无常、命运偶然的慨叹协调默契，整首诗显得别开生面而又恰到好处。又如，在《呼唤声》中，哈代将真挚的感情和睿智的思考都通过诗歌的韵律和题材表现得质朴明了，作品的整体外在形式还具有一种独特的建筑美感，这些都体现了哈代的诗歌成就。

除了以上短小的诗作，哈代还创作了《列王》这样的鸿篇巨制。《列王》共3部19幕300场，用史诗和抒情诗的形式描写1805年至1815年间以英国为首的欧洲联军对拿破仑的战争。全剧通篇采用诗歌形式，兼用韵文和散文，遣词视角色而定，这样做一方面为诗剧创造了类似布莱希特式的“间离效果”，另一方面比较完整地表达了他的人生哲学。《列王》中的人物形象丰满，对话鲜明生动，景物描写秉承了哈代的一贯传统，细致入微，栩栩如生。其中的韵文部分，更是充分吸收前辈诗人之所长而运用自如，语言形式丰富多彩，新颖别致。哈代去世后，伦敦《泰晤士报》在悼念这位大师的社论中，称《列王》为"英国人的民族史诗"，几乎将它与《贝奥武夫》《失乐园》等不朽巨著相媲美，可见其影响之大。

第二节　传统文化的延续：爱德华时代的三巨头

1901年，伊丽莎白女王去世，他的儿子爱德华七世继位，英国开始进入爱德华时代。爱德华时代是英国发生剧烈变化的时代。当时在国际关系方面，欧洲上空乌云密布，各国关系日趋紧张，一场不可避免的大战正在酝酿。但在第一次世界大战正式爆发前的几年，英国总的来说比较稳定、平和，没有发生什么动乱或其他影响全国局势的大事件。在这样的社会背景下，英国文坛依然延续了伊丽莎白时期的传统文风，即坚持现实主义的写作风格，其中约翰·高尔斯华绥(John Galsworthy，1867—1933)、乔治·威尔斯(Herbert George Wells，1866—1946)、阿诺德·贝内特(Enoch Arnold Bennett，1867—1931)脱颖而出，被称为爱德华时代的"三巨头"。

一、约翰·高尔斯华绥的小说创作

高尔斯华绥是20世纪上半期英国文学的杰出代表，1932年度诺贝尔文学奖得主。在现代主义文学兴起之时，高尔斯华绥坚持英国文学的现实主义传统，并通过自己的创作为现实主义文学在新时期的发展贡献了力量。

高尔斯华绥出身于英格兰萨里的一个富裕家庭，曾在哈罗公学和牛津大学新学院学习法律，1890年成为诉讼律师。但他取得律师资格后并没有执业，而是出国帮助打理家族生意，旅程中认识了作家约瑟夫·康拉德，受到文学感染。高尔斯华绥在1895年开始写作，1897年的短篇故事集《天涯海角》是他以“约翰·辛约翰”为笔名出版的第一部作品，但并未取得较大成功。1904年高尔斯华绥开始用真名发表小说《岛国的法利赛人》，引起评论界注意，此后风格渐趋成熟，对现实的反映日益深刻。此后，高尔斯华绥凭借“福尔赛世家”系列小说奠定了自己在英国文坛上的地位，成为20世纪初的英国文坛名家。1933年，高尔斯华绥因脑癌在伦敦的家中逝世。

“福尔赛世家”系列小说代表着高尔斯华绥创作的最高成就，它们描绘了从19世纪80年代到20世纪20年代这一漫长岁月里，福尔赛家族四代人的变迁，揭示了英国资产阶级由盛而衰的历史过程，展示了爱德华时代中上阶层家庭和社会生活的广阔图景。它的开篇之作《有产业的人》受到诺贝尔文学奖评选委员会的盛赞，说它对人性的描写鲜活生动、入木三分、不偏不倚，堪称诠释英国中产阶级典型性格特征的经典之作。后两部小说《骑虎》与《出租》相继在“一战”之后问世，处处折射出战后社会思潮的剧变。在将近42年的福尔赛家族故事中，作家巧妙地融入各种历史事件以及社会文化思潮的演变，从广度与深度描摹历史社会背景，叙事技巧高超，反讽手法独一无二。这里主要以《有产业的人》为例分析高尔斯华绥的创作特色。

《有产业的人》是“福尔赛世家”系列小说的第一部，也是高尔斯华绥的代表作之一。在小说的开端，作者就将福尔赛家族的各代人一一引见出来。第一代人大多是事业有成的上层人，有的是公司董事长，有的是矿主，有的是房产经纪商，他们喜欢收集名画、古董，最看重的是财产，正如书中所说的“紧紧抓住财产不放，不管是老婆，还是房子，还是金钱，还是名誉”，这被作者称为“福尔赛精神”。家族中的第二代，老乔连的儿子小乔连是这个家族的叛逆者，因为不满金钱与利益的婚姻而抛弃妻子，与家庭教师私奔。老乔连的侄子索米斯，也就是这部小说的主人公，则是一个不折不扣的具有“福尔赛精神”的有产业的人。他是一个利欲熏心的房地产经纪人，在异常强烈的占有欲驱使下，丧尽了人性。他生活的最高准则就是攫取并占有财富和一切有价值的东西。对他来说，豪华的别墅、稀奇的古董、名贵的绘画，甚至美丽的妻子都是财产，都要据为己有。在他的身上，资产阶级的贪婪和自私达到了登峰造极的地步。他娶漂亮的伊琳做妻子，口头上总说“爱”她，心里却把她看作一份产业。这份爱实际上不过是他不可遏制的占有欲和财产意识的伪饰而已。在作者的笔下，所谓的“福尔赛精神”正是这种占有欲和财产意识的代名词。

此外，小说采用了大量的人物视角，从多元角度呈现故事的发展。多元视角在描写伊琳和波辛尼的感情发展方面尤其发挥了重要作用。从伊琳在小说中第一次出场，出席家庭招待会，作者就从旁观者角度描写她的美丽和对男性的吸引力。然后小说透过她丈夫索米斯的眼睛，描写她和琼的未婚夫波辛尼第一次见面的场景。索米斯的嫉妒和对妻子的强烈占有欲也因此暴露出来。然后作者通过琼无意间的窥视，揭示出波辛尼对伊琳萌生了好感，并且想要跟伊琳单独会面。紧接着作者通过斯悦辛驾车带伊琳去视察落宾山别墅，通过他半梦半醒的视角，低调而梦幻地描绘了伊琳和波辛尼第一次爱的亲吻，然后又透过斯悦辛清醒的视角，向海丝特姨妈回忆波辛尼捡走伊琳手帕和伊琳主动与波辛尼牵手的细节。之后，两人频频秘密幽会，其中有3次被人目击，显示出两人感情迅速升温。最后作者又通过乔治的视角谈到波辛尼的悲剧结局。

可以说，高尔斯华绥在小说创作中，深刻展现了20世纪初英国社会剧变下的世态人情，表达了对资本主义的深刻挞伐，延续了英国现实主义社会功利性的属性，但在后期他逐渐由资产阶级的批判者转变成受资产阶级热烈欢迎的绅士作家，前期创作的批判锋芒在他的后期创作中锐减，其创作成就也就大打折扣。

二、乔治·威尔斯的小说创作

威尔斯与法国作家儒勒·凡尔纳常被视为科幻小说的鼻祖，他的小说想象丰富，情节离奇紧张，又带有很强的社会影射性，常以象征或寓示的方式暗示人类社会，暴露不合理制度下的黑暗丑恶，因而既有讽喻意义，又有娱乐作用。

威尔斯出身于贫苦家庭，14岁起即自行谋生，先后做过药房学徒、售货员和小学教师。由于自己的努力和奖学金的资助，威尔斯曾受过高等师范教育，学习生物学，毕业后不久即投身写作。威尔斯在长达半个世纪的文学生涯中先后创作了一百多本作品，探讨社会现实和人类的未来。1895年，威尔斯的第一部科幻小说《时间机器》出版，获得很大成功，威尔斯从而步入英国文坛，致力文学创作事业。此后，威尔斯接连出版多部作品，在创作科幻小说的同时，威尔斯还创作了许多反映"小人物"既可悲又可笑的生活与命运的社会讽刺小说，也成为延续现实主义文学传统的一位重要作家。

威尔斯非常关心社会问题，虽然他的名字总是同科幻小说联系在一起，但这些表面上看起来大胆、诡异离奇的描写，实际上揭露了尖锐的社会问题。威尔斯把资本主义社会制度下存在的弊病和尖锐的社会矛盾作为小说的题材，对他来说，幻想仅仅是一种艺术手段。例如，《时间机器》展现了未来世界的一幅人类相互蚕食的可怕场景，80万年以后的世界人类分化成两种怪物：一种不劳而获，养尊处优；一种终日劳作，养肥前一种，然后在晚上到处捕捉吞食前一种，小说以幻想和寓言的方式预示劳动者和剥削者冲突加剧可能造成的后果，而这从更深一层来说实际上也是作者对英帝国扩张的一种担忧。从17世纪英国爆发资产阶级革命以来，为了开拓产品市场，欧洲新兴资产阶级开始积极向外拓展殖民地。为了配合这种殖民化侵略，欧洲各国还以文化思想、宗教等形式不断向外扩张，以增加其影响力。在维多利亚女王统治下，英国在19世纪迎来了帝国主义发展的巅峰期。它不断向海外扩张领土，殖民地范围几乎覆盖了世界的每个角落。在势力扩大的同时，殖民地的本土文化和语言也在无形之中改变着英国，使其发展进入了倒退的状态。这种逆向作用在英语大量吸收印度语和非洲语等殖民地语言的现象中得到很好的印证。英国向殖民地屈服并不断被其同化的趋势成了英国人内心深处最大的恐惧。他们担心有一天英国也会像非洲等落后地区一样变得愚昧、野蛮和混乱。威尔斯也感觉到了帝国人民在自豪外表下的焦虑，他在《时间机器》中提前预见了大英帝国末日的到来。

作为现实主义传统的重要继承人和捍卫者，威尔斯也有不少作品直面社会现实，以辛辣幽默的笔触讽刺世俗，描绘当时社会生活的风貌，如《托诺-邦盖》。小说以第一人称的口吻记叙了乔治·庞德莱沃及其叔父“彗星般的金融天堂稍纵即逝”的故事。小说中，出身贫寒的乔治与其叔父爱德华靠着发明和推销假药“托诺-邦盖”大发横财，过着奢侈享受的生活，但不久假药骗局被揭穿，爱德华身死，乔治则梦想与爱情双双破灭，又回到原来的社会地位上，继续过着庸庸碌碌的生活。

《托诺-邦盖》对阶级、金钱、广告、公关和媒体等有敏锐的观察和尖刻的讽刺。按照小说叙述者一开始说的，他在书中要讲的是生活，是由规则、传统、思想等组成的社会，讲芸芸众生如何被驱使、被引诱，最后搁浅的。宣传中的托诺-邦盖可以包治百病，神奇无比。小说中的药品正好相反，它恰恰暴露了人心百病，暴露了英国社会这个有机体的病患。托诺-邦盖让人看到生活中偶然事件的力量，看到日常现实中普通人如何被引诱、蒙骗，爱德华的暴富和陨落也让人反思现实社会的欺诈和人们的轻信与盲从心理。

三、阿诺德·贝内特的小说创作

贝内特出生于英格兰北部生产陶瓷的地区——斯塔夫德郡

的汉利镇，父亲是当铺店主，后来成为律师。贝内特幼时随家人几次移居，上过几所学校，后来在伦敦大学读书，受到左拉的自然主义思潮和俄国作家屠格涅夫和法国作家巴尔扎克的影响。贝内特少年时就在写作方面初露头角，曾在一家杂志举办的写作竞赛中获奖。后来到伦敦，他开始在通俗杂志上发表作品。他是一个很会讲述故事的作家。在为数不多的遵循自然主义原则进行写作的英国作家里，他的文学创作比较成功。

19世纪后30年是英国工业迅速发展、旧的乡村经济及宗教关系迅速解体的时期，贝内特目睹了工业社会在英格兰北部造成的恶果：自然环境遭到严重破坏，社会结构和道德观念发生深刻变化，这让他一方面继承了狄更斯和乔治·艾略特等代表的英国现实主义，以现实主义的手法来表现工业社会时期英国的社会现实；另一方面不拘泥于英国传统，受法国自然主义作家左拉的感染，表现出越来越明显的自然主义倾向。贝内特身上的自然主义倾向首先反映在他对人的命运的看法上，他对人生的描摹大多带有一层淡淡的悲观主义和宿命论的色彩，如他的最主要作品《老妇谭》就弥漫着一种人生徒劳的感觉。但并不是说贝内特对人生的看法完全是悲剧性和宿命论的，他的作品中更多的是默默地接受理想的破灭和顺从命运的摆布。

《老妇谭》通过两个性格完全不同的姊妹的不同命运表达了岁月无情的主题，表明人生只是一个从生到死的衰老过程。在这个意义上，小说真正的主角应该是时间。值得注意的是，虽然故事中的两位女性走的是截然不同的生活道路，最终的结局却惊人的相似。这是因为早在童年时期就已经深入她们灵魂的道德力量。作者的意图在于，表明姊妹两人都缺乏想象力，但具有岩石一般的稳定性，这使她们在面临不同的生活环境时始终保持着中产阶级的自主精神。

在写作过程中，贝内特在这部小说中使用了传统现实主义小说中典型的梯形结构，按照时间顺序表现人物性格的发展和情节的演变；在写作手法上，他擅长对人物的日常琐事、穿戴打扮、生活细节等进行冷静、客观、精细的描摹，在传统的现实主义中表现出某种自然主义的倾向。

第三节　从传统到现代的小说

威尔斯等爱德华时代现实主义三巨头代表了维多利亚时代现实主义小说的传统在新的世纪里的延续，与此同时，现代主义的实验与创新也正在英国文学中萌芽。在20世纪初期，以亨利·詹姆斯（Henry James，1843—1916）、约瑟夫·康拉德（Joseph Conrad，1857—1924）、戴·赫·劳伦斯（David Herbert Lawrence，1885—1930）为代表的现代主义小说家迅速崛起，他们在继承19世纪欧洲和英国现实主义文学传统的基础上，积极探索新的题材，试验新的形式，以更加精致完美的形式从内心、从意识的深处以曲折间接的方式表现对生活的感受，在他们的努力下，现代主义小说在英国逐渐崛起并繁荣起来。

一、亨利·詹姆斯的小说创作

詹姆斯虽出生于美国，但在1915年正式加入英国国籍，因此这里将其看作英国小说家。他出身于纽约市的一个富裕而知名的知识家庭。他父亲是美国19世纪最著名的知识分子之一，长兄威廉日后成为伟大的哲学家和心理学家，良好的家庭环境为他奠定了坚实的教育基础。童年时詹姆斯往返于欧美之间，在伦敦、日内瓦和巴黎跟家庭教师学习。19岁时，他进入哈佛法学院但对学习法律兴趣不大，更喜欢读文学作品因而不久退学，全力投入文学创作，为美国的期刊撰写短篇小说和文章。1876年离开美国游历欧洲，结识了福楼拜、屠格涅夫、左拉等人，并定居英国。第一次世界大战期间，詹姆斯为抗议美国未能参加第一次世界大战反对德国，加入英国国籍。

詹姆斯是一位谨慎而勤奋的作家，终其一生一共写作了22部长篇小说、113篇中短篇小说及十几本评论文集。他早期的成功作品《美国人》初步显露了詹姆斯关注的国际化小说主题，讲述一个美国商人在欧洲的爱情与游历故事。之后完成的《欧洲人》则讲述了欧洲人在美国的经历，影响稍弱。《黛西·米勒》是詹姆斯第一本获得认可并影响很大的作品，小说讲述了来自新大陆的美国姑娘黛西在意大利罗马的经历，也对天真的美国文化与世故的欧洲文化之间的初次交锋做了细致入微的描绘。在这些小说中，詹姆斯把"真实"当作现实主义的模板，他认为，"一部作品之所以可以称其为小说的首要原因就是它的真实性，即对某一事件的真实描绘，不管这一事件在道德和情趣方面有何争议，其真实性是用来衡量该作品质量的基本标准。"①因此，在早期的作品中，詹姆斯一直想把欧洲和美国的文明进行对比，想在自己的小说世界里以具体的形象再现欧美社会的现实，即欧洲文明与美国文明之间的冲突。在这种现实主义思想的支配下，在他对欧美社会产生了较深的印象之后，詹姆斯把他对生活的直接印象创作成小说，也给他的很多早期作品赋予了浓厚的现实主义色彩。他笔下的小说人物通常都来自美国，后置身于欧洲大环境中遭受美国文化背景与欧洲文化观念的冲突。从《黛西·米勒》《美国人》到《一位女士的画像》等，詹姆斯小说的故事经常发生在真实的地方，人物也是对现实生活中有代表性的真实人物的客观描述。詹姆斯演绎了一个个美丽的故事，描写了千姿百态的人物和人生，詹姆斯是现实主义的倡导者、实践者、改革者。

进入20世纪以后，随着心理分析理论的发展，以及现代科学的发展，詹姆斯受到他的哥哥威廉·詹姆斯——当时著名的心理学家，也是"意识流"概念的提出者的影响，与哥哥一样对人类的意识活动、心理活动产生强烈的兴趣。在他的经典论文《小说的

① 段军霞，张月娥，石卉. 20世纪英国小说流派研究[M]. 北京：新华出版社，2013:8-9.

艺术》里，他驳斥了小说因有固定的题材、写作技巧、明确的道德目的而可以传授创作的说法。他认为，小说家在题材与写作技巧上，应享有最大限度的自由。詹姆斯在自己的小说里，发展了内心独白以及不可靠叙事者的技巧，使现实主义的小说增加了深度和趣味性，并且为现代意识流小说奠定了基础。例如，在被认为是詹姆斯最“完美”的作品的《专使》中，詹姆斯选择其中一个人物——斯特雷瑟作为“意识中心”，把读者的视野和知识面限制在这个人物的视野和知识范围内。作者只写了这一个中心人物的思想变化过程，至于书中其他人物、其他景象都是通过他的眼睛和思想呈现在读者面前的，都同他的思想活动有紧密关系。这样作家在无声无息中退出舞台，留下读者自己加以品评。这种创作方式为英国现代小说的探索做了尝试，给后来的意识流作家如乔伊斯、弗吉尼亚·伍尔夫等产生了很大影响。

在这里需要注意的是，虽然詹姆斯在小说创作中，对人物的内心世界及其意识进行了探索，但严格意义来说，詹姆斯的心理描写并不属于意识流手法，而更接近一种“心理现实主义”的手法。他的小说在文体上的特点是句子极为冗长，多用从句结构、结构繁复、欲说还休、用语深奥，并不是完全意义上的意识流创作，而只是前期的一个探索。

二、约瑟夫·康拉德的小说创作

康拉德是波兰出生的英国小说家，现在被认为是一个伟大的现代英国作家，现代主义文学的主要先驱之一。他善于讲述海上和异域的冒险故事，关切现代生活中人们道德的腐化，对人生斗争结局持深切的悲观态度。他的作品的独特之处在于能对自我进行的深刻心理分析，这个自我挣扎徘徊于同情与贪婪、英雄气概与贪生怕死、理想主义与愤世嫉俗之间。康拉德对后来的小说家有着深远的影响。

康拉德的父亲是波兰一个失去土地的贵族、诗人和英法文学作品的翻译家,一位反对波兰统治者压迫、支持农奴运动的爱国志士。他因参加反对沙皇政府的起义入狱,被流放到俄罗斯北部后不久去世,康拉德也因此度过了不幸的童年。青少年开始,康拉德便在轮船上生活,从法国轮船到英国轮船,从普通船员到船长,他的航海生活充满惊心动魄的冒险和挑战,也遇到过形形色色的人。这些异域风情后来成为他的小说的背景,这些人成为他的小说人物的原型。同时,在商船队的经历使得康托德不仅详尽地了解水手们的生活,而且看清了不列颠帝国的真实面貌,而当时在许多英国人眼中,不列颠帝国正如他一篇小说的名字,是"文明社会的前哨"。后来,因为患恶性疟疾之后身体极度虚弱,康托德于 1891 年离开商船队。他决定在文学领域一试身手,几年后便发表了第一部作品《阿尔迈耶的愚蠢》,立即得到读者的赞许。此后几年,康拉德接连发表多部作品,成为 20 世纪初英国文坛的小说大家。

康拉德最好的作品都是有关大海的。书中事件多是在航行中,在港口城市、异国他乡展开。虽然他的作品结构布局涉及异国风情,在这点上与史蒂文森接近,如《"水仙号"上的黑水手》就是一部以航海为题材的象征主义小说。小说没有曲折的情节,但所有的人物是以一个群体的形式表现的——船长、大副、一批普通人和一个黑水手,他神秘地患病,引起船员的恐慌,在黑水手死后,海船终于恢复平静。《台风》讲述的是一艘运载苦力的船的惊险故事,他们为了在一场可怕的台风中散失的钱款开始斗殴,要不是船长麦克惠尔的冷静,暴风雨和船上的一场叛乱可能造成船毁人亡的悲剧。《青春》讲述的是一艘在海上发生火灾的船只的故事,讲述这场灾难的年轻二副回顾他第一次担任这个职位时的快乐和濒临死亡时忠于职守的两种感觉。

康拉德作品的主题之一是揭露西方帝国主义和殖民主义残酷掠夺和侵略殖民地人民的罪恶。他生活在 19 世纪后期和 20 世纪前期,对帝国主义和殖民主义的对外扩张极其敏感。在担当船员的十几年中,他目睹了殖民地人民所遭受的残酷压迫和剥削，于是在小说中，他表现出浓厚的人道主义精神，无情地鞭挞西方侵略者在“传播文明”的幌子下所犯下的滔天罪行，对殖民地人民表示真诚的同情。诚然，限于其时代的局限及其西方社会背景的影响，他的揭露不够彻底，他的针砭不够尖锐，有时还表现出西方人的成见，但瑕不掩瑜，康拉德无疑是最早批判帝国主义和殖民主义罪行的西方作家之一。例如，《黑暗的心》这部作品，这是根据康拉德的非洲之行创作而成的，小说主要探讨了西方现代文明和非洲自然原始之间的冲突。小说中，马洛进入刚果心脏的旅行象征深入人类灵魂黑暗中心的旅行。康拉德有意让柯兹成为欧洲文明的象征，“整个欧洲都参与造就了柯兹其人”。他只身独闯非洲，既为欧洲文明带来了利益，又用这种优越的文明征服了“原始”文明。在这场“文明”与“野蛮”的冲突中，代表“文明”的白人殖民者采用十分野蛮的手段奴役、压榨代表“野蛮”的黑人。这一定意义上意味着肩负“文明的使命”的白人在把“光明”带给非洲的时候，又重新制造了黑暗。当马洛最终见到柯兹时，欧洲文明的痕迹在他身上已荡然无存，他的精神已被象征物质财富的非洲象牙彻底腐蚀。柯兹作为殖民主义者的经历，既暗示着欧洲文明在殖民活动中的失败，也暗示着欧洲人的殖民活动给自己的文明传统带来的巨大冲击和腐蚀。

康拉德的作品内容及创作方法具有明显的现代派文学的特征。在内容方面，他的小说的一个特点是重视对人物的心理分析。他善于窥视人物的内心。在这方面，他和纳撒尼尔·霍桑很有相似之处。他们都是依照《圣经》所教导的那样，希望人们能在灵魂的净化和升华方面多做努力，以达到个人完善的目的。所以，他们重视表达和分析人的心灵及心灵里所存在的恶。尽管康拉德的作品充满对各种动人心弦的外部世界细节的描绘，但他归根结底是万变不离其宗：他的表现焦点总在对人性和人心的剖析上。这一点和康拉德的个人生活经历有密切关系。康拉德生活在帝国主义和殖民主义对外大肆侵略和掠夺的时代，了解西方国家在殖民地的罪恶活动，并从人文主义的角度对其进行了大胆揭发和鞭挞。由于他在客观上有时也是参与者,他的作品常常显示出他的内疚和不断自省。

三、戴·赫·劳伦斯的小说创作

劳伦斯是20世纪具有国际声誉的英国作家,也是20世纪最有争议的小说家之一。他毕生锐意探索资本主义社会现代工业对自然人性的压抑和扭曲、畸变,他的真诚坦率触痛了现代西方文明的弊端。

劳伦斯出生于英国诺丁汉的一个矿工家庭,父亲是一个脾气暴躁的矿工,经常醉酒打骂妻儿,接受过良好教育的母亲便将情感寄托在儿子身上,造成了劳伦斯在年轻时对母亲的过分依恋和对父亲的排斥心理。这一典型的恋母情结后来在他的自传性作品《儿子和情人》中有详尽的描写。大学期间,劳伦斯开始进行文学创作,先后发表了《儿子与情人》《虹》《恋爱中的女人》《羽蛇》《查特莱夫人的情人》等一系列作品。劳伦斯的一生大部分时间在国外过着漂泊不定的生活,足迹遍及意大利、锡兰、澳大利亚、美国和墨西哥等地。1930年,他因患肺病在法国南部的万斯镇疗养院逝世。

劳伦斯是在英国文学从现实主义向现代主义过渡的时期开始试笔小说的,他的作品不可避免地带有现实主义的成分,尤其是他的早期小说。19世纪中期以后,英国工业发展的进程加快,实现了全国规模的工业化,连劳伦斯的家乡小镇也发生了变化。诺丁汉一带尽管一边依然是葱绿青翠的森林和农田,另一边却成了黑烟滚滚、井架林立的煤矿区。随着工业化和机器文明的迅速发展,农村经济濒临全面解体,残余的宗法感情也日益消散。森林和田野遭到污染和破坏,人越来越沦为机器的奴隶,人的自然本能和人与人之间的和谐关系都受到金钱社会的腐蚀,人已经不再是身心统一的人。劳伦斯于是便提笔表达自己对工业化现实的不满,如《白孔雀》描写英国中部农村两对青年男女的婚姻悲剧，已显示出文明与自然相对立的倾向。猎场工人安纳贝尔被视为《查特莱夫人的情人》中梅勒斯的雏形。

进入20世纪以后，英国普遍的工业化与精神生活领域传统的道德规范之间的冲撞成为重要的社会问题，劳伦斯就生活在这一社会背景下，他不仅经历着新时期外在环境的剧烈变化，也经历着灵魂的自我煎熬和突变，在这种情况下，他转而探索人的内心世界，表现社会巨变下的人的内在变化。在创作上，他开始向现代主义转变，这一点在其代表作《儿子与情人》上表露得十分清楚。

《儿子与情人》中，劳伦斯通过现实主义和心理分析的写作方法，描写了19世纪末叶英国工业社会中下层人民的生活和特定环境下母子间和两性间的复杂、变态的心理。他强调人的原始本能，把理智作为压抑天性的因素加以摒弃，主张充分发挥人的本能。劳伦斯还对英国生活中工业化物质文明和商业精神进行了批判。小说中，矿工们成天在黑暗、潮湿的坑道里干着非人的苦工，每时每刻都冒着生命的危险。他们逐渐变得粗暴、蛮横，只有酒才能使他们暂时忘却忧伤和疲劳，只有在家里粗声恶语才能发泄心头郁积的怒气。于是，从矿井到酒馆，在地下开凿岩石，在家里打骂妻儿变成了矿工们特定的生活方式。生活对于他们来说，无非是贫困和肮脏，大工业生产的阴影笼罩着每个矿工的家庭生活。劳伦斯认为，英国的工业生活给每一个社会成员留下了烙印一般难以洗刷的污垢，削弱了他们的人性，被机械所奴役成为现代人的悲剧命运。与此同时，劳伦斯也以这些矿工为素材，用现代心理学理论为依据成功地反映了现代工业社会中青年人的心理障碍与精神困惑。小说从心理学和社会学的角度探讨了现代社会的家庭关系，其意义不仅在于它生动地描述了主人公保罗的生活经历，而且在于其成功地将弗洛伊德学说运用到小说创作中，并通过主人公的生活实践加以验证。为此，早期评论家一般将其作为精神分析的典型文本加以研究。

《虹》和《恋爱中的女人》是姐妹篇。一般认为，这两部小说代表了劳伦斯的最高成就。《虹》以史诗般的格局，一方面通过一家三代人的生活和心灵历程追述了英国从传统的乡村社会到工业社会的历史变迁，揭示了19世纪后半期深刻而巨大的社会变化；另一方面，又以英国小说没有先例的热情和深度探索了有关建立新的两性关系的问题。在创作特色上，《虹》注重心理描写，小说重在表现布兰文一家三代精神发展的轨迹，着意揭示人物内在的复杂心理，表现向“内”转化的总体趋势。同时，小说体现出明显的现实主义与象征主义相结合的特色，书中各种丰富的象征含义，表达出难以直接言传的深刻精神体验和复杂的心理情绪意念，使小说具有心理学上的意义。例如，布兰文家族的三代人是不断求索发展的人类的象征，月光象征女性的胜利，冲撞厄秀拉的野性难驯的马象征男性的威胁，彩虹则象征理想希望和新生等。此外，小说也有十分出色的写景状物手法，这使寻常的自然景观栩栩如生，具有灵性且与人的心灵感受息息相通，如厄秀拉与斯克里本斯基在海边沙丘上相爱的情景充分揭示了两人不同的精神世界。

《恋爱中的女人》是《虹》的续篇，通过两对男女的爱情纠葛进一步探索了在工业社会建立人与人自然和谐关系的可能性。小说以厄秀拉与学校督察员茹伯特、古特伦与矿主杰拉尔德两对恋人的感情发展及其不同结局为中心，体现了劳伦斯自己的婚姻理想：反对把婚姻视为占有，而是希望双方既结成共同关系又保持相对独立。小说在结构上改变了《虹》的历时式写法而采取断时式结构，而且更着重剖析人物的心理世界，尤其是人物由于恋爱观的不同而产生的心理上的矛盾与冲突，传统意义上的故事性被削弱，具有更鲜明的现代主义小说的特点。

从第一部长篇小说开始，劳伦斯的作品大多从两性关系的角度出发，集中揭示了机械工业文明对人性的异化。《虹》和《恋爱中的女人》反映了他试图以乌托邦式的理想化的两性关系作为西方文明摆脱困境的出路，但残酷而冰冷的现实使劳伦斯几乎丧失了信心。第一次大战以后，他一度创作了大量充满异域色彩的作品，如《袋鼠》《羽蛇》等，充满对领袖原则、原始宗教的浓厚兴趣，极富神秘色彩，表现了他对西方民主制度的失望情绪。

第四节　地方文化的崛起：爱尔兰文艺复兴

爱尔兰文学有着悠久的历史和传统，但是殖民者的入侵使其处于边缘化的位置，失去了本民族的话语权。19 世纪以来，爱尔兰民族意识开始觉醒，民族文化出现复兴的局面，到了 20 世纪初期，爱尔兰文艺复兴运动蓬勃发展，出现一批作家、思想家及其作品，而威廉·巴特勒·叶芝（William Butler Yeats，1865—1939）、约翰·米灵顿·辛格（John Millington Synge，1871—1909）所创作的爱尔兰民族戏剧是爱尔兰文艺复兴的重要组成部分。

一、威廉·巴特勒·叶芝的戏剧创作

著名诗人、剧作家、1923 年诺贝尔文学奖得主叶芝是爱尔兰戏剧复兴运动的中心人物，他出身于都柏林一个画师家庭。他的曾祖父和祖父都担任过爱尔兰教堂的教区长，他的父亲约翰·叶芝虽然离经叛道，成了一名先拉斐尔派的著名肖像画家，但在子女教育上十分严谨，将叶芝送到英国学校接受正规教育，为叶芝奠定了良好的教育基础。童年时期，叶芝经常随家人到爱尔兰西部的港口城镇斯莱戈度假，其间听到各种爱尔兰民间传说，这也为他后来创作民间故事提供了源泉。1874 年，叶芝全家迁居伦敦，但爱尔兰一直留在他们心中。成年后，叶芝在父亲的影响下，想成为一个画家，并进入都柏林美术学校学习，但不久后就违背了父亲的意愿，立志成为一个诗人，此后叶芝结识了威廉·莫里斯、萧伯纳、王尔德等人，在思想上受到他们错综复杂的影响。此后，叶芝结识女演员莫德·冈，被她吸引，开始参与爱尔兰独立运动。对爱尔兰民族传说和故事的探索成为叶芝试图构建爱尔兰民族传统和民族性的最初努力，这些都体现在他的第一部诗集

《漫游奥辛及其他》中。在对爱尔兰民族文化了解程度加深的同时，叶芝逐渐成为爱尔兰民族文化建设的中坚力量，他与格雷戈里夫人一起建立了爱尔兰文学剧院，志在推动爱尔兰民族文化的勃兴和爱尔兰民族性的自觉。1930年，叶芝在法国去世。

作为爱尔兰戏剧运动的倡导人之一，叶芝早期的戏剧常把爱尔兰民间的传奇故事作为剧本主题，语言则惯用颓废派象征主义习语。剧情充满浪漫和悲哀气氛，其中也不乏美妙优雅的情致。例如，《凯瑟琳伯爵夫人》取材于古老的爱尔兰史诗和传说，讲述了一个爱尔兰伯爵夫人为了阻止魔鬼商人收买她两个挨饿的佃农的灵魂，宁愿出卖自己的灵魂。最后伯爵夫人死去而她的灵魂得到了拯救。全剧充满诗情画意，但在人物行动方面描绘较少，因而戏剧效果不强。

叶芝的戏剧主题更多地关注严峻的现实问题，罪恶、救赎、疾病、残暴经常出现在他的作品中，而这恰恰也是贝克特关注的主题。从贝克特的作品中，我们不难看出叶芝的影子，比如《克拉普的最后一盘录音带》和《灰烬》中宁静缥缈却又朦胧切近的写作风格，很容易使人联想到叶芝《库胡林之死》里面的老人形象，贝克特曾经在著名的阿贝剧院看过这出戏的演出。叶芝庄重、浑厚的古典戏剧风格曾经给年轻的贝克特留下深刻印象。

从戏剧风格上来看，叶芝的戏剧无疑属于现代主义的范畴，剑桥大学1999年出版的《剑桥现代主义指南》刊载有英尼斯所撰写的《戏剧中的现代主义》一文，认为叶芝的戏剧创作当属现代主义行列，因为它带有浓厚的象征主义色彩。例如，《凯瑟琳伯爵夫人》中的村寨是远古时代的荒原，本质上与20世纪艾略特描写的荒原是相同的。其实，叶芝的荒原是借古讽今，影射爱尔兰的当代荒原。与艾略特荒原上的人们一样，叶芝荒原上的人们也没有信仰，占据他们头脑的只有物质主义。在基督教化的圣杯传说中，爱的缺失隐喻了信仰的丧失，而信仰的丧失导致渔王的王国成为荒原，那里的人们虽生犹死。物质匮缺带来的死亡并不可怕，可怕的是由于人们没有信仰，将自己的灵魂出卖，出卖灵魂则意味着彻底的死亡。《凯瑟琳伯爵夫人》以深刻的象征方式，暗示了饥荒、死亡、魔鬼现身都是人们丧失信仰后的必然结果。当人们丧失信仰后，人心就会成为邪恶的居所。剧中有这样一个象征性情节：诗人阿李尔叫谢姆斯家人在夜晚来临之前将门关上，因为两只猫头鹰在黄昏的天空鸣叫，邪恶的东西可能就在空中飞翔。当伯爵夫人和诗人一行人离开后，谢姆斯却阻止玛丽关门。门在这里象征着人以自己的信仰抵制邪恶的入侵，现在谢姆斯却坚持将门开着，象征着信仰的真空为邪恶留出了空间。

总体来说，叶芝的戏剧主要取材于爱尔兰古老的民间故事和英雄传说，带有浓厚的爱尔兰民族特色。在戏剧的创作中，他不仅使用了高度凝练的对话，而且运用了深沉抒情的合唱，此外他还借用面具、舞蹈和音乐等手段，把一个崭新的戏剧世界奉献给了观众，他的戏剧代表了爱尔兰民族戏剧的勃兴。

二、约翰·米灵顿·辛格的戏剧创作

辛格是另一位引领爱尔兰戏剧复兴的优秀剧作家，其作品以现实主义和象征主义交错的手法栩栩如生地刻画了爱尔兰底层人物形象。

辛格出生于都柏林郊区。父亲是一名律师，辛格出生不久父亲就去世了。辛格曾在都柏林三一学院读书，毕业后到欧洲各国漫游。1896 年，他在巴黎遇到叶芝，在叶芝的鼓励下，辛格到爱尔兰西海岸的阿兰群岛上生活了 4 年，在体验岛上居民生活的同时，广泛收集民间传说，熟悉农民方言，为戏剧寻求一种简单而纯朴的语言节奏。后来他整理出版了关于这段旅居生活的《阿兰群岛》。阿兰群岛的生活无疑为他以后的戏剧提供了丰富的背景资料，成为他日后创作的源泉。辛格一生的剧作除了最后一部，其他五部都在阿比剧院上演，他自己也于 1906 年成为剧院的一名理事。辛格长期受疾病困扰，英年早逝。但他的戏剧从现实着手，描写普通农民的生活，贴近生活，容易被普通大众接受。

与叶芝等许多爱尔兰文艺复兴运动的活动家一样，辛格也迷恋民间故事和传说，民间口头创作的情节成为他许多话剧的源泉。所不同的是，辛格的戏剧是表现他同时代生活的作品。从传说中汲取的、来自远古历史的情节，他只是作为模式来参照。他创作出的人物性格是那个时代的、被严格限定在时间与现实之中的、典型的爱尔兰人。例如，独幕喜剧《峡谷的阴影》讲述了一个村民通过装死来考验妻子忠贞与否的故事。剧中村民虽然知道了自己的妻子有情人的事情，却最终失去了她。这个故事是辛格从阿兰群岛的一位老人那里听来的，虽然剧情十分可笑，但并不是一个滑稽剧，它反映了村民妻子被围困在没有爱情的山谷之中，感到孤独、寂寞，渴望有充实的生活和自由，体现了爱尔兰农村婚姻感情的脆弱。

辛格的戏剧语言具有创新性，在剧中他选择了方言，认为方言可以解释作品创作过程中现实主义与艺术美之间的矛盾，赋予戏剧新的生命力，让戏剧既具有诗歌般的韵律和音乐感，又有贴近大众的亲和力和活力，为了做到这一点，辛格透彻地研究了爱尔兰农民们古风尚存的生活环境，以一种近似自然主义的精确性将它刻画出来，并且像一个人种学者一样，细致地描写了几乎为人类文明所不知晓的原始部落。由于描写准确细腻，他那些乡村题材的戏剧使人想起托尔斯泰的《黑暗的势力》，所不同的是辛格表现的是资本主义产生之前带有史前的混乱，同时又寂寞、缓慢的日常生活。作品既带有讽刺意味，又具有浪漫主义的异国情调；既有民间创作所特有的幻想色彩，又有底层日常生活的贫乏和呆滞状态。例如，《西方世界的花花公子》讲述一个弑父的母题，该剧讽刺意味明显：盲人反倒比正常人幸运，因为他们看不到真实世界的丑恶现象，而盲目状态下，似乎又只剩下黑暗与死亡在等待着人类。在《西方世界的花花公子》中，辛格成功实现了一次创新。他一面向莫里哀借鉴向度论的观点，一面凭借自身的天赋，几乎像乔叟、莎士比亚那样，让人物倾听自己，由此发生变化，并将这些变化表现出来。克里斯蒂·马洪之所以变了，正是因为他能倾听自己的声音;他在第三幕中的奇妙变化堪称现代戏剧的一大亮点。

在戏剧创作手法上,辛格受象征主义文学思潮的影响,常在剧中采用各种象征手法来表达自己的感情,如《骑马下海的人》就是辛格的象征主义戏剧名篇。该剧的剧情十分简单,接近于“静剧”。剧中没有人物之间的冲突,只是平静地等来了毫里亚老妇人的儿子巴特里死亡的噩耗。但是剧作家通过对白、道具和各种细节(风向、潮流、从海里捞上来的衣物、海边隐隐约约的喊声等)大力渲染了代表自然界的大海的威力以及人与自然搏斗的那种惊心动魄的紧张气氛。大海像恶魔一般吞噬了毫里亚家三代男人;人在驾驭一切的大自然面前显得渺小无能。剧终,毫里亚家在最后一个儿子巴特里死去后的两段悲壮的独白传达了作者的心声:从原始社会开始就存在的这种搏斗是永恒的,人应该接受这种命运而活下去(“谁也不会永远活着的,我们也不埋怨什么了”)。这是一部典型的象征主义戏剧,将渔民与大海的搏斗描写得异常凄厉,也体现出剧作家对反讽、象征等技法的精湛把握。

辛格有一种使人困惑的粗野气质,是一位不易被人接受的剧作家。他创造的戏剧人物开始也不易被人理解,如《峡谷的阴影》上演时就遭到保守的民族主义者的指责。阿瑟·格里菲斯在《联合爱尔兰人》报上指出,一个年轻妇女离开丈夫是不道德的,是对爱尔兰农村妇女的侮辱。《西方世界的花花公子》1907年上演时在戏院曾引起骚乱,认为把农民描写成残忍的杀人犯和怂恿暴力的野蛮人是对农民的诽谤。甚至有人把辛格也看成怪物、社会渣滓和道德败坏的人。长期以来,城里人以为农民接近自然因此保持着虔诚、忍耐等美德,他们几乎被看成最完美的人。但他们多少世纪来受压迫、受剥削,这使他们变得自卑、愚昧、迷信和粗暴。辛格在剧作中虽善意地批评他们,也从他们身上找到了真正的美德——他们的热情、幽默和不妥协。而在民族主义思想十分强烈的时期,爱尔兰的一切几乎都被理想化了,有损民族形象的任何批评都被看成对自己民族的背叛。

第二章　两次世界大战期间的英国文学

规模空前的世界大战导致了政局的动荡和经济的衰退，在两次世界大战期间，英国文学受到了极大的影响，被打上了深刻的时代烙印。具体表现为，一方面，当时的文学家都开始以人道主义和民主主义思想作为他们的武器，对当时社会上存在的各种黑暗现状进行无情的揭露和尖锐的批判，促使现实主义文学思潮一改之前的颓势，逐渐复苏。另一方面，现实主义的创作方式在第一次世界大战之后已经不能满足社会的需要，现代主义思潮逐渐兴起。这两种思潮交融碰撞，对当时的英国文学创作产生了极大的影响，催生了带有鲜明的现代主义文学特色的意识流小说。

第一节　意识流小说的高峰

两次世界大战期间，现代主义小说进入黄金时代，以詹姆斯·乔伊斯(James Joyce，1882—1941)和弗吉尼亚·伍尔夫(Virginia Woolf，1882—1941)为代表的意识流小说迅速兴起，这些小说在意识的描写与表现方面、在人物心理的挖掘方面都做出了突出的贡献。他们的作品在展现人物内心世界时采用了完全不同以往的心理描写手法，开创了现代主义小说的新纪元。但这些作品在出版初期并未得到人们的认同，甚至遭受了某些责难，直到第二次世界大战之后，意识流小说才得到广泛认同和流传。

一、詹姆斯·乔伊斯的小说创作

乔伊斯出生于爱尔兰首都都柏林，自幼喜爱学习语言，后掌握了多种外语。他广泛阅读各种书籍，对文学产生了浓厚的兴趣，接受了严格的古典文化以及宗教教育。19 世纪末，爱尔兰政局动荡不安，罗马天主教势力无孔不入。乔伊斯不满爱尔兰天主教的偏执与狭隘以及都柏林知识界令人窒息的氛围，大学一毕业便离家赴欧洲大陆，从此长期侨居国外，实施"自我放逐"。他的生活并不安逸，晚年又患有严重的眼疾，多年来一直为贫困所困扰，常常食不果腹。

乔伊斯的文学生涯也坎坷不平，由于他的作品无论在内容上还是在技巧上都有高度的实验性，出版时历经磨难，出版后又屡遭非议。他的主要作品包括短篇小说集《都柏林人》和长篇小说《一个青年艺术家的肖像》《尤利西斯》《芬尼根守灵夜》。下面将对他的几部代表性作品进行阐述。

《都柏林人》共有 15 篇故事，描绘了 20 世纪初都柏林形形色色的中下层市民的生活。其主题是要揭示弥漫于社会生活中的瘫痪状态：这种麻木疲软、死气沉沉、无所作为的瘫痪状态渗透在都柏林的道德、精神、社会和政治生活的各个领域，也是现代西方社会的普遍气氛。这 15 篇小说的写作有一个共同的特点，那就是精神上的启示和顿悟。主人公在受尽挫折之后，终于在某一个关键时刻豁然开朗，看清了自己的处境，从中悟出人生的本质。

《一个青年艺术家的肖像》是一部带有很强自传性的作品，书中的很多情节都和作者本人的经历高度吻合。小说叙述了主人公斯蒂芬·德迪勒斯心理和艺术的成长历程。小说包括五个章节，分别叙述主人公成长过程的五个阶段：第一章讲述他在童年时期的经历；第二章描述他的性意识觉醒；第三章是他的忏悔与宽恕；第四章描写他发现了自己对艺术的爱好、对生活本质的顿悟，并最终决定拒绝神职而从事文学创作；第五章谈到很多事情，包括他对艺术的初次尝试、对美学冗长的讨论、他创作诗歌的经历、日记的零星节选，以及他与家庭和宗教决裂而投身艺术创作的决心。在不断的成长过程中，他认识到，要想成为一位真正的艺术家，就必须摆脱爱尔兰在宗教、政治、社会等方面顽固偏见的影响，最终他决定抛弃家庭、爱情、宗教和国家，选择去国外追求自己的理想。从这部小说起，乔伊斯就开始使用意识流的创作手法。

《一个青年艺术家的肖像》所呈现的世界都是经过斯蒂芬的头脑过滤的，大部分叙述都采取内心独白的形式，表面上显得散漫而且没有目标，但实际上都是围绕着一系列反复出现的主题精心建构起来的。作为一部突破传统模式的“成长小说”，《一个青年艺术家的肖像》的现代性体现在小说的焦点从个人与社会的矛盾转向精神、灵魂和自我。“主人公已不再置身于一个社会单位之中，而是为自身而存在，成为与群体或其他个人既无共同需要又无共同关联的一个细胞。”斯蒂芬最终抛弃宗教转而“皈依”艺术，凭借的是“幻觉想象”式的“顿悟”以及他与第一位基督教殉道者圣·斯蒂芬和希腊神话中的发明家迪达洛斯的身份认同，而他的名字就是由这两者的名字各取一部分拼合而成的。《一个青年艺术家的肖像》因其多变的文体风格和对意识流叙述技巧的尝试而著名。

鸿篇巨制《尤利西斯》是乔伊斯的代表作。他效仿古希腊诗人荷马的著名史诗《奥德赛》的模式，描述1904年6月16日星期四这一天以及第二天清晨几个小时里几个人物的经历。据人们推测，乔伊斯之所以选择这一天，是因为这是作者与未婚妻相识的日子，也有人说这是她开始对他不忠的日子。小说共有十八章，分三个部分，各部分章数不同。第一部分包括前三章，主要讲述主人公之一斯蒂芬的经历。一年前，当时正旅居法国的斯蒂芬接到母亲病危的消息返回都柏林，但却拒母亲临终前要他皈依宗教的愿望。母亲去世后，他不满于父亲的贪杯而离家出走，租了一座古塔居住，以教书为生，同住在一起的有医科学生勃克·穆利根和英国人海恩斯。那天早饭后，斯蒂芬与穆利根和海恩斯一起离开居所。然后，他来到位于海滨的学校给学生上课。放学后，他漫步海滨，思考文学，回想起自己在都柏林的种种不快。第二部分包括第四到第十五章，主要描述另一位主人公——利奥波德·布卢姆。起床后，布卢姆为妻子莫莉准备好早餐。莫莉是个才能平庸的职业歌手，生活不检点。布卢姆对此耿耿于怀，却又无可奈何。上午 10 点，布卢姆离开家门，去了教堂、印刷厂、餐馆、图书馆。整个下午，他都在街上东游西逛。晚上 10 点，他决定顺便去医院看望难产的普里佛伊太太，在那里见到正与穆利根和一群医学院学生在一起喝酒的斯蒂芬。后来因为斯蒂芬与穆利根发生争执，大家各奔东西。布卢姆担心斯蒂芬出事跟随着他。第三部分包括最后三章，讲述三个主人公的相遇以及布卢姆的妻子莫莉的内心思想。小说中既包括各个主人公单独出现的场景，也有他们与其他人同时出现的场面，他们偶然相遇，又随意分开，一切似乎都听从残酷命运的安排。小说主要描述他们的内心世界以及他们的感官体验。与此相关的是，特定主题重复出现，以逐步增加象征性效果。

为了将角色的表面生活和内心活动完整地表现出来，乔伊斯将现实主义的白描与人物内心最隐秘、最随意的思想活动的记述密切地结合起来，大量使用了“意识流”的创作手法。作者运用这一叙述技巧最为出色的部分是小说的最后一章，在这里，整整一章的篇幅由一段冗长、无间断的独白组成，它最显著的语言特征就是大部分内容里面没有标点符号。全章 40 余页，共 8 句话。整章中除了两个句号，没有任何其他标点。这一名篇的“怪异”之处包括没有段落、没有大小写、代词“他”的所指有时模糊不清，等等。这一章集意识流手法之大成，描绘了文学史上一个著名的镜头：一个女人躺在床上漫无目的地思考（这让人想起了法国现代主义作家普鲁斯特的《追忆似水年华》开头的一章，一个被宠爱的小孩躺在床上辗转反侧，思来想去），头脑里显现出一些淫秽的想法，也夹杂着她的困惑。这一章实际是莫莉的内心独白，她作为一个正式人物在这里单独出场。莫莉躺在床上，界于梦境和醒觉之间，神情恍惚，浮想联翩。她的意识漫无目的地流过脑海，作者把她的思想全部公之于众，任人观览。

小说应用了历史、文学、宗教以及地理方面的各种典故。语言丰富多彩，夹杂着成语、双关、文字游戏等。《尤利西斯》深沉复杂，其结构盘根错节，含义有多种解释，反映出作者在人物描写上的深度和广度。尽管难以读懂，它却具有史诗般的分量，被誉为西方文学中意识流小说的经典之作。《尤利西斯》的成功在于，它将两个悖论性的方面巧妙地融为一体：一方面是对细节描写的极端现实主义；另一方面是叙事角度、意识流手法、象征和神话结构方面的复杂实验。作者不仅向读者描述他笔下人物的所作所为，而且将他们的所思所想生动地呈现出来。

《芬尼根守灵夜》是乔伊斯花费多年的一部作品，在这部作品中，他将意识流创作手法的实验推向极致。这部作者戏称要让“评论家至少忙上三百年”的作品，既不是刻画人物、讲述故事的小说，也不是传达神话寓意的叙述。光是小说的书名就让人颇费思量，可以有几种不同的解释。从结构上看，该小说依据的是维柯《新科学》中有关人类历史的四个发展阶段：神权时代、贵族时代、民主时代、无政府时代，然后又进入新一轮循环。在《芬尼根守灵夜》表现的那个夜间，伊厄威克一家五个主要人物在走过这四个历史阶段的同时经历了一系列变形，而这也成为乔伊斯建构世界的方式。《芬尼根守灵夜》是一部普通读者望而却步的作品，乔伊斯完全放弃了线性叙述，所谓的伊厄威克家庭情节淹没在独白、对话、素描、逸闻、故事、寓言、离题的叙述当中。让人大惑不解的是本书的语音，作者使用大量的双关语，杜撰生词，利用词的谐音取得幽默滑稽的效果，彻底背离了传统小说的基本观念。

二、弗吉尼亚·伍尔夫的小说创作

伍尔夫出身于英国伦敦的一个文学世家，父亲是学者、评论家和传记作家莱斯利·斯蒂芬爵士。伍尔夫没有受过正规学校教育，但在这样的家庭环境中长大，她经常接触文学界、学术界的名流，受到良好的文化熏陶，对她日后从事文学创作影响非常深刻。父母去世后，伍尔夫于1904年随家人迁居伦敦布卢姆斯伯里地区，开始为《泰晤士报文学增刊》撰稿。1912年，她与批评家兼经济学家伦纳德·伍尔夫结婚。由于繁忙的应酬和写作，伍尔夫自小就有的精神忧郁症不时发作。第二次世界大战期间，德军炸毁了她在伦敦的住所，致使她精神全面崩溃，投河自尽。

伍尔夫在小说创作实践和小说批评理论两个方面都堪称英国文学史上里程碑式的人物，她对推动英国意识流小说以及现代主义文学运动的发展做出了极大的贡献，一生共完成长篇小说十二部，此外还创作了许多短篇小说、文学批评著作和其他非虚构作品；她主要的长篇小说有：《夜与日》《雅各布的房间》《达罗卫太太》《到灯塔去》《奥兰多》《波浪》《岁月》和《幕间》等。

伍尔夫在她创作的早期就开始尝试运用新的方法描写人物的内心活动。她的第一篇短篇小说《墙上的斑点》描写主人公从看到墙上有一个斑点而引发的一连串漫无边际的遐想，表现了她渴望摆脱陈腐的生活方式的束缚、获得自由的思想感情。《雅各布的房间》确立了伍尔夫作为实验小说家的地位，作者自觉地运用意识流方法。小说没有直接描写雅各布的一生，而是通过他死后留在房间里的私人物品在他的亲友中所引起的印象和回忆来表现雅各布的生活轨迹。小说的主题不像传统小说那样通过情节来体现，而是通过人物对事物观察所得的印象来体验的。在两次世界大战期间，伍尔夫创作了很多著名意识流小说，如《达罗卫太太》《到灯塔去》《波浪》等，下面将对这几部小说进行详细阐述。

《达罗卫太太》的故事情节是非常简单的，全书分为十个部分，分两条线索进行叙事，故事主线的中心人物是中年妇女克拉瑞莎·达罗卫，在很大程度上小说的叙事角度以她为主。作者虽然只写了达罗卫太太从早晨外出购物到晚宴结束这段时间的经历,但内容实则包括人物的过去、人物之间的关系等多方面的内容。作者运用意识流方法,时而随着一个人物意识的流动在时间上任意前后跳跃,时而表现在同一时间点上不同人物的活动及思想。故事另一条线索的中心人物是参加过第一次世界大战的老兵菩提莫斯·史密斯,他拥有良好的工作和家庭却因为战争的原因时常感到悲哀。这两个人在情节发展当中并没有会面,两条情节是通过心理医生布拉肖连接起来的。作家在刻画人物方面苦心孤诣,杜绝了小说在结构上出现脱节的可能,这两个人都是典型的现代主义者,他们心情忧郁,对命运颇有不满,他们都善于思考,神经敏感,从精神上来讲是十分脆弱的。在《达罗卫太太》中,回忆对于作者驾驭意识流起到非常大的作用,此外,晚会也起到了将散落的故事情节收拢到一起的作用。

《到灯塔去》是伍尔夫另一部典型的意识流小说。它没有完整的故事情节,作品围绕拉齐姆先生一家及其友人相隔10年的两次聚会及去灯塔远游,描写了一群知识分子的生活和心理活动。拉齐姆先生是一位哲学家,拉齐姆夫人是主妇,他们家还有八个孩子。小说分为三个部分,即《倚窗眺望》《时光飘逝》及《到灯塔去》。

第一章描写某一个夏日,拉齐姆夫人在海滨别墅里举办宴会,招待客人,在水湾的对面,远处耸立着一座灯塔。作者对在海滨别墅里发生的生活琐事和人物的心理活动进行了描述。来拉齐姆家做客的客人包括拉齐姆先生的学生斯坦利、年轻画家莉莉、无儿无女的鳏夫班克斯、婚姻不幸的道伊尔。第二章讲述的是拉齐姆家海滨别墅的变迁,一转眼,十年过去了,其间爆发了第一次世界大战,因为战争主人无暇顾及这处别墅,拉齐姆家也发生了巨大的变故,拉齐姆夫人死于操劳过度,儿子安德鲁在战争中阵亡,女儿普鲁死于难产。十年后,拉齐姆家活着的人重新整理这处别墅。第三章讲述了拉齐姆一家终于完成了到灯塔去的航行,而画家莉莉也终于完成了她的画作。

在这部小说中,作者通过中产阶级知识分子相隔十年的两天生活中的活动、心理和闲谈,探讨了人生哲学。被她肯定的人生哲学集中体现在灯塔以及"到灯塔去"的含义当中。小说以拉齐姆先生到达灯塔,莉莉完成了画作结束,象征着人类能够通过艰难的历程,达到友爱和谐的境界,到灯塔去,则象征着人们获得这种精神境界的内心航程。这部小说表现出伍尔夫突出的文笔特点:首先,在叙述口吻上,小说没有采取其他意识流小说经常采用的第一人称叙述法,而是采用第三人称间接内心独白的方法,让作品显得十分有条理,便于作者阅读。其次,在叙述角度上,作者采取了视觉转换的方法,让不同人物的意识互相交叉,使一个人物可以得到多个侧面的展示。最后,作者在时间处理上使用了两种方式,在叙述外部世界发生的事件时,通过客观的时间顺序来叙述,但是在人物的意识流动中,又通过回忆和联想等方法,形成过去、现在和将来相互交织的心理时间。

伍尔夫是20世纪最伟大的小说家之一,她是站在当时时代最前沿的现代主义者,她的小说除了运用意识流技巧,还探讨了人物内心的心理和感情层面,尝试了在叙事中打乱顺序和时间框架的各种可能性。

《波浪》是伍尔夫创作中最复杂抽象、最朦胧晦涩的一部意识流小说。在从旭日东升到日挂中天再到日落黄昏一个白昼的物理时间之内,这部小说通过六个人物的内心独白表现他们各自在幼、青、壮、老各个阶段的人生经历。这六个人是伯纳德、奈维尔、路易斯、金妮、苏珊、罗达。作品共有九个部分,每个部分写一天里的一段时间,反映书中人物生活的一个阶段。小说第一部分写清晨,说的是书中人物的幼年时期,他们都在一起上学前班。孩子们渐渐长大,每人都有一段反映自己感情、思想和印象的内心独白。第二部分讲少年时代,他们已进入不同的寄宿学校。他们对学校的态度不同,几个人最后各奔东西。第三部分描述他们的青年时期,每个人都有不同的工作和生活。第四部分讲几个人的成人生活,中心情节是一次宴会,为去印度的帕西乌送行。他们六个人都在场，开始是大家初见，衣着和举止不同，因而有些拘谨、紧张，他们慢慢地融合在一起。席散后，大家又分道扬镳。第五部分的故事发生在宴会后不久，帕西乌的死讯从印度传来，奈维尔悲痛不已，感到生的脆弱、死得突然。伯纳德又悲又喜，朋友的死让他悲，孩子降生让他喜。他到博物馆去看画，心中得到安慰。苏珊去看歌剧，在音乐中寻觅到节哀与继续活下去的勇气。在第六部分里，几个人已经完全成熟。第七部分写他们的中年生活，几个人开始变老，各自忙碌。在第八部分里，朋友们再次相聚，宴会气息凝重，死亡在周围徘徊。第九部分的叙事者是伯纳德，他和一个相识谈起他的一生，依然对语言准确表达形式的能力表示怀疑。伯纳德认为他的一生是用语言反抗死亡的一生，认为其他人也在用不同方式做这件事。伯纳德决心反抗到最后。

小说每一部分都以一片描述自然景色的抒情散文开头，正文是六个人物的内心独白，这六个人都想用独特的方式表明自己的身份和独特地位。他们的不同生活经历中包含着对社会生活所做的共同的心理反应，再现了一种共同意识或群体心理。

根据作家日记的详细记载，《波浪》是伍尔夫耗费大量时间和精力而写成的作品。作家写作此书用时两年，但在头脑里设计已经很长时间了。伍尔夫追求完美，认真修订原稿，在最后一稿里，没有一页没有经过修改。《波浪》是作家的大作之一，它综合了作家关于人的性格、多样化与统一、人性等方面的观点。

《波浪》对小说的形式和技巧进行了更彻底的试验与改革。它在时间处理上别具一格，以一日之内太阳的运行和海浪的朝夕起落象征人生的各个阶段，以花草树木的开花、结果和枯萎来暗示人的诞生、成长、成熟与死亡。这种将具体的物理时间与抽象的心理时间有机结合的做法显然是很有独创性的。

以乔伊斯和伍尔夫为代表的意识流小说创作是对小说传统的最彻底的决裂，标志着英国现代主义文学进入一个高峰，对整个西方现代主义文学的发展起到了推动作用。

第二节　左翼文学的诞生

第一次世界大战结束后英国的社会经济问题和1917年俄国“十月社会主义革命”的成功促进了英国20世纪20年代左翼文学的发展，使文学界再次把注意力转向与阶级相关的社会经济问题。20世纪30年代前后，世界性的资本主义危机使英国工人阶级状况迅速恶化，工人和劳动群众先后掀起了波澜壮阔的总罢工和“反饥饿大进军”。于是，英国文学中表现无产阶级革命斗争和批判现实主义左翼文学孕育而生，并迎来高涨时期。以克里斯托弗·衣修午德(Christopher Isherwood，1904—1986)和约翰·博音顿·普里斯特里(John Boynton Priestley，1894—1984)为代表的左翼进步小说继承了现实主义文学传统，以现实生活为题材，深刻反映了现代英国社会的矛盾和弊端。

一、克里斯托弗·衣修午德的小说创作

衣修伍德出身于柴郡一个富庶的旧式显贵家庭，从小的生活经历让他成了旧习俗旧传统的代言人，1928年，他为了摆脱母亲对自己的影响，也为了可以呼吸到比英国更自由的空气，而流连欧洲各国，这些经历都成了他小说创作的题材。他的作品中的每一点都是从自传出发的，但绝不局限于个人的生活经历。他的内省采用了表面缺乏艺术性但实际上精心推敲过的散文进行表达，对人物的性格做了最透彻的探索和阐释。

在前期的文学创作中，他的小说深受现代主义创作手法的影响，乔伊斯式的意识流、伍尔夫式的内心独白在他前两部小说中都有体现，但是也有他自己的风格，即他擅长把握时代的脉搏，往往几笔就可以勾勒出其轮廓，传达想要传达的意图。在两次世界大战期间，衣修午德以20世纪二三十年代德国的生活经历为基

础,创作了《纪念:一个家庭的画像》《告别柏林》《诺里斯先生换火车》等描写希特勒统治前后的人们所经历的噩梦。

《纪念:一个家庭的画像》叙述了希特勒执政前发生在柏林的故事。围绕着人们为那些在战争中死去的亲人建立一座纪念碑这个重要的事件,揭示了战后幸存者内心的空虚和渴望丰富感情生活的强烈愿望,同时,小说又以极大的同情心表达了人们的反战情绪和遁世情结。《纪念:一个家庭的画像》继承了衣修午德早期小说的叙事技巧和反讽的风格,并奠定了日后反复出现在他小说中的主题和人物类型:战争、考验和成熟的主题;代表弱者、强者和恶魔的神话类型人物。

《告别柏林》由任务、事件、时间上大致相连的6个短篇组成,这6个短篇相对独立,各有侧重,一头一尾两篇《柏林日记》里是从"我"眼前和耳边闪过的一个个场景中的人,他们所说的话所做的事情;第2篇《萨丽·鲍尔斯》讲述一位单纯的英国姑娘在柏林半是演员半是暗娼的生活经历;第3篇《在卢吉岛》写了两个同性恋者的欺骗和背叛,故事虽发生在柏林以外度假的海边,涉及的仍是柏林人的行为、意识、价值观;第4篇《诺威克一家》记录了"我"在贫穷的工人家庭里的一段生活经历;第5篇《兰多尔一家》则是有关"我"与一个富裕的犹太家庭的交往。从整部小说来看,这里不再有一个贯穿始终的主人公;各色人物在叙述中出现,也不是由于他们与某个中心人物之间的关联。而柏林却从背景走到了前台,占据了中心的位置:我们通过人物、事件看到的,是柏林的各个侧面和各种变化——经济上的恐慌,道德上的堕落,精神上的孤独、绝望,是这座城市总的面貌。

尽管《告别柏林》没有贯穿始终的情节,这部小说仍然给读者留下了鲜明的印象,毫不松散凌乱。一方面,它的主题是非常鲜明的,而且小说中的人物和场面的细节都有情绪上的指向,另一方面这篇小说在结构上很有特点。首尾两则同名的日记为整部小说增添了循环往复的统一感,使小说获得整体结构上的一致性。此外,两则《柏林日记》记录的从1930年秋到1932年冬之间柏林日益动荡的变化，有助于深化小说的主题。这种变化体现在两则《柏林日记》各自不同的侧重点上。在第一则《柏林日记》中，人物，尤其是有关女房东和房客们的故事占据着日记的中心地位，政治事件虽令人忧心忡忡，却隐藏在背景中，偶尔才会引发叙事者不经意的评论。在第二则日记中，同样的人物虽然继续出现，却已退居其次，意在服务于主题，突出伴随着民主共和的解体和希特勒的上台而日益升级的暴力事件。该小说虽然名为“告别柏林”，却不仅仅是作者对柏林的个人告别。1930 年至 1933 年间发生的一系列政治事件使得柏林告别了德国历史上第一个民主共和国时期，最后沦为希特勒第三帝国的首都。因此，在这个意义上，《告别柏林》也是对一个历史时期的告别。

《诺里斯先生换乘火车》具有侦探小说的艺术特点。在一辆由荷兰开往德国的列车上，主人公“我”威廉·布莱德肖与诺里斯先生邂逅，随即对这个头戴假发、神情紧张并且宣称自己持有的是假护照的人产生了好奇之心。诺里斯为人奸诈，处事圆滑，但举止却斯文得体。布莱德肖觉得他既古怪又可怕，却不由自主地受他吸引。诺里斯约布莱德肖共进晚餐，两人从此成了朋友。在之后的交往中，诺里斯的表现让布莱德肖更加觉得不可思议，他负债累累，却一掷千金，举办豪华宴会。他具有受虐倾向，他不止被妓女们虐待，就连他的仆人也因他不能按时支付薪水而敲诈他。经过许多艰难曲折之后，布莱德肖终于弄明白真相：诺里斯在与共产党人走得很近的同时，迫于经济压力一直在秘密地出卖共产党的情报。布莱德肖回到英国，对这个诺里斯竟无限怀念。正如诺里斯在寄给布莱德肖的明信片上所说，他的所作所为的确都不足以让人们厌恶他。诺里斯这一人物让人们看到了表面奸诈狡猾的人物也有令人难以想象的独特魅力。诺里斯是现代文学史上最有趣的人物之一。

这部小说的主题是欺骗，一边是骗子诺里斯和他的助手史密特，另一边是受骗的布莱德肖、女房东施罗德小姐、普通工人奥拖以及共产党领导人贝尔。欺骗者和被欺骗者进行着较量，这种较量主要集中在布莱德肖和诺里斯之间。

在这部小说中,作者将布莱德肖塑造成一个观察细致但是头脑简单的人,因为是以第一人称的角度叙述,读者在阅读的过程中会逐渐发现自己会跟着叙述者受到诺里斯的欺骗,发现之后会对叙述者的单纯和自以为是进行嘲弄,而在实际上,叙述者也在嘲笑自己,嘲笑人所共同具有的特点,这与小说反讽的风格是一致的。

二、约翰·博音顿·普里斯特里的小说创作

普里斯特里出生于工人阶级家庭。第一次世界大战期间,他入伍参战,辗转于法国前线的战壕内,曾三度受伤。战争结束后,他就学于牛津大学,毕业后为报纸杂志撰写评论,并开始从事小说创作,于1927年发表了第一部小说《月光下的亚当》。两年之后,普里斯特里出版了他最出色的小说《好伙伴》,他的另一部小说《天使街》也一度相当畅销。

普里斯特里的文学生涯很长,涉猎形式多且创作成就高,在两次世界大战期间,其创作的小说具有较强的娱乐性,主要描写小人物的辛酸、喜悦、浪漫和传奇,在情节上依靠事件的巧合或矛盾的缓和来制造一种乐观的气氛:善良意志的发现、好心有钱人的慷慨资助、各种运气的接踵而至。然而,在这种调和矛盾的喜剧性氛围中,读者不难看出作家对当时社会矛盾所做的敏锐观察。下面选取他的几部小说分别进行阐述。

《好伙伴》是普里斯特里早期的代表作,小说以英国乡村为背景,通过狄更斯式的铺垫手法,生动地塑造了形形色色的人物,从出身高贵的老小姐到流浪卖艺的五弦琴手,从蛮横刻薄的客店老板到沿街叫卖气球的小贩,从勤快的小裁缝到承包演出的经理,真是三教九流,五花八门,活灵活现地再现了一个乡村社会的生活全景。小说中主要有三个不同身份的人物,一个是一直在家照顾年老父亲的未婚小姐特兰忒,一个是来自约克郡布拉德斯福特

的奥克劳依特先生，还有一个是私人寄宿学校的教师英尼戈。特兰忒小姐在继承了父亲的遗产之后开始了游历的旅程，在路程中，她与另外两个主人公相遇，后两者都是因为生活中的种种烦恼而出逃。三人结伴而行，正巧遇到了一个无人接管的歌舞团，她们接管了这个歌舞团，并将其改名为“好伙伴”，在之后的日子里，大家凭借合作和努力都实现了各自的愿望。他们的成败、悲喜和传奇、浪漫的经历构成了这部小说的主要看点。

如果说《好伙伴》是以一群巡游艺人的流动视角来观察当时的英国社会，那么，《天使街》则从一个我者的视角审视着我者与他者之间的矛盾冲突。在小说的序曲里，一艘来自波罗的海的商船徐徐驶入泰晤士河，甲板上站着的那个海盗般的投机分子和冒险家戈尔斯比，便是小说的主人公。他来到繁华之都伦敦，以廉价的装饰板和镶嵌材料为诱饵，使天使街上的一家商号濒于破产，让商号的许多下层职员蒙受灾难。这家商号的各色人物，从老板到小伙计，构成了小说生动、绚丽的人物画廊。小说中最具有戏剧性的一节是一个商号小伙计与戈尔斯比女儿的感情纠葛。戈尔斯比漂亮但无聊的女儿与这个小伙计调闹一番之后将他无情抛弃。小伙计一怒之下潜入姑娘的房中将其扼死，然后回家准备放煤气自尽，却因家中没有一枚硬币不能启动煤气的开关而无法自杀。姑娘幸而没有断气，小伙计后来也另有新欢。普里斯特里以具有喜剧意味的形式表现了具有悲剧性质的内容，笔触生动，布局巧妙，将小伙计的孤独、愁闷和怨愤表现得淋漓尽致。

需要注意的是，普里斯特里对当时流行的各种弊端所做的批评也许不那么尖锐，但作家的人生态度也许更积极和富有策略，更人性化。

第三节　社会讽刺小说的崛起

20 世纪 30 年代，世界经济危机席卷全球，英国自然不能幸免。在这段时间，英国国内经济萧条、社会动荡、法西斯主义逐渐崛起，从而为讽刺文学的发展奠定了社会基础。奥尔德斯·赫胥黎（Aldous Leonard Huxley，1894—1963）、伊夫林·沃（Evelyn Waugh，1903—1966）、乔治·奥威尔（George Orwell，1903—1950）等都是这一时期著名的社会讽刺小说代表作家。

一、奥尔德斯·赫胥黎的小说创作

赫胥黎出身于英格兰的一个颇有名望的知识分子家庭，他的祖父是《天演论》的作者，一位著名的生物学家，父亲是一位出色的编辑和诗人。这样的家庭背景使得他从小就受到了很好的学术影响。他早年进入英国著名的伊顿公学读书。由于患严重眼疾，他曾一度辍学。三年后他进牛津攻读文学课程。赫胥黎大学毕业后曾在伊顿从事过短期的教学工作，不久便转向文学创作。赫胥黎是一位多才多艺知识渊博的作家，使他在文坛上崭露头角的是他早期的社会讽刺小说，下面将对赫胥黎的几部社会讽刺小说进行阐述。这些小说几乎都以冷嘲热讽的笔触描绘了第一次世界大战之后英国社会的混乱和知识分子的精神危机。

《克鲁姆庄园》是赫胥黎的第一部小说，标志着他社会讽刺小说创作的开端。《克鲁姆庄园》以一座古老的乡村别墅为背景，用讽刺的笔触描绘了在那里聚会的一批年轻知识分子的失败、失望与失落。主人公丹尼斯是一个无所作为的文人，小说开头，丹尼斯应邀前往克鲁姆庄园参加聚会，在那里遇见了当时在英国颇具代表性的一群自命不凡却又精神空虚的文人雅士，其中有面孔“像圆顶硬礼帽般毫无表情”的庄园主亨利和他那位对占星术颇有研究的太太普丽西拉。此外，还有一群口若悬河、终日高谈阔论的学者、作家和艺术家，他们一边夸夸其谈，一边暗中调情。主人公丹尼斯钟情于庄园主亨利的侄女安妮，但安妮却显得冷若冰霜，拒人于千里之外。丹尼斯在爱情受挫、求婚无望的情况下只得含羞而去。正当他离开克鲁姆庄园返回伦敦之际，他突然发现一向清高的安妮其实也有情于他。然而，一切都为时已晚，两人分手的局面已无可挽回。小说结尾，丹尼斯对自己的优柔寡断和无所作为感到无比沮丧，不禁长吁短叹，抱恨终天。赫胥黎以冷嘲热讽的口吻向读者揭示了这样一个无情的事实，即克鲁姆庄园的主人和宾客在现代荒原上已经完全失去了行动的能力，他们将自己淹没在喋喋不休和滔滔不绝的长篇议论之中。这无疑是整部小说最根本的讽刺意义所在。

《旋律与对位》是赫胥黎一部较为成熟的社会讽刺小说，小说采用了古典奏鸣曲的方式，展现了基本主题和对立主题的多声部内容，借以展示生活的不同方面。小说的主题乐句是夸尔斯，他是一位小说家，终日绞尽脑汁构思作品，并试图从熟悉的人中寻找小说人物的原型。夸尔斯的妻子觉得自己被冷落，感情得不到满足，便与一个早已钟情于她的男子暗中往来。而妻子的弟弟与一个有夫之妇同居，同时还与一个性虐待狂有染，父亲表面上经常去大英博物馆查阅资料，事实上是与一女子幽会。在所有这些人物中，最走极端的是浪荡公子莫里斯，他因为怨恨母亲再婚，便将自己投入纵欲的旋涡，厌倦后就去杀人寻找刺激，小说就在其自杀中达到高潮。

《旋律与对位》以尖刻与讽刺的笔调对 20 世纪 20 年代的伦敦社会做了漫画式的描绘。作者以闹剧的方式来处理一群具有病态心理的人物之间的复杂关系。从某种意义上说，这部小说仿佛向读者展示了一个住着形形色色的道德沦丧、行为怪僻的人的疯人院。作者笔下的人物大都奉行一种在世界末日来临之前及时行乐的人生哲学。在他们看来，整个社会已经不可救药，教义教规也已成为无聊的废话，唯独纵情淫欲才是他们消磨时光的最佳方式。这便是这部小说的讽喻意义所在。

这部小说另一个显著的艺术特征是小说之中有小说。赫胥黎有意在小说中安排了一位小说家。身为小说家，夸尔斯也在试图创作一部以小说家为主人公的小说，而夸尔斯笔下的主人公也想塑造一位小说家的形象。其结果是，现实与想象、事实与虚构之间的界线已不复存在。赫胥黎凭借这种方式不仅取消了小说的“全知叙述”和虚构事件的“现实性”，而且进一步强化了视角的复杂性和延续性。毫无疑问，《旋律与对位》的成功在很大程度上取决于赫胥黎新颖独特的创作技巧，同时也对20世纪英国现实主义小说艺术的发展产生了积极的影响。

《美丽新世界》是赫胥黎又一部极为重要的社会讽刺小说。《美丽新世界》描绘了600年后，即福特632年，西方文明社会的图景。小说用了近一半的篇幅描写了福特632年在美妙的新世界中伦敦中央孵化及条件反射中心主任带领新学员参观一个成批生产人类的工厂的情形。在这儿，受精卵被放在不同的培养液中，生产不同等级的人所用的培养液不同。他介绍说，科学家们已发明了一种新的培养方法，可以使一个受精卵分化发育成8至96个完全一样的人，以从事完全一样的工作。在这个新世界中，按工作需要制造不同等级的人。由于从出生前的培养液到出生后的条件反射训练都是严格按阶层控制进行的，所以在这个新世界中没有对自己地位不满的人，人已被消灭了个性，社会十分稳定。由于美会导致追求因而带来不幸，所以在这里没有文化艺术，没有人道主义，没有情感的交流。男女杂交代替了爱情，感官刺激代替了艺术享受，毒品产生的幻觉给人以满足。这是一幅十分黯淡的图画，赫胥黎为人类描绘了一个灰色的未来。他预言，在一个物质至上的社会中，科学不断发展的威力会造成异化了的人类，生活在一个没有灵魂的高效率的社会组织中。

在《美丽新世界》中，作者的讽刺艺术再次得到了充分的展示。赫胥黎成功地模仿斯威夫特的创作手法，以一种超然和漫不经心的语气来叙述骇人听闻的故事，通过小说内容和语言形式的强烈对比产生特殊的讽刺效果。例如，作者在小说一开始便采用一种轻快的语气来描述“伦敦中央孵化育种中心”主任带领一群“粉红色和羽毛未生的年轻学生”参观制造婴儿的受精室时的情景。这位主任平心静气地对学生们说：“这是受精室……只对你们作一个概括性的介绍……明天你们就要认真工作了。”他那种不动声色、超然物外的语气同严重摧残人性的机械文明之间形成了明显的反差，从而产生了强烈的讽刺效果。在作者的笔下，严格受到科学控制的社会被描绘成最完美和最高形式的社会，而小说中几乎所有的人物都对此深信不疑。任何一个善于独立思考或具有主见的人都将遭到惩罚乃至毁灭。这便是这部小说的讽刺意义所在。

二、伊夫林·沃的小说创作

沃出身于伦敦的一个知识分子家庭。他的父亲是一位作家和出版家，他的哥哥亚历克也是一位颇有名气的小说家和游记作家。沃从小受到良好的教育，热爱文学，博览群书。成年后他进入著名学府牛津大学攻读现代历史，对现代派作品产生了浓厚的兴趣，并从中学习各种讽刺手段和幽默风格。1928 年，沃结婚成家，并发表了第一部长篇小说《衰亡》。他首次向人们展示自己独特的讽刺艺术，并一举成名，跻身于 20 世纪 20 年代英国文坛新秀的行列。在第二次世界大战爆发之前，沃先后发表了《邪恶的躯体》《一把尘土》等社会讽刺小说，以辛辣的笔触对西方现代文明与文化进行了无情的嘲弄。

《衰亡》将闹剧与悲剧因素融合在一起，讲述一个青年人十分离奇的人生经历。小说的主人公保罗因行为不当被牛津开除，到威尔士的一所寄宿学校任教，期间与从事贩卖妇女活动的富婆玛戈特相恋，在新婚之日受牵连锒铛入狱，甘愿为情人坐牢。后来玛戈特嫁给一位政府大臣，在这位大臣的帮助下，保罗得以保外就医，在手术台上意外“死去”。经过一番移花接木，保罗又以新的身份重返牛津，继续未完成的学业。很显然，作者的旨趣不在于表现保罗坎坷的经历，而在于讽刺英国教育界、司法界、政界和上流社会的腐败。保罗的不幸遭遇反映了两次世界大战期间英国社会的幻灭情绪。《衰亡》展示了一场地地道道的人间闹剧，其滑稽的程度已超出了一般讽刺小说的范畴。作者以一种不动声色的口吻描述了主人公一段荒唐的令人难以置信的生活经历。在他的笔下,著名学府牛津大学的学生大都行为放肆,言语失常。小说以一种近似于“黑色幽默”的手法描绘了生活中一系列荒诞可笑的人物和事件,取得了强烈的讽刺效果。《衰亡》这部作品的另一突出之处在于运用“轮盘”(即命运之轮)这一意象,将人分成静态人与动态人:前者如保罗,只能做生活的旁观者,无奈地接受命运的安排,若不安于本分而硬往轮盘上跳跃,只会被摔得粉身碎骨;后者如玛戈特,爬上轮盘被甩下来再爬上去,尽量靠近轮盘的中心以便坐稳。

《邪恶的躯体》是沃的第二部小说,这部小说不但进一步确立了沃在英国文坛的地位,而且继续将第一次世界大战之后英国社会的腐败和荒诞现象作为嘲讽的对象。

作品的前半部分就像一部荒诞的闹剧,围绕着伦敦一个闲话专栏作家的感情纠葛展开。20世纪30年代的伦敦,欢快的年轻人终日沉溺于各种舞会,喝酒、打牌、乱搞男女关系、背后说长道短。他们到处举行舞会,如在公寓、住宅、船上、旅馆、夜总会、磨坊举行的舞会,在学校举行的茶会。他们常常抱怨生活乏味,在及时行乐时情绪越来越低落。其中有人发了疯,有人怀了孕,他们毫无目的和精神追求的生活最后因为战争的爆发才戛然而止。这种生活与情绪不仅弥漫在富有的年轻人中,就连首相等人也都受到生活枯燥思想的感染。这些人拒绝反省和改变自己,所以这部作品的基调是悲观、绝望的。主人公亚当同《衰亡》中的保罗一样,也是一个饱受受命运捉弄的人。他与勃朗特上校的女儿、人称“舞会动物”的妮娜订了婚约。亚当没有钱,没有地位,勃朗特上校极力反对这门婚事。同时,富有的金杰看上了妮娜,妮娜只好与他结婚。蜜月后金杰突然应召入伍,亚当冒充金杰同妮娜一起回家拜见勃朗特上校。最终战争爆发,亚当入伍。

《邪恶的躯体》再次充分展示了沃的讽刺艺术。显然亚当所经历的一系列荒诞离奇的事件不仅反映了一代人的道德堕落,而且折射出两次世界大战期间英国社会的腐朽本质。在作者的笔下，英国社会世风日下，世道诡诈，人生险恶，只有投机取巧、厚颜无耻或无所顾忌的人才能安然无恙，而像亚当这样对生活依然抱有幻想的人却四处碰壁，走投无路。可笑的是，在这个世界中，父母不认子女，修女成了妓女，政府像走马灯似的更迭不止，而达官贵人则热衷于为报纸的闲话栏杜撰所谓的趣闻逸事，在小说中，亚当与妮娜到处参加各种舞会和晚会，终日穿行于形形色色的邪恶躯体之间。显然，这些舞会或社会聚会对铺垫气氛和渲染主题起到了一定的辅助作用。

《邪恶的躯体》以一群怪诞的人物和荒谬的事件揭示了深刻的社会主题。尽管这部小说在情节和结构上显得较为松散，在塑造人物方面也存在不足之处，但它在揭露和讽刺英国上流社会的腐败与丑恶方面独具匠心。作者巧妙地将通俗的语言和故意的夸张交织一体，使幽默与荒谬彼此交融，从而让读者在忍俊不禁的同时对小说的意义与内涵进行深刻的思考和认真的回味。它为作者以后的讽刺艺术奠定了重要的基础。

《一把尘土》是沃在两次世界大战期间最为重要的一部社会讽刺小说。小说出色地描绘了一出现代哥特式的悲喜剧，进一步深化了沃心目中的现代末世景观。主人公托尼·拉斯特是最后一个贵族后裔，与妻子住在一座哥特式的祖传古建筑里。对托尼来说，祖传的海顿庄园代表了英国传统社会中全部神圣高贵的东西，因此他认为维护这座庄园是自己生活中的一个必然部分。但妻子觉得住在这里就像生活在一座阴森森的修道院，对丈夫的理想和信仰厌倦而反感。经过五年无趣的婚姻生活之后，妻子托词到伦敦租公寓与一年轻人暗中同居。具有讽刺意味的是，托尼还设法省下维修海顿庄园的钱为妻子装潢伦敦新居。在一次意外事故中，儿子被马踏死，夫妻唯一的联系彻底断裂，妻子提出离婚。而那位有些自虐的丈夫为了满足妻子的愿望，居然雇用一个妓女和自己演出私通的活剧，制造了离婚证据。而妻子不仅不知感恩，反而变本加厉地逼迫托尼卖掉海顿庄园，以此来保证自己可观的赡养费。这下触动了托尼信仰的全部根基，一怒之下拒绝了妻子的要求，与另一个人结伴到南美密林，去寻找一座被历史湮没的哥特式古城。在这一过程中，托尼发现了自己的海顿庄园并不是什么祖传宅邸，只是一座没什么价值的普通的维多利亚时代的房屋而已，因此便跑到原始森林中，神志模糊、脚步踉跄，怀着理想幻灭、家庭破裂的痛苦在荒烟蔓草中寻找海市蜃楼。最后是托尼向一个疯老人没完没了地朗读狄更斯的小说，有一种黑色幽默的味道。小说结尾，海顿庄园已经落入他人之手，并且变成了一个农场。

《一把尘土》将沃小说的讽刺艺术推向了高潮。作者的讽刺技巧在这部小说中无疑运用得更加得心应手。他的表现手法大致可归纳为两种。一是通过两种截然相反的情景的对立折射出强烈的反讽效果。这一手法首先体现在主人公托尼的海顿庄园与他妻子布伦达在伦敦的公寓的对立之上。对托尼来说，海顿庄园是英国一切美好传统价值的象征。它不仅代表了他所崇尚的全部神圣与高贵的东西，也是他这位贵族后代的精神支柱。而他妻子布伦达在伦敦的公寓则是现代西方文明堕落的象征，代表了一切可悲、腐朽和丑恶的东西。显然，两幢具有相反意义的房子的对立与对照强化了作品的讽刺效果。这种形象对立的情景在小说中屡见不鲜。例如，当托尼的儿子约翰被惊马踩死时，托尼害怕布伦达在听到噩耗之后会经受不住沉重的打击。然而，具有讽刺意味的是，当布伦达听到约翰的死讯时，她首先以为是自己的情夫约翰·皮弗不幸遇难。在虚惊一场之后，她竟然为自己断绝了与托尼之间最后的联系而感到庆幸。于是，托尼的善良同布伦达的自私在情景的对立中形成了强烈的反差，为小说增添了一种戏剧性的讽刺效果。

在《一把尘土》中，语言形式与内容意义之间的互相矛盾是另一种常见的讽刺手法。作者有意采用一种诗歌般的典雅风格来描绘庸俗和丑陋的人物形象。这种手法在布伦达身上运用得尤为出色。例如，当布伦达与她的情人皮弗一起出现在伦敦的社交场所时，作者以艳丽的语言和优美的风格将布伦达描绘成“童话故事中一位被囚禁的公主”，“她的处境闪耀着一种奇特的光辉”，她的出现“具有迷人魅力”。在描绘她的情人皮弗时，作者采用了相同的语言风格，将这个举止轻浮的花花公子描写成一个令女士爱慕的白马王子和令男士们妒忌的“走运而又获胜的对手”。显然，语言风格与内容意义上的互相矛盾和不协调往往使读者感到在一层绚丽多彩的薄纱之下涌动着一片讽刺的波澜。

《一把尘土》再次成功地展示了一幅描绘英国现代社会生活的讽刺漫画。在作者的笔下，女主人公布伦达的庸俗和自私受到了严厉的鞭挞和无情的嘲弄。同时，托尼的哥特式世界和维多利亚情结也遭到辛辣的讽刺。

三、乔治·奥威尔的小说创作

奥威尔出身于中产阶级家庭，早年随父母在印度生活。1921年，奥威尔从伊顿毕业后当上了英国皇家警察，并被派往缅甸任职。1927年，奥威尔辞去了警察职务，并开始从事文学创作。奥威尔的创作大致可分为20世纪30年代和40年代两个阶段。前一阶段的小说主要反映人的孤独和贫困。在第二阶段中，奥威尔因本人遭到一个具有极“左”倾向的托派组织的清洗并成为党内政治斗争的受害者而对共产主义产生了敌意。他从自觉揭露资本主义制度的罪恶变为仇视并嘲弄当时苏联的社会主义制度。显然，这种思想上的转变对他的创作产生了重要的影响。同时也是他改写政治讽喻小说的根本原因。他在两次世界大战期间创作的政治讽喻小说主要有《让叶兰继续飘扬》《游上来吸口气》《动物庄园》。他将悲喜剧融为一体，以先知般冷峻的笔调勾画出人类阴暗的未来，使作品具有极大的张力，令读者心中震颤。

《让叶兰继续飘扬》为读者展示了同样贫困和令人窒息的生活环境，作者的讽刺才能在此初露端倪。小说主人公戈登是一位孤独的年轻人，平日喜欢写作，一心想成为一名诗人。他对中产阶级的价值观念和金钱世界感到厌恶。为了有更多的时间写作，他辞去了在他看来充满铜臭气的广告撰稿人的工作，到一家书店当店员，每周薪水仅两英镑。此刻，他欣喜若狂地发现，在他简陋的住所中的一盆叶兰（又名蜘蛛抱蛋）开始枯萎。这似乎象征着他与中产阶级的价值观念和金钱世界的决裂。然而，贫困开始困扰他的生活，他变得越来越穷，并受尽了歧视。于是，戈登陷入一场反抗金钱的痛苦斗争之中。小说结尾，戈登重新回到了原来的广告公司。他终于明白自己的一切努力都是徒劳的。在一个金钱主宰一切的世界中，他要结婚、付账单、买家具等，这一切没有钱是万万不能的。他过去反抗金钱，得到的却是贫困、苦难和空虚。此刻，那盆叶兰起死回生，开始蓬勃生长，重新飘扬起来。

《让叶兰继续飘扬》无情地讽刺了试图反抗中产阶级价值观念的行为。主人公戈登在反抗金钱的过程中却被金钱所困，失去了尊严和优裕的生活。显然，作者嘲弄了那些试图反抗金钱世界而又无力摆脱金钱世界的人。他似乎想告诉读者，主人公的那个阶级已经决定了他的生活方式，他所憎恨的价值观念早已根深蒂固，任何反抗或逃避都是徒劳无益的。

《游上来吸口气》是奥威尔第一本真正在读者中引起较大反响的长篇小说。小说主人公保灵是"一个身体肥胖、满口假牙、脸色发红的中年人"，在保险公司任职，他的妻子是个泼妇。他在一次赌博中赢了一笔钱，他瞒着妻子，决定用这笔钱来支付一次重归故土旅程的费用，去观赏那里的田园风光和湖光山色。然而让人伤心的是，家乡的小镇已经不是原来恬静美丽的故乡了，故乡在工业化发展中变得面目全非。保灵记忆中故乡浓浓的绿荫、缓缓的清流、摇曳的鲜花和不时跃出水面的大鲤鱼都不见了，眼前除了一望无际的房屋、比比皆是的垃圾、杂草丛生的肮脏水面，似乎别无他物。他记忆里那种美丽、和谐与宁静的田园生活，与现代社会的混乱与丑恶形成了强烈的反差。过去一切美好的东西都消失了，就连他当年的情人也像他的故乡一样失去了美丽的容颜。正当保灵在镇上踱步沉思时，一颗炸弹落在附近，炸掉一幢房子的墙壁，使屋内所有的东西暴露无遗。小说结尾，保灵十分沮丧和失望地回到了凶悍的妻子身边。

《游上来吸口气》中，鱼和炸弹是两个贯穿始终而又互相对立的形象。它们分别象征着过去和现在、美丽和丑恶以及安闲和噩梦。鱼和炸弹两个形象在小说中交叠出现，彼此对照，对渲染主题具有重要的辅助作用。具有讽刺意义的是，保灵对未来恐怖世界的预言并未引起任何人的注意，而他所认识或遇到的人全都显得愚不可及。不仅如此，他甚至对世界末日的可能来临幸灾乐祸。小说结尾，他用自嘲的口吻告诉读者："游上来吸口气！但上面并没有空气。"作者似乎向人们表明：保灵生活在悲观与恐惧的深渊，他由于感到压抑和窒息，因此渴望从渊底上来吸一口新鲜空气。然而，这种行为不仅是浪费时间，而且是徒劳无益的。

《动物庄园》是一部拟人化的政治讽喻小说，情节简单，篇幅也不是很长。在这部小说里，动物生活和人类社会交织在一起。在以猪为代表的动物庄园里，临死前的公猪"长者"召开了一次动物大会，向大家诉说了人类对他们的压迫和剥削，号召动物们推翻人类的统治，建立平等友爱的乌托邦动物乐园。猪群揭竿而起，夺取人类的鞭子，并将他们赶出庄园。然而，猪群却出现了派系斗争。"拿破仑"和"雪球"两头公猪钩心斗角、争权夺利，使整个庄园笼罩在残酷斗争的阴影之中。"拿破仑"占了上风，在"拿破仑"的统治下，群猪变得盛气凌人，横行霸道，经常侵占其他动物的牛奶和苹果。小说结尾，庄园里的其他动物惊讶地发现，这些猪与人之间已经没有区别了。

在这部小说中，具有政治色彩的讽刺性描述随处可见，作者还有意通过"拿破仑"来篡改"动物庄园"的"七条戒律"，将"任何动物不得杀害其他动物"改为"任何动物不得杀害其他动物而不陈述理由"，将"所有动物一律平等"改为"所有动物一律平等，但有的动物比其他动物更为平等"。显然，作者借此来讽刺他所谓的"操纵语言、歪曲真理"的行为。此外，小说结尾，动物又回到开局时受奴役的状况，同样具有强烈的讽刺色彩。

第四节 T. S. 艾略特等人与诗剧的复兴

诗剧是一种古老的戏剧形式，最早可以追溯至古希腊、罗马时期，在英国，诗剧也有久远的历史，并在莎士比亚手中达到顶峰。在20世纪30年代，英国戏剧进入低潮期，但这时的诗剧界并不沉闷，以T. S. 艾略特（Thomas Stearns Eliot，1888—1965）、克里斯托弗·弗赖伊（Christopher Fry，1907—2005）为代表的剧作家对诗剧进行改革和创作，推动了这种发端于古希腊的戏剧形式的发展。

艾略特出生于美国密苏里州的圣路易斯，曾就读于哈佛大学、巴黎大学和牛津大学。他于第一次世界大战后来到英国伦敦，在伦敦期间，他开始了自己的文学生涯，并且遇到了对他人生影响很大的庞德，庞德鼓励他定居伦敦，并对他进行了提携，1927年他加入英国国籍，1948年他获得了瑞典皇家学院授予的诺贝尔文学奖。

艾略特因他的代表作《荒原》和《四个四重奏》成为20世纪初英国诗坛最具代表性的诗人之后，开始从事戏剧创作。在艾略特看来，诗歌和戏剧之间存在着密不可分的联系，他坚信自己能够创作出优秀的诗剧，他试图以古希腊和伊丽莎白的诗剧为基础，创立一种新的现代诗剧模式。他一再强调诗剧并不是散文剧的诗歌译本，而是一种新型的戏剧，是根据戏剧自身的需要而产生的。自20世纪20年代开始诗剧的创作，他前后创作了7部诗剧，其中以《大教堂凶杀案》《团圆》和《鸡尾酒会》最为著名。

《大教堂凶杀案》被认为是艾略特最为成功的诗剧，最能代表作者的诗剧理想。这部诗剧以12世纪坎特伯雷大教堂的大主教贝克特被谋杀的历史故事为蓝本，这出历史题裁的剧目最大的特点就是它具有特殊的韵律，在情节简单、人物较少的诗体剧中，合唱队可以弥补舞台上可能出现的空缺，有助于营造氛围。这部剧作不但使用了合唱、“三一律”等古典戏剧形式，还加入了现代文学形式的散文，使这部诗剧得到广大观众的喜爱和赞扬。

为了让诗剧走向大众，艾略特又一改诗剧应从历史和神话取材的传统要求，把现代生活以及他的同代人作为诗剧的描写对象。《团圆》就是描写现代生活的，虽然这部作品的题目为“团圆”，讲述的却是一个家庭的分崩离析。在英格兰北部的一个富裕家族里，卧病在床的年迈女主人即将迎来她的生日聚会。她的5个兄弟姐妹已经到来，但她的3个儿子却迟迟没有露面。在这个家族里，大儿子哈利是主人，已经离开家整整八年，另外两个儿子因为车祸都受伤了。等到哈利终于现身的时候，他的状态却很差，因为他觉得妻子的死是自己造成的。而且哈利无意中得知在母亲怀他时父亲曾计划谋害他的母亲。这一切都让哈利感到绝望，母亲随即也离开人世，这个家族就这样散了。

从形式上看，合唱队已不似在《大教堂凶杀案》里那样直接出现面对观众。这部戏剧的合唱队已经隐形，化为哈利的舅舅和姨妈们。他们之间的闲谈起到了合唱队的作用。虽然这部剧并没有完全脱离神话潜移默化的影响，但是这部剧以现代生活为戏剧表现的主要题材无疑是艾略特一个巨大的进步。

《鸡尾酒会》讲述一对英国夫妇婚后关系逐渐疏远的故事，丈夫爱德华有了婚外情人，他的妻子拉维妮娅在原计划举办的鸡尾酒会之前突然离家出走。爱德华为维护家庭和美的形象，只好向前来参加酒会的客人撒谎。酒会期间，妻子回来了，和她一起到来的还有他们以前经常求助的心理治疗师。经过分离和反省，夫妻二人都认识到，他们过去一直在欺骗自己，不愿意面对平淡无奇的生活。他们感到，即使共同生活空洞无聊，也胜过独自生活。在心理治疗师的帮助下，爱德华的情人也决定离开他，到非洲去找寻自我救赎。两年之后，爱德华和拉维妮娅重修旧好，又重新举办了鸡尾酒会。这部作品表明艾略特在诗剧题材方面的实验走向了成熟，已经冲破了神话、历史题材的束缚，成了表现现代社会的一种有力的戏剧形式。

弗赖伊出生于英国的港口城市布里斯托尔，父亲在他年幼的时候就离开了他。弗赖伊的生活经历非常丰富，他教过书，当过演员，后来开始进行剧本的创作。弗赖伊对于诗剧是非常推崇的，他创作的诗剧情节大都单一，主体简洁，其作品的主旋律大都是强调年轻和生存终将战胜衰老和死亡。弗赖伊所创作的诗剧还有另一个特点，那就是更多地表现了一种心境和气氛，对于结构的把握并不严谨。他早期的诗剧作品受艾略特的影响较大，在两次世界大战期间的主要作品是《推车少年》。《推车少年》是弗赖伊第一个剧本。讲述一个男孩用车推着寡母四处流浪，最后借助神秘力量建立起一座教堂，从而实现自己心愿的故事。这是一部用韵文和散文写成的、带有宗教信仰性质的诗剧，表达了对信仰的虔诚追求。

第三章　第二次世界大战后至 20 世纪 70 年代的英国文学

在第二次世界大战后，英国的实力和国际地位一落千丈，再加上核战争阴影的笼罩，英国人民的心满意足和乐观情绪很快被悲观失望的情绪所取代。在此形势下，英国的文学创作发生了重大改变。小说方面，“愤怒的青年”出现于英国文坛。他们的创作手法基本上是现实主义的，反对进行任何文体上的实验，真实地反映了战后一代青年的追求和生活方式。与以“愤怒的青年”为代表的现实主义小说创作倾向相对照，受法国存在主义哲学的影响，认为人类的生存是荒诞、无意义的贝克特，注重在小说中以非现实的抽象手法表现人类生存的哲学困境，从而深刻反映了战后人们的信仰和精神危机。同时，具有明显的反传统倾向，尝试用离经叛道、标新立异的手法对普遍的混乱意识和绝望心理进行表现的实验主义小说也在这一时期悄然抬头。诗歌方面，“运动派”诗人登上了诗坛，他们反对战前流行的浪漫主义文风，也反对存在主义诗人的抽象，主张回归传统，崇尚朴实的诗风。戏剧方面，一批剧作家发起了新戏运动，开始有意识地进行戏剧实验，从而使戏剧成为战后英国文学中最有活力的一个分支。

第一节　“愤怒的青年”

两次世界大战动摇了英国的政治经济体系，也动摇了主宰人们精神世界的传统价值体系。1945 年 5 月 7 日，在世界反法西斯战争中立下了汗马功劳、被誉为民族英雄的保守党候选人丘吉尔，因其竞选纲领体现的是维多利亚传统价值观念而在大选中落败，这标志着曾经根深蒂固的传统价值观念体系在英国开始分崩离析。而“富裕社会”“福利国家”的“新”生活，则进一步刺激了人们的物欲。在此影响下，不少英国人特别是青年知识分子，开始用新的眼光审视生活。以金斯利·艾米斯（Kingsley Amis，1922—1995）、约翰·韦恩（John Wain，1925—1994）和约翰·布莱恩（John Braine，1922—1986）等为代表的“愤怒的青年”，就是在这一时期登上英国文坛的。他们“看穿”了各种说教，在绝望之余拿起了愤怒的笔，揭露日趋僵化的社会制度、陈腐落后的等级观念、虚伪的道德秩序，要求平等而充分地实现个人欲求，从而给人以一种全新和清醒的感觉。不过，“愤怒的青年”由于没有明确的社会理想，对社会的弊病没有明确的理性认识，同时缺乏严肃的社会责任感，再加上成名后荣誉和地位纷至沓来，“愤怒”的情绪渐渐淡化，最终在20世纪60年代销声匿迹了。但是，“愤怒的青年”将一种有度的缺乏深思熟虑的怨愤和战后存在的空虚感混合在一起，展现了一幅20世纪50年代英国社会的生活画卷。“愤怒的青年”的创作成就主要表现在小说和戏剧方面，而又以小说成就最为突出。因此，这里主要阐述一下“愤怒的青年”的小说创作。

一、金斯利·艾米斯的小说创作

艾米斯被认为是“愤怒的青年”的主要代言人，出身于伦敦南部的一个中产阶级家庭。他从小就爱好文学，早年曾在诺贝利学院读书。毕业后，他进入牛津大学圣约翰学院学习。一年后，第二次世界大战爆发，艾米斯选择辍学参军，在英国皇家信号兵部队担任中尉。退伍后，他继续入读牛津大学圣约翰学院。毕业后，他先后在斯旺西大学和剑桥大学任教，其间也从事文学创作。1963年，艾米斯辞去教职，成为专业作家。不过，他后来也曾到英国和美国的多所大学短暂任职。1995年，艾米斯因病在伦敦去世。

艾米斯一生创作了20部长篇小说，还有诗歌、短篇小说、文学评论等不计其数，但以小说的成就最大。艾米斯的小说有着多样化的创作倾向，运用了多种创作手法。其中，他的“愤怒小说”一反现代派文学所热衷的在叙述语言和手法上的各种实验，返回传统的写作手法，即采用平实自然的叙述手法、简单而不加修饰的平民化语言进行创作。此外，他在进行“愤怒小说”创作时，多从底层生活取材，塑造了一些有才华、受过高等教育但出身低微，不能实现个人抱负的下层社会的青年形象；擅长运用讽刺，擅长在人物对话中使用夸张手法，从而巧妙地营造出一种喜剧气氛。《幸运儿吉姆》和《那种不安的情绪》是艾米斯最重要的两部“愤怒小说”。

《幸运儿吉姆》被认为是“愤怒的青年”小说创作的代表作，也让初出茅庐的艾米斯一举成名。它以第三人称视角，用幽默而嘲讽的笔调叙述了社会地位卑微、不择手段要跻身于上层社会的青年主人公吉姆的经历，并据此对当代英国社会的无序和腐败进行了无情嘲笑。因此，小说的格调虽是“嬉笑”的，实质上却是“怒骂”。此外，小说指向英国第二次世界大战后一代青年，很显然，艾米斯把自己以及同代人的经历和遭遇经过文学化的处理后写进了小说。事实上，小说中的主人公吉姆虽然和艾米斯在许多方面存在很大差异，但是在第二次世界大战后英国社会大背景的衬托下，吉姆的经历显然可以看作艾米斯所代表的出身底层的一代人的真实写照。

吉姆出身社会底层，才貌平平又玩世不恭。他先是在兰开斯特大学获得学士学位，在苏格兰的皇家空军部队服过役，目前是外省一所二流大学历史系低级讲师。出身卑微的吉姆在享受教育法案所带来的教育机会后，阶级意识更加强烈了，也更加清楚整个社会的阶级状况，认识到自己仍然处在社会的底层和边缘，仍然无法轻易地挤入或攀升到社会或文化的“上层”，因此他在任教期间虽然对学校的文化环境和那些出身高贵的所谓文化“精英”非常不满，但为了保住饭碗，不得不对那些处在“上层”的威尔奇教授们表现出毕恭毕敬的神态来。起初，为了维持卑贱而低下的地位和生存环境，吉姆不得不在头脑迟钝却又喜欢附庸风雅的威尔奇教授面前唯唯诺诺，忍气吞声，有时候还要极尽巴结讨好、迎合恭维之能事。但是，他的内心聚集着强烈的愤懑和不满，因而会在威尔奇教授的背后进行一些有限的挖苦、嘲笑和捉弄。一次威尔奇教授让他代表学校去演讲，为了壮胆，他临上台前还喝了酒，不料喝多了，踉踉跄跄上台后语无伦次，台下一片哗然。他知道事情搞砸了，索性借着酒力发泄一通。他在台上模仿威尔奇的怪样子，把这位系主任狠狠挖苦了一番。结果，他的气出了，饭碗也砸了——威尔奇随即就把他解聘。但在小说的最后，吉姆因祸得福。他成功地夺得了威尔奇儿子的漂亮女友克里丝汀，并在克里丝汀家人的帮助下获得了一个不可多得的好职位，真是“幸运儿吉姆”。小说结束于吉姆的“幸运”，如果这一个“吉姆”永远陶醉于他的“幸运”，那么，是否所有的“吉姆”都会陶醉于这种“幸运”？联系当时英国的社会生活现实，答案是可想而知的。因此，这部小说的结局具有极大的讽刺性，同时也表达了第二次世界大战后一代青年的失望和愤怒情绪。此外，艾米斯让小说以这样的方式结束，是在对中产阶级的虚假做作进行一番嘲笑和讽刺之后，在对体制性和制度化的社会感到无可奈何之后，只能用这一画饼充饥式的结局来增强小说的喜剧色彩。

在小说中，艾米斯还借吉姆的行为，对英国的文化传统，特别是以学院文化为代表的所谓“精英文化”以及以威尔奇教授为典型的附庸风雅的假“文化”进行了极大的嘲笑。吉姆虽受过高等教育，但由于他卑微的家庭出身和社会地位，他仍然不属于真正的“文化人”，因而他只能在学院文化的底层或者说“精英文化”的外围游荡。对自己的这种处境，他迫于生计，觉得无可奈何，同时出于“往上爬”的潜意识，又感到愤愤不平。很明显，吉姆从本质上说是反学院、反文化的，他在学术方面毫无长处，虽然竭力想

"爬入"文化的上层以获得理想的地位,但他的行为表明他是个没有多大出息的人。而且,吉姆最后获得高薪工作和漂亮女友既不表明他有什么突出的能力和才干,也不表明他实现了自我价值,而不过是"幸运"而已。试想,吉姆凭"幸运"进入上层而成为"精英文化"中的一员后,不就是又一个威尔奇吗?因此,这是艾米斯在对"精英文化"的虚假做作进行一番嘲讽之后的"再度嘲讽"。

此外,这部小说的语言也很有特色。首先是对人物的描述,时而幽默,时而荒诞,充满喜剧色彩。比如,小说对威尔奇的描写是:"他的领带上别有一个金色的小徽章,像旧时传令官的传令物件一样。结果走近一看,却是一点凝固在上面的鸡蛋黄。同时,在他现在已经张开的嘴唇的四周,也发现有这种可口营养食物的大片大片的痕迹。"其次是叙述语言自然流畅,不像维多利亚小说那样雕琢,而且雅俗不忌。比如,"这时,吉姆一边沿着楼梯朝楼下那间可能开始供应咖啡的教员公用室走去,一边半闭着嘴把他配的歌词哼了出来:'你是草包光吃饭,你是傻瓜老混蛋,你是胡言乱语,胡喷胡吐的大笨蛋……'后面紧接着是一连串不堪入耳的言语。效果完全符合协奏曲中极为难听的轰鸣部分。'你是啰唆肮脏的老粪土,你是泻肚漏气的老屁股……'吉姆不怕说话晦涩,用'漏气'一词来指威尔奇的竖笛;他明白自己指的是什么"。这样的叙述不仅轻松幽默,同时也真实地表现了人物个性。最后是人物的对话妙趣横生,且极具个性,能够凸显人物的特点。比如,小说一开始就通过威尔奇和吉姆的对话把这个伪学者的嘴脸生动地刻画了出来。他根本不懂音乐,却在那里大谈横笛、竖笛、单簧管、双簧管:"'横笛、钢琴合奏;而不是竖笛、钢琴合奏。'威尔奇笑了笑,接着说,'你知道,现在竖笛可不像横笛呀!当然,它是横笛的直接祖先。首先,竖笛的演奏用的是所谓"竖吹法",也就是说,往一个一定形状的吹口里吹气,像双簧管和单簧管的吹口一样,明白了吧。现在横笛呢,则用所谓"横吹法",就是说,是横着往一个孔里吹气,而不是……'"吉姆其实也不懂音乐,但连他也觉得威尔奇的这番“高论”滑稽可笑,所以他后来常把威尔奇前言不搭后语的谈话比作他那辆老掉牙的破车,到处乱跑乱撞。

总的来说,这部小说出色地继承了现实主义叙述手法,还成功地运用了讽刺戏剧手法,塑造了一个在第二次世界大战后的英国具有一定典型意义的“小人物”,表达了平凡的、生活在下层的“小人物”对社会现实和现代文明的强烈不满。

《那种不安的情绪》讲述的是威尔士小城的凡人小事。主人公约翰出身于煤矿工人家庭,大学毕业后在图书馆工作,结识了有钱有势人家的阔太太伊丽莎白。他正申请图书馆副馆长职位,而伊丽莎白的丈夫是图书馆委员会成员,能决定任命。于是,约翰与她来来往往偷情,同时又对妻子吉恩心怀愧疚。当他得知自己是由于上层人物的人事倾轧而得到职位时,决心不受人摆布,辞去图书馆工作,携妻子回到家乡,同矿工们生活在一起。作为一名小小的图书馆管理员,约翰对自己的生存状况不满,在遐想中他想象自己是个巨人,把图书馆捣毁,将借书人往石头地上摔打,试图敲出煤来,却不成功,“常气得嗷嗷直叫”。

约翰同吉姆一样,有世俗的追求,终于通过与一个有权有势的女人通奸跻身于中上层社会。但是,他不仅没有为此感到幸运,而且还常常受到良心的谴责。最后,他抛弃了已经得到的一切,回到了自己的家乡——一个穷困的矿区。约翰以“吉姆”的方式得到了“吉姆式”的“幸运”,最终却因良心谴责而主动放弃了这份“幸运”。于是,我们看到,“反英雄”们陷入了一个精神的怪圈:受到传统道德秩序的制约,他们为个体欲求得不到满足而“愤怒”,但一旦冲破传统道德秩序,让个体欲求得到满足或某种程度的满足,他们又为自己的不道德处境而痛苦。怎样才能使个体欲求的自由发展同社会道德约束协调一致?经过一番痛苦的探索,“反英雄”及创造他们的作家并没有找到令人们信服,同时也令自己满意的答案。

此外,这部小说中的滑稽场面相比《幸运儿吉姆》来说要少很多,但对上层社会的抨击与讽刺更为强烈。

二、约翰·韦恩的小说创作

韦恩出生于英格兰特伦河畔的斯塔福郡,曾就读于牛津大学圣约翰学院,并在这里获得了学士和硕士学位。毕业后,他曾做过英语教员,后来辞去教职,开始了专门写作。期间,他虽一度重返教坛,但其主要精力仍用于文学创作,为报纸、电台撰写新闻稿和评论文章。1994年,韦恩去世。

韦恩是"愤怒的青年"的代表作家,他的小说表达了对英国当时的社会现象和社会制度的强烈不满。韦恩在进行小说创作时,往往忠实于自己的生活经历,这使得他的创作带有明显的现实主义倾向。

《每况愈下》是韦恩最重要的一部小说,其表现的主题同艾米斯的《幸运儿吉姆》一样,都是"愤怒"。

小说的主人公查尔斯,既和社会格格不入,又不择手段混迹于社会。他既鄙视上层社会,又羡慕上层社会。为了显示洒脱,他大学毕业后故意去做清洁工、卡车司机、医院勤杂工,甚至走私毒品。他在小酒店里偶然邂逅了美女维罗尼卡,在得知她是一个富商的侄女后便想方设法地追求她,以便通过她找到一条致富的捷径。然而,他的发财梦不久便破灭了,因为他发现维罗尼卡并不是富商的侄女,而只是富商的情妇而已。但他没有因此而泄气,最后还是圆了金钱美女梦,既获得了一个报酬丰厚的职位,又赢得了维罗尼卡的"爱情"。至此,他已不再仇视社会,而和他一度厌恶的社会达成了和解。

查尔斯可以说是一个典型的"反英雄"人物,他缺乏传统小说中"英雄"人物的勇敢、坚强、刚毅等品质,而具有当代人所鄙夷的平庸、猥琐、消极、碌碌无为、极力逃避文明社会的行为规范和道德标准,等等。他始终在逃避和隐遁自己,随波逐流地任由生活摆布。尽管有时还有抱负和思想,但是他不够坚强,无法按照自己所希望的方式来雕琢自己的命运。他经常只是一个梦中人,被生活颠来倒去,也被生活推来推去。

韦恩在谈到《每况愈下》时说:“我写《每况愈下》时,觉得生活中出现的主要问题就是年轻人如何适应‘生活’的问题。在这里,生活是指他们降临世界之前就已经存在的外部秩序,这外部秩序不一定对他们持欢迎的态度;而且这一切正变得越来越复杂化了,因为在我们的文明中,教育制度和潜在于日常生活中的种种臆想之间存在着难以弥合的分裂。我们的公众和个人为了年轻人的教育花费了大笔钱财,让他们学会了欣赏文艺杰作;我们供养了很多教授来指导年轻人学习哲学和其他高雅的学问,然后又把他们推到一个完全不需要这些学问的世界上……所以,我自然要写一个人如何受了教育又被人像稻草一样叉起来,掷到世界上。”①的确,查尔斯所接受的教育无法让他适应“生活”,无法让他过着满意的生活。当他被掷入等级社会的底层时,他所接受的教育和教养毫无用处,在从事底层体力劳动时根本抵不上一个没有受过任何教育的劳动者。因此,“正是学校教育害得他今天无论如何煞费苦心也还是无法适应生活”。查尔斯的这种境况,反映了英国教育的固有弊端,但教育毕竟只是英国社会大厦的一个侧面。因此,查尔斯的“愤怒”不仅是针对英国的教育制度,而且也是针对现存的“外部秩序”,也就是等级森严和阶级壁垒分明的整个社会。在这个社会中,人的出身有贵贱之分,人的地位有高下之别,什么样的出身背景就有什么样的工作和职业对应,对“外部秩序”的任何形式的反抗,对社会等级思想的任何挑战,都难以得到这个社会的接受与认同。这就是查尔斯在小说中所遭遇的困境和痛苦,也是查尔斯“愤怒”和选择逃避的根源所在。他曾经试图跻身上层,但最终放弃了,转而尽力逃避中产阶级的生活方式和价值观念,逃避整个社会体制和外部秩序对自己的限制和压

---

① 张和龙.战后英国小说[M].上海:上海外语教育出版社,2004:30-31.

抑。于是，他只能“不停地流浪、流浪，流浪四方”，这也成为他对所愤恨和厌恶的社会进行对抗的唯一手段。基于此，有学者认为查尔斯是“愤怒的青年”小说中第一个流浪汉人物的形象，而韦恩则是当时回归流浪汉小说传统（其实也是回归现实主义小说传统）的先锋人物。

三、约翰·布莱恩的小说创作

布莱恩出身于英国约克郡的一个中产阶级家庭，曾就读于圣贝茨语言学校，离开学校后在旧书店、家具店等很多地方打过工。1940年，他成为约克郡宾利公共图书馆的馆员，才算有一个较为稳定的职业。1951年，他放弃这一职位，只身携带150英镑来到伦敦，打算以写作谋生，但处处碰壁，只得回家乡再干图书馆馆员的工作。1957年，布莱恩发表了小说《顶层的房间》一举成名，自此成为一名专业的作家。1986年，布莱恩去世。

布莱恩认为小说应该真实、自然、平和，注重描写普通人的平凡生活和真实情感。因此，他创作的“愤怒小说”，往往以英国约克郡的实地生活为背景，对当时英国工业区中下层阶级中的社会青年的精神面貌和生活面貌进行了真实描述。《顶层的房间》和《顶层的生活》是布莱恩“愤怒小说”的代表作。

《顶层的房间》以写实手法表现了英国小说中一个经久不衰的阶级主题——高攀婚姻。小说的主人公乔伊是个乡下青年，参加过第二次世界大战。他不愿流落于下层社会，于是处心积虑、不择手段地爬进上层社会。小说一开始，乔伊在大学毕业后离开家乡，来到工业城市沃利市，任市政厅财务处会计。在那里，他结识了很多上层社会有钱有势的人。此后，他内心变得极不平衡，一方面痛恨那些人的虚伪傲慢，另一方面又满心妒忌，眼红他们那种奢侈的生活。为了跻身上层社会，他抛弃了自己深爱着的艾丽丝，使尽各种招数勾引一个大资本家的女儿并使她怀孕，最后迫使大资本家把女儿许配给他。乔伊以婚姻为“向上爬”的跳板，赢得了金钱、权利和地位。

乔伊类似于巴尔扎克笔下的拉斯蒂涅，以叩开富家千金的闺阁为捷径攀升到上层社会。他虽取得了成功，却丧失了自尊和廉耻。而且，他并没有因此获得幸福，反而由于对艾丽丝的背叛而在灵魂深处产生了沉重的负罪感，特别是当艾丽丝因车祸去世时，这种负罪感变得更为沉重和持久。此外，他身处上层社会的感觉是极为复杂的，他的出身和文化背景等导致他与上层社会是格格不入的，他始终感觉自己是个局外人。

总的来说，小说通过塑造乔伊这一典型形象，反映了20世纪50年代英国北方工业城市唯利是图的社会风气，并展现了当时中下层小资产阶级知识分子的生活状况和思想感情。

《顶层的生活》是《顶层的房间》的续篇，讲述的是进入上层社会的乔伊的生活以及他内心的矛盾和痛苦。乔伊虽混迹于上流社会，但等级森严的上层生活仍使这个出身下层的暴发户感到难堪和自卑。通过对乔伊的内心矛盾和痛苦的刻画，布莱恩意在表明："英国社会并不像表面所显示的那样可以上下流动；只有对才能超常、极度冷酷的人，往上爬的道路才是敞开的。"

第二节　用荒诞表现荒诞：荒诞小说的创作

在英国小说发展史上，现实主义和现代主义是两个绵延不绝的传统。在"严肃"的20世纪50年代，现实主义显然占上风；到了"动荡"的20世纪60年代，现代主义倾向又逐渐增强。在这一时期的现代主义小说创作中，荒诞小说表现突出，获得了重要成就。埃利亚斯·卡内蒂(Elias Canetti，1905—1994)和塞缪尔·贝克特(Samuel Beckett，1906—1989)是这一时期最著名的荒诞小说家，他们用荒诞的形式表达了人们普遍的心理紊乱和痛苦绝望，先后被授予诺贝尔文学奖。

一、埃利亚斯·卡内蒂的小说创作

卡内蒂出生于保加利亚多瑙河下游的鲁斯丘克(现鲁塞市),1911年随父母迁居英国曼彻斯特市。他的父亲在听到第一次世界大战爆发的消息后大为震惊,导致心脏病发作而猝然死亡,从此他的生活蒙上了战争与死亡的阴影。后来,他随母亲迁居维也纳,进入维也纳大学攻读化学,其间对历史和文学产生了浓厚的兴趣,开始学习写作。毕业后,他曾到柏林从事翻译和创作,并结识了很多的著名艺术家和文学家。1939年,卡内蒂在伦敦定居,并加入了英国籍。在此后数十年中,他深入思考生与死、权力与群众等哲理问题,写了许多文章、杂感、随笔、日记。1994年,卡内蒂去世。

卡内蒂认为,“人们不应该再像过去的小说中描写的那样去表现这个世界……只有拿出勇气,揭示这个正在崩溃的世界,才可能反映出它的真实面貌”[①]。在这一思想的指导下,卡内蒂尝试用荒诞手法创作他的“人类疯狂喜剧”,《迷惘》便是其创作的一个成果。

《迷惘》的主人公彼德是位汉学家,他精通10多种东方语言,拥有其所在城市中最大的私人藏书楼。他极端厌恶腐朽的西方社会,因此离群索居,把全部感情投入到他的书籍里,并在古代东方文化中寻求精神寄托。长期在精神世界里过着孤独的生活,使他成了毫无实际处世经验的书呆子。他招聘了一名女管家苔莱莎,后来认为苔莱莎是管理他心爱图书的最佳人选,就和她结了婚。事实上,苔莱莎并非爱书之人,她只是想要获得彼德的财产。因此,结婚后的苔莱莎逐渐暴露了自己的本性,向彼德步步紧逼,侵占了他一间又一间藏书室。彼德忍气吞声,步步退让,最后被

---

① 瞿世镜,任一鸣.当代英国小说史[M].上海:上海译文出版社,2008:74.

赶出书斋，流落街头。苔莱莎把他逐出家门之时，把他的大衣、帽子和公文包统统扔了出来，可万万不曾料到彼德的银行存折恰巧在公文包里，因此彼德不但没有饿死，而且还有钱买书。而苔莱莎在赶走彼德后，与管门人、退休警察巴夫姘居。后来，她发现彼德的口袋里有许多钱，就把钱夺过来，叫姘夫狠揍彼德，又把他带回家去关在小屋里。没多久，彼德的弟弟来看望他，弄清了他被迫害的详细情况后赶走了苔莱莎和她的姘夫，把彼德送回他心爱的书房。然而，彼德用孔孟之道筑起的精神防线早已彻底崩溃。他忘不了前一段时间噩梦般的经历，决心要离开这疯狂的世界。于是他点起了一把火，把他自己和心爱的书全都葬身于火海之中。

卡内蒂在这部小说中，用一种冷峻的黑色幽默和荒诞笔法，塑造了一群外形和内心都畸形的人物，以表现一个异化的疯狂世界。这些人各有其荒诞的奇特梦想、人生逻辑和心理活动，他们的外貌和行为都反映出一种丑恶的品质。比如，苔莱莎的内心是极其贪婪狠毒的，她的外表和内心同样丑恶，一对招风耳又扁又大，头是向右歪的，右耳碰到了肩膀，并且被肩膀遮住了一部分，左耳就显得格外大。管门人巴夫是个乖戾残暴之徒，生得又矮又壮，两只布满红毛的拳头总想揍人。卡内蒂用内心独白、梦境等意识流手法把他们肮脏的灵魂暴露无遗，淋漓尽致地揭露了资本主义世界的疯狂本质。彼德是在精神世界中生活的知识精英，他却抵挡不住在物质世界中混日子的一群愚昧之徒。彼德的梦想是要完成一部研究东方思想的伟大著作，结果却写成了一部疯狂的《裤子心理学》。卡内蒂借这个象征性的寓言，深刻地揭示了欧洲知识分子受人摆布的悲剧命运。

二、塞缪尔·贝克特的小说创作

贝克特是现代主义文学最为杰出的继承者之一，也是荒诞主义小说的重要开拓者。他出身于都柏林南部的一个中产阶级家庭，14岁时进入一所由英国国王詹姆斯一世创办的寄宿学校读书。毕业后，他进入都柏林三一学院攻读现代语言学课程。1927年，他被校方派往法国巴黎从事校际交流活动，在那里结识了乔伊斯等文坛名流。回到都柏林后，他一边在三一学院教书，一边进行文学创作。第二次世界大战爆发后，贝克特移居巴黎，并逐渐步入创作高峰期，对小说的语言形式及叙述手法做了非常大胆的实验。1989年，贝克特在巴黎逝世。

贝克特认为，内在和外在的生活是混乱的、不断变化的、荒诞的、不受基本原则约束的。任何秩序都是创造出来的，是人用武断的、人工的手段炮制出来的，以平息灵魂和神经。因此，贝克特无意用艺术创造秩序，也无意用秩序来扭曲现实，他用混乱对应混乱的现实，用无序表现无序的世界。因此，他的荒诞小说非常接近一个抽象的、纯粹的、缺乏逻辑的想象世界，并借助于极端的形式实验，对荒诞的社会现实以及人类的境况进行了全新揭示。此外，贝克特的荒诞小说常常选择疯子、流浪汉、残废者、疾患者、垂死者等作为小说的主人公，一方面通过主人公在荒诞世界的荒诞遭遇来表现外在世界对人的压抑、异化和摧残；另一方面他又回避外在的世界，避开具体的社会生活，让主人公在一个“自由虚空的界域”活动着，通过“没有风格”的语言和“只有短语”的形式实验来展示人物心灵的虚空状态，以及人的意识中的混沌、紊乱和无序状态，从而让自己的小说超越具体的现实和社会，达到某种对人的形而上的深刻思考和揭示：人的一切行为显得无意义，荒诞而无用，人的生存没有目的，没有意义，也没有价值。

在《莫菲》这部小说中，贝克特首次将荒诞意识引入小说，并试图用一种低调、扭曲和模糊的小说文本作为荒诞世界的象征。小说展现了一个混乱而无望的世界，其故事情节凌乱无序，只是依稀可辨：主人公莫菲是个身居伦敦的爱尔兰人，由于失去了人生的信念，因此总想逃避充满敌意的现实世界。他平日游手好闲，并和一个名叫塞丽娅的妓女相好。塞丽娅虽身为妓女，但对莫菲温柔体贴，并不时劝他放弃空想，面对现实，开始新的生活，但他置之不理，并无情地抛弃了塞丽娅。不久，他到一家精神病医院工作，终日和精神错乱者为伴，从而找到了他所谓的绝对自由的精神境界。然而，有一天他进入医院顶楼的一个房间，在煤气爆炸中意外身亡。小说结尾，当一个酒鬼拿着莫菲的骨灰准备放到抽水马桶内冲掉时，不料骨灰盒在途中被人打翻在地，于是骨灰飞扬，很快和地上的啤酒、浓痰及垃圾混在一起而无法分辨了。

在这部小说中，贝克特为了配合所述事物的“混乱”，采用的叙述方式也是“混乱”的，而且具有反逻辑和反形式的特征。据此，他试图表现混乱、非理性、疯狂的现实生存，揭示人的内心世界的紊乱和虚空。

三部曲《莫洛伊》《马洛纳之死》和《无可名状的人》也用荒诞的形式表现了一个荒诞的世界。在三部曲中，贝克特彻底摒弃了传统小说的时间、地点、人物、情节等特征，对小说形式进行了无情的“杀戮”和肢解。因此，三部曲不仅不反映外部世界，不传达确定的意义，不刻画鲜明的人物形象，也无意叙述一个完整的故事，而是采用第一人称独白体，着重表现人类生活中那“纯粹的荒诞、肮脏、消沉、堕落和碎裂”。

《莫洛伊》分为两部分，第一部分是莫洛伊讲述自己寻找故乡和母亲的故事。莫洛伊独眼而且无牙，躺在原来属于他母亲的房间里。他不知道自己的身份，两腿不能行走，只得终日卧床写作。他的目的是“说出剩下的事情，说声再见，结束死亡”。行将就木的莫洛伊迫不及待地要讲故事，然而他的叙述既不合乎逻辑，也没有自由联想，而是体现了一个既精确又荒唐的过程。他告诉读者自己曾骑着自行车去寻访生死不明的母亲，途中被一个警察拦住。他说不清自己的身份，只是掏了几张用来擦屁股的废纸，因而遭到警察的拘留和审讯。在经历了一系列无聊和荒唐的事情之后，莫洛伊感到肢体僵硬、五官退化，表现出越来越多低等动物的存在特征。终于，他蜕化得如同“爬虫”，只能在“无可指涉”的森林里匍匐前行。后来，他掉进一条沟里，但不知怎的又回到了母亲的房间。这一部分开始时莫洛伊躺在母亲的房间里，结束时他又回到母亲的房间里，呈“循环结构”。第二部分是莫兰讲述自己寻找莫洛伊的故事。莫兰是一个私家侦探，鬼使神差地接到尤迪(类似诺特和戈多)寻找素不相识的莫洛伊的命令。事实上，寻找莫洛伊的旅程就是寻觅“母亲莫洛伊或莫洛丝”的艰难旅途，就是一段消解自我、通向虚无的探索征程。莫兰和13岁的儿子在某个星期天上午一起去寻找莫洛伊，几天后，他感到腿痛，无法行走，便让儿子去买一辆自行车。不料，他的儿子竟然和自行车一起消失了。经过一年的跋涉，原本健全的莫兰一无所获，只得瘸着腿，拄着雨伞，孤零零地回到家。可当他回到家时，却发现一切都已败落。在家休息了一个夏天之后，莫兰似乎又要出行，而且还是去找一个名叫莫洛伊的人。这一部分和第一部分一样，也呈“循环结构”。

这部小说充分体现了贝克特“荒诞小说”的艺术特征。首先，小说运用了两个自我封闭、互相独立却又彼此映衬的部分来展示小说的荒诞主题。莫洛伊和莫兰的寻找是人类探索寻求的荒唐模仿和滑稽讽喻，但它迂回循环的徒劳性和无意义性具有现代西方人生存境况的真实性。其次，小说借助于两个喋喋不休而又举止怪诞的叙述者，对现代人的异化感和没落感进行了深刻表现。莫洛伊在他母亲的房间开始叙述他的故事，并以一种具有田园讽刺式的沉思在那里结束他的故事。莫兰于一个风雨交加的夜晚在他自己的房间开始叙述他寻找莫洛伊的过程，并同样在那里结束他的故事。在整部小说中，莫洛伊并未发生任何变化，他是莫兰未来的影子。实际上，莫洛伊和莫兰两个人物在小说结尾时似乎已合二为一。和莫洛伊一样，莫兰也将语言视为归纳荒诞现实的工具，因而他是在步莫洛伊的后尘，也使自己成了一个荒诞的叙述者。莫洛伊和莫兰不仅意识到对方的存在和互相之间的象征关系，同时在荒诞的现实中竭力寻找“自我”，然而这种“自我”是一个神秘莫测的“空虚”。

《马洛纳之死》以一个人物的长篇独白作为叙述方式，旨在揭示周而复始且又无法回避的荒诞现实。整部小说就是年届耄耋、病卧床塌的马洛纳在生命的最后时刻含混不清地讲述着自己的故事,没有什么情节内容,没有什么次序章法,也没有什么解释和说明,叙述的内容既杂乱又晦涩,是一个地道的失语症者临死前的独白。

小说中的马洛纳已被"革命"得肢体不全,唯独眼睛尚可观察琢磨不透的灰色墙壁和窗外依稀的狭小星空,只有手指尚可抓住残短的铅笔写下临终前的缥缈思绪。在他极其简单的"财产清单"中,最重要的莫过于带拐的木棍和时常丢失的铅笔——借助木棍,行动不便的马洛纳可以控制仅有的身外之物,勾取维持生命的流质食物或推开桌上的夜壶;借助铅笔,患了记忆缺失症的他可以涂写掩盖自身虚空的虚构故事,记录生命陨落前夕的短暂历史。木棍形而下地将人物简化成"盘子和夜壶"这"两极"间的肠道("重要的是进食和排泄"),而铅笔则形而上地将人物拽入探寻意义的旋涡。即将"尘归尘"的马洛纳被贝克特抽干了历史,变成空洞的几乎纯粹物质的残缺存在,失去了确认自身存在意义的依据。在"活还是不活"已不是个问题的时候,他只能在贝克特慷慨恩赐的这两种"财产"的协助下竭力挣扎,在"自动写作"中描摹这狭小的世界,定位自己的物质存在,并以虚构他人故事的手段填补自身意义的虚空。但是,随着生命的终结,虚无笼罩了一切。

此外,马洛纳这一人物形象有着浓重的象征意味。他的名字"Malone"听上去就像"Me alone"("我孤独"),而从他的叙述中我们得知,他好像是个靠玩弄辞藻谋生的艺术家,而且还是个愤世嫉俗的人,对所有人都恶意相加。用这样一个人作为小说主人公,而且用他临死前的胡言乱语作为小说内容,即象征性地表现了"人"本质上的荒诞性。马洛纳终日卧床,却还在胡思乱想,不但与外部世界失去联系,还完全失去了行动能力,则是"人"、尤其是当代人的孤独和异化的象征;他生活在一个虚幻的世界里,每天只喝一点汤,却还在唠叨着"盘子和罐子,盘子和罐子,它们像是南极和北极";他不知道自己是谁,也不知道身在何处;他患有记忆缺失症，无法确定自己存在的历史，为此他必须虚构自身存在的历史，在“让他人活着”的过程中使“自己活着”。可以说，他过去的经历、现在的处境连同他的喋喋不休、颠三倒四的“叙述”（即“人”的思想和言论的象征），全都属于虚无和荒诞。总之，他在苟延残喘——这就是贝克特所要展示的人类境况。

《无可名状的人》以极度的混乱，展示了整个世界和一切存在的极度无序和极度空虚。整部小说就像是一场有意设计的恶作剧，所有的一切互相矛盾，既无故事情节，又无人物形象，连正常的小说语言也消失了，取而代之的是不知所云的词语连接。

此外，这部小说已经不再是行将就木者的独白，而是一个“无可名状的人”的叙述。叙述者的身份“无可名状”，“他”身处一个窗户里的一个坛子里，究竟是男是女、是人是鬼无法确定；说话人的名字从马胡德到毛虫到巴塞尔等不断变化着，他们叙述着各自的故事；整个叙述零零碎碎，断断续续，语无伦次，颠三倒四，而最后一个段落长达 100 多页，完全成了肆意的语词喷发。此外，这个无名无姓的“他”受“声音”的驱使，在“无话可说却不得不说”的困境中思考自我的本质，然而“词语”的无能使它构造自身存在方式的努力化作徒劳，因此它只能在“无可名状”的状态中竭力构想存在的历史和意义，在“无法继续”和“必须继续”的矛盾中没完没了地“继续”，以对自我和意义进行探索。

总的来说，贝克特荒诞小说中的人物逐步蜕去了物质存在的形式，由比较健全的唯我论者蜕化成形式难以确定的“肉团”，并最终演变成几乎没有物质实体的抽象意念，将日益虚无的“反英雄”推向登峰造极的“反人物”。

第三节　实验主义小说的创作

在 20 世纪 60 年代的英国小说创作中，实验主义小说悄然抬头。实验主义小说的创作者试图在哲理层面对社会现象和人们的处境进行分析,并尝试运用离经叛道和标新立异的手法表现人们普遍的混乱意识和绝望心理,体现出明显的反传统倾向。威廉·戈尔丁(William Golding,1911—1993)、安格斯·威尔逊(Angus Wilson,1913—1991)、安东尼·伯吉斯(Anthony Burgess,1917—1993)、约翰·福尔斯(John Fowles,1926—2005)、克里斯汀·布鲁克-罗斯(Christine Brooke-Rose,1926—2012)等都是实验主义小说创作的代表作家,下面具体分析一下戈尔丁和伯吉斯的实验主义小说创作。

一、威廉·戈尔丁的小说创作

戈尔丁出生于英格兰康沃尔郡,父亲是思想激进者,相信科学,反对宗教,母亲是一位女权主义者,这对戈尔丁的思想产生了重要影响。幼时的戈尔丁喜欢读书,且涉猎广泛。1930年,戈尔丁中学毕业,随后进入牛津大学学习。其间,他先是学了两年自然科学,后来觉得索然寡味便改读英国文学。毕业后,他曾当过编导、演员、教师等,过着宁静的生活。第二次世界大战爆发后,他参军入伍,服役于英国皇家海军。战争结束后,戈尔丁当了10年教师,并在业余时间进行写作。1961年,他辞去教职,成为专业作家。1983年,戈尔丁获得了诺贝尔文学奖。1993年,戈尔丁因猝发心脏病去世。

戈尔丁小说创作的常规主题是深入探索人类的本性,在他看来,人性原本就是恶的,并非社会制度或政治制度所造成,而是"产生于人类自己的内心深处——是人类中的恶造成了邪恶的制度,或者改变了最初的状况,改变了原来的发展,是它把美好的事物变成了邪恶的、有害的事物"[①]。因此,他常常使小说中的人物脱离具体的社会环境,使之与教育和文明的力量相隔绝,从而显

① 宋兆霖.诺贝尔文学奖文库·授奖词与授奖演说集[M].杭州:浙江文艺出版社,1998:169.

示出赤裸裸的人类本性：最野蛮、最黑暗、最疯狂的兽性。此外，戈尔丁在进行小说创作时，采用了一些新形式和新技巧，如“互文”和“元小说”成分等，从而呈现出鲜明的“后现代”的新实验主义倾向。

《蝇王》《看得见的黑暗》《品彻·马丁》《自由堕落》《塔尖》《航行仪式》《局促的岗位》《地狱之火》等都是戈尔丁实验主义小说的重要成果，下面具体分析一下《蝇王》和《品彻·马丁》这两部小说。

《蝇王》被认为是戈尔丁最重要的代表作，深刻体现了他的人生观。小说的书名取自《圣经》，即“苍蝇之王”，喻污秽和丑恶之最。戈尔丁将此作为书名，显然意指人性之恶或者说指人的兽性，因为小说中那群男孩特别害怕荒岛上有野兽，其实真正的野兽就是潜伏在人性中的兽性。同时，小说继承了丹尼尔·笛福的《鲁滨孙漂流记》开创的英国“荒岛文学”传统，并进一步发展了这一传统。

小说是以R. M.巴兰坦在1857年出版的童话小说《珊瑚岛》为蓝本创作的，故事讲的是杰克、拉尔夫和彼得金·盖3个男孩乘船遇险，漂流到南海珊瑚岛上，过着世外桃源的生活。他们曾目睹野蛮人相互残杀，拉尔夫又被海盗劫走。岛上土人被孩子们感化成基督徒，改变了野蛮本性，救出了拉尔夫。戈尔丁利用了这个故事背景和其中的人物，只是稍加变动，把彼得金·盖变成“猪仔”皮吉，又增加了西蒙这个人物。但是，故事的主题完全颠倒过来了，即将《珊瑚岛》以文明克服野蛮的故事转化成由文明退化到野蛮的悲剧。具体来看，这部小说的时间是虚构的某次现代战争期间，地点是南太平洋上的一个荒岛，人物是因飞机失事而流落到这个荒岛上的一群英国男孩。这群男孩被困在荒岛上之后，就设法生存下去。他们选了一个叫拉尔夫的男孩当他们的首领。另一个小名叫猪仔的男孩是拉尔夫的“顾问”，因为他生性温和而且善于思考。还有一个叫西蒙的男孩表面上有点古怪，但他很有灵性，对未来的事情会有一种预感。拉尔夫在猪仔和西蒙的协助下,带领着一群男孩开始在岛上生活。他们点起篝火,希望路过的船只能看到篝火而前来营救他们。与此同时,他们搭好一个简陋的窝棚后便去采摘野果,以此充饥。拉尔夫让一个叫杰克的男孩照管篝火,然而杰克是个不安分的孩子,他一开始就因为自己未被选为首领而耿耿于怀,再说他非常喜欢吃肉,便擅自离开篝火去打野猪,致使篝火熄灭,错失了得救的良机。拉尔夫为此责备他,他便开始与拉尔夫为敌。这样就导致了分裂:拉尔夫、猪仔、西蒙和其他一些男孩重新把篝火点起,继续期待营救;杰克则鼓动另一些男孩脱离拉尔夫,并把他们带进山洞里去住,带他们去打野猪吃,他们则拥戴杰克为新的首领。分裂最后导致冲突,两派大打出手。在冲突中,杰克的一派占了上风,他们杀了猪仔和西蒙,拉尔夫也危在旦夕。然而,就在拉尔夫濒临死亡之际,海上驶来一艘快艇,一位海军军官带着士兵冲到岛上,搭救了拉尔夫和他的几个小伙伴。险些丧命的拉尔夫失声痛哭,为童心的泯灭和人性的黑暗而悲泣。

很明显,这部小说有着强烈的悲观主义倾向,但其在客观上仍具有积极的意义。就现实方面而言,它否定了大英帝国是文明传播者的传统观念,从一个侧面表现出英国对昔日光荣历史的反思,同时又表现出正视现实的现代意识。就象征方面而言,它至少提醒人们,人类文明的发展并非坦途,而是人类战胜自我的一个曲折而痛苦的过程。

此外,戈尔丁在这部小说中,通过对儿童世界的刻画展示了人性恶的不同形态。杰克显示出咄咄逼人的攻击性,他嗜血,渴求权力,为满足自身欲望不加节制。从最初刺小野猪时的犹豫和缺乏狠劲,到最后放火追杀拉尔夫,完全释放了内心的兽性。在情节上,杰克和孩子们变化的关键点是杀死母猪后供奉猪头给“野兽”和西蒙的谋杀,而他们用猪血涂脸也预示着恶的释放。涂花了脸的孩子们仿佛戴上了面具,个人身份经过了掩饰,他人的道德评价无法再深入个体,外部环境的约束因而消失了,内心世界的欲望于是开始膨胀。起初,杰克作为唱诗班的头领还会做出慷慨无私的举动，但是涂花脸后杰克就成了“头领”，他带领的孩子们完全沦为一群“野蛮人”，杀人放火，欺侮弱小，打击异己。因此，涂脸实际上起到了鼓励孩子们消除人性、释放兽性的作用。比杰克之恶更可怕的是罗杰的恶，他是杰克的“打手”和“刽子手”，以欺凌幼童、虐待他人甚至杀人取乐，最终完全化身为杀人嗜血的恶魔。除此之外，小说中也对普通人的恶进行了展示。比如，双胞胎萨姆和埃里克虽然站在拉尔夫这一边，却被杰克的猎人们挟持，加入了他们的群体，不得已成为恶的共犯，最后在罗杰的恐吓下说出了拉尔夫的藏身之地。“就像其他普通人一样，萨姆和埃里克变成了集中营的看守，地狱之门的守门人。”[①]

《品彻·马丁》被一些评论者认为是20世纪最为深沉和富于原创性的小说之一，讲述了一位现代版的鲁滨孙在大西洋中央的一块礁石上奋力求生的故事。品彻·马丁原叫克里斯托弗，他奸诈异常，到处坑人，因此获得了“品彻”这个绰号，意思是“盗窃者”。马丁是第二次世界大战时期在英国皇家海军的一艘驱逐舰上服役的下级军官，在德军潜艇的一次鱼雷袭击时被炸出了船，被海浪冲刷到茫茫大海中的孤礁上。如同流落荒岛的鲁滨孙一样，品彻在狭小的空间里开始了漫长而艰难的求生之路。小说的大部分篇幅是追随品彻的意识和行动，表现他与艰苦的自然环境、孤独、失去理性等种种威胁和危机抗争的过程。然而，小说实际上表现的是品彻的灵魂在炼狱中的经历：小说最后一章点明品彻在开篇时已经死亡，这颗极为贪婪和自私的灵魂即便在死后仍紧紧抓住自我不放，其后种种都是死后的品彻在想象中虚构的世界。然而，虚构的世界逐渐分崩离析，品彻凭借理性创造的一切开始出现越来越多的裂隙，终于沦为他的象征——一对龙虾的螯足，面临着被黑色闪电彻底摧毁的下场。

由于小说中所讲的故事是品彻的死后经验，因而小说所要表现的是人的灵魂的罪恶以及灵魂的最后死亡。此外，戈尔丁在这

---

① 沈雁．威廉·戈尔丁小说研究[M]．苏州：苏州大学出版社，2014：8.

部小说中进一步探索了人性的复杂性，从而塑造了一个既像英雄又似恶棍的人物形象。品彻貌似英雄，面对死亡，他顽强不屈、坚忍不拔，一个人在礁石上自言自语："你不能屈服！"对着落日的天际，他发誓："我要活下去！"对着茫茫大海，他高喊："我要战胜你！"他还很冷静，有条不紊地在那块礁石上准备好衣物和饮水，打算在那里生存下去。就这样的品彻来说，真可谓"当代鲁滨孙"。虽然品彻的外部举止很像英雄，但他的内心深处、他的灵魂充满邪恶。在小说中，戈尔丁通过对品彻的意识活动的书写，揭露了这位"英雄"的邪恶本性。他是个地地道道的恶棍，贪婪、卑鄙、自私、无耻；他为人虚伪、内心猥琐；他背信弃义，无恶不作；为了满足欲望，他不择手段；为了一己私利，他可以杀人放火。而正是这种邪恶的本性，给了他生生不息的生存动力。他是个绝对的、顽强不屈的利己主义者，一个甚至敢与上帝作对的"当代撒旦"。他是叛逆的、无畏的，然而又是无耻的、邪恶的。正是通过品彻这样一个"典型的人"及其灵魂，戈尔丁展示了内在于人性的"炼狱"和"地狱"。

总的来说，戈尔丁的实验主义小说都以讽喻的形式解释了他所认为的人性本恶的原罪思想，流露出了消极的悲观情绪。

二、安东尼·伯吉斯的小说创作

伯吉斯出身于曼彻斯特一个信奉天主教的中产阶级家庭，因而宗教在其成长过程中起了重要的作用。他从小喜欢音乐且很有音乐天赋，曾梦想成为音乐家。因此，他在进入曼彻斯特大学后打算主修音乐，但不想理科成绩欠佳，只好转入文学系。毕业后，正值第二次世界大战爆发，他应征入伍，先后在皇家医疗队和教学团任职。退伍后，他曾任钢琴师、小学教师等职。从20世纪60年代，伯吉斯开始从事专业创作，创作了多部优秀的作品。1993年，伯吉斯因胃癌在伦敦去世。

伯吉斯的小说被认为是20世纪中叶英国文坛"反实验主义"

浪潮过后的“实验小说”，也可称为“有限实验小说”或“实验现实主义小说”，其特点就是在现实主义基础上进行实验，而不像现代主义和后现代主义那样，以“反现实主义”作为实验的出发点。同时，伯吉斯总是试图将音乐融入小说，或者说试图将他的小说“音乐化”，借助于音乐来塑造人物和揭示主题。这也许是伯吉斯最别具一格的实验，也是他之所以被认为是实验现实主义先驱的理由所在。

《发条橙》是伯吉斯最为著名的一部实验主义小说作品，小说中的故事发生在一个既有点像西欧又有点像美国的城市里。这个城市的文化是一种复杂的混合体，其中相当一部分由苏联、东欧等“铁幕”国家的文化演化而来。因此，小说背景并不明确，可以说是“笼统的东西方世界”。

小说可分为三部分，第一部写既是个音乐迷又是个恶魔的15岁的亚历克斯伙同其他三个伙伴，到处横行霸道，杀人、抢劫、强奸等无恶不作，最后被抓进监狱。这一部分充满了暴力，让人惨不忍睹。第二部分描述亚历克斯被捕后的生活和强权政府对其进行“洗脑”的过程，以达到对他进行精神控制的目的。结果是，亚历克斯确实变了一个人，远离了过去，变成了一个毫无主见的傀儡，一个只听命于他人的机器人。第三部分写亚历克斯出狱后的生活经历，展现了他无法适应社会又找不到出路的可悲境地。亚历克斯重返社会后，不只是无助，还受尽过去手下的那些小流氓的欺凌，成了一个可怜虫。小说的最后，作者设置了两种结局，一种是亚历克斯成了一个唯唯诺诺的“守法公民”；另一种是亚历克斯恢复了原样，变得邪恶无比。

这部小说的布局安排是很有讲究的，作者把主人公放置在特殊的境遇之中，即极端放纵的自由世界和极端封闭的不自由的世界（监狱），而故事沿着这样一条线索展开：过度的自由引发一系列暴力——限制自由导致人的自主性丧失，成为非人——恢复自由又使人因无法适应社会而处于生存的困境。如此一来，小说的内涵也变得更加深刻，即试图通过主人公的选择给我们揭示人所处的尴尬两难境地以及人类生存的自由悖论:人既想拥有自由,又不得不束缚自由;个人意志的极端自由会导致欲望的无端泛滥,而对人的自由意志的极端控制又会导致人的自由的彻底沦丧。也就是说,按小说的描述,亚历克斯早先选择了"自由",因而他是邪恶的;后来,他被迫接受了"道德",于是变成了机器。那么,人需要自由呢,还是需要道德?这就是小说的"两难主题"。所以,小说有两个相反的结局。而有两个相反的结局,从逻辑上说,就等于没有结局。当然,这无关紧要,就如伯吉斯自己所说,"艺术品的根本目的在于:用秩序来整合我们所要面对的混乱的生活",重要的是"用秩序来整合"生活,而不是一个明确的答案。也就是说,面对混乱的生活,要想给出答案是不可能的。

应该说,这部小说中所表现的思想算不上什么惊天动地的新思想,其真正有意思的,是其实验性的、新颖别致的写作手法。其中,最具有实验性的一点便是伯吉斯在小说中引入了大量真实的或虚构的音乐,特别是贝多芬的音乐,用以代表人的原始冲动,由此强调主人公的"自由意志"是出自人的本性,和国家、民族、社会制度、意识形态甚至宗教信仰都没有什么关系。比如,亚历克斯既是个有暴力倾向的"恶少",又是个深谙贝多芬《第九交响曲》的音乐"神童"。在伯吉斯笔下,是贝多芬《第九交响曲》给了亚历克斯实施暴力的激情,而实施暴力反过来又印证了他的音乐快感:"弟兄们哪,足踏圆舞曲——左二三,右二三——破左脸,割右脸,每一刀都令我陶醉惬意,结果造成两道血流同时挂下来,在冬夜星光映照下,油腻的胖羊鼻子的两边各一道,鲜血就像红帘子般淌下来……"由于这种"音乐化"实验在某种程度上使小说"抽象化"了,因而小说中的人物塑造、情节铺陈乃至细节描写虽然都采用了现实主义手法,但整部小说却是隐喻性的,从而给人一种超越感,或者说一种"深度"。

此外,伯吉斯在这部小说中糅合苏联、英国和美国的俚语,创造了一种被称为"纳查奇"的俄式英语,以此作为亚历克斯等人使用的语言。这既是为了使人物语言个性化,更是为了使人物“超越”国别,显示人物的“世界性”。尽管“纳查奇”常常令人费解,但也给人以新鲜感,从而产生了一种“陌生化”效果。

总的来说,《发条橙》充分体现了伯吉斯的实验意图,是一部具有独创性的小说。

第四节 运动派诗歌的发展

在第二次世界大战后,英国诗坛上“运动派”诗歌崛起。其参加者是牛津大学、剑桥大学的一些年轻的学院诗人,代表人物有菲利普·拉金(Philip Larkin,1922—1985)、唐纳德·戴维(Donald Davie,1922—1995)、丹尼斯·恩莱特(Dennis Joseph Enright,1920—2002)等。他们厌恶现代主义,反对极端的情绪放纵,反对现代派诗歌的非理性倾向,强调语言的纯洁性,提倡继承18世纪英国诗歌质朴无华、鲜明凝练的传统,主张在诗歌里保持散文句法,突出诗歌的个人色彩和道德教化的作用。他们对以艾略特为首的现代主义诗派和美国的新诗探索表示怀疑,主张开辟一条属于当代英国自己的中间道路,以使西方文化中的人道主义思想重新充满活力。下面主要分析一下拉金和戴维的诗歌创作。

一、菲利普·拉金的诗歌创作

拉金出身于英格兰西米德兰郡考文垂的一个中产阶级家庭,父亲是当地的财政官。他在年少时曾希望成为一名爵士乐鼓手,对文学则没有特别的爱好。后来,他进入一家文法学校学习,并逐渐对文学产生了兴趣,于是开始广泛地阅读书籍。第二次世界大战爆发后,拉金因视力问题免于服役。1940年,他进入牛津大学圣约翰学院修读英国文学,并在学习期间结识了艾米斯等一些有志青年,这对于其走上文学道路产生了重要影响。毕业后,拉金一直在图书馆工作,并致力于大学新图书馆的建设。同时,他在工作的间隙积极进行文学创作。1985年,拉金去世。

拉金是运动派诗歌中成就最大的诗人,也是第二次世界大战后崛起的英国诗人中最优秀者之一。他反对浪漫风格,善于描写平凡人的平凡生活,语言平顺简明,囊括虽窄,但处理充分得当,读来颇有味道。他通常以外界的某事、某人或某物为起点开始他的沉思与默想,有着较为浓郁的个人意味,颇有自白诗的特点。他擅长叙写个人的自怨自艾、自惭形秽而又不愿从中解脱的心理。在诗人喋喋不休的自我剖析后面,隐藏着一种文明即将毁灭的极度痛苦感。他描绘生活的色彩一般是灰暗的,表现出浓郁的不满、怀疑及失望情绪。因此,阅读拉金的诗歌,总是会感到始终弥漫着一种伤感。以《一无所知》一诗来说:

奇怪,一无所知,总是拿不准
何为真,何为对,何为卖,
却又不得不加上一句:“我认为差不多,”
或“噢,看来确实如此,
肯定有人知道”。
……
即使具有了这些知识其实我们
周身的肌肉也具有准确度
我们的日子却过得毫无准确度,
直到我们生命开始衰亡,
对为什么会死仍然一无所知。

拉金在这首诗中,极力渲染了一种悲观、无所作为和无可奈何的人生心态。同时,拉金在这首诗中充分显示了自己感情和理智上的诚实,毫不掩饰地将自己呈现在读者面前。

拉金在进行诗歌创作时,也注重展示英国在20世纪五六十年代的社会经济现实以及这一时期人们的思想情感、信仰危机等。对此,《树》和《上教堂》两首诗中有着鲜明的表现。其中,

《树》一诗所写的是对树木枯荣的观察与思考：

这些树正在长叶
就像说的那样差不多；
新的叶芽舒展绽开，
他们的绿色是一种悲伤。

是否他们重生
而我们衰老？不，他们也一样会死。
他们年年新外表的把戏
记录在年轮中。

但每个五月这不安分的城堡
枝繁叶茂仍在不停舞动。
去年已逝去，他们看起来是说，
开始重新来，重新来，重新来。

在这首诗中，第一节写树木长出新叶，欣欣向荣的景象在诗人看来却是伤感的表现。在诗的第二节，诗人问道，是不是树木生生不息而我们却韶华已逝呢？回答是否定的，树木也有生死大限，虽然看起来岁岁常绿，但年轮记载着他们的岁月。年轮在树木被砍伐之后才能看到，这里在暗示表面生命力很强的树木其实面对外界的打击如人类的砍伐，也很脆弱。前两节格调低回，韵律较沉稳。第三节的开头诗风一转，对树木繁茂葱郁的描写让人仿佛看到几许期望，韵律也显得轻快些，逝者如斯，来者可追，但拉金的笔法还是收敛的，结句的重复让诗在稳健中收束，技巧的圆熟可略见一斑。虽然生的苦痛与死的必然在诗中都表达得相当明晰，但诗歌的力量超越了生死大限，这正是这首诗歌的魅力所在。此外，在《树》这首诗中，拉金展现了自己出色的诗歌创作艺术，清新的用词和含蓄的情感力量都在诗中得到了充分体现。

在《上教堂》一诗中，拉金描写当时年轻人偶然进入教堂的内心感受,从开始的好奇到后来的严肃思考,丝丝入扣,写得诚实可信。诗中的"我"清楚地知道教堂过去对于人们认识生命意义的重要地位,也意识到当下人们正需要教堂所给予的精神抚慰。然而,对于拉金而言,那毕竟是"严肃的"人的事情,诗歌结尾对人生终极的现实思考诚实地表达出人们对形而上的渴求,也诚实地表现出诗人的内心情感,生动地反映了当时年轻知识分子的复杂情绪,并在客观上具有一定的道德教化效应。正是在这一点上,拉金的诗歌展现了开放的视角和独特的风格,与哈代诗歌的纯粹是截然不同的。

拉金在其诗歌创作中,还注重保持风格的平易。他希望他的诗句尽量精简,更容易被读者读懂。贯穿他诗歌创作始终的一条原则是,他从不会将读者丢在诗的迷宫中撒手不管,而是会亲手牵引着、伴随着他们,直到诗歌的最后一行。因此,他的诗歌里几乎没有暗喻和艰涩的修辞,没有令人摸不着头脑的技巧;他的诗歌面向沉浸在大众文化中的广大读者,读他的诗往往不需要了解诗歌之外的什么背景,一切几乎尽在诗中。

二、唐纳德·戴维的诗歌创作

戴维出身于英国约克郡的一个有着浓厚宗教气氛的工人家庭,自幼好学,14岁时已开始尝试写诗。后来,他进入剑桥大学学习建筑学,但始终对诗歌保持浓厚的兴趣。第二次世界大战爆发后,他加入皇家海军,服役5年。战争结束后,他继续返回剑桥大学学习。毕业后,他在三一学院当讲师,并开始了诗歌创作。晚年的戴维不仅写诗,还编辑、翻译了许多书籍。1995年,戴维去世。

戴维曾经崇拜庞德等现代主义诗人,但在总体上来说,他对现代主义与浪漫主义张扬个性与自我的做法持有保留态度。由于深受18世纪传统的影响,戴维认为诗歌中的用词与句法是诗人性格的写照,通过诗歌的用词与句法体现出来的诗人性格如果太过于张扬与表现自我的话，则必然会对社会的秩序产生负面的影响。此外，对于宗教与国外旅行这两个向来不受多数运动派诗人推崇的题材，戴维表现出不同的看法。他在诗集《冬天的才能与其他》中对这两个主题的探索和刻画，极不同于大多数运动派诗人对这些主题的冷淡态度。

戴维在其诗歌中，有时会情不自禁地陷入两个深沉的话题——身份问题和对死亡的思考，这两个话题频繁地出现在《冬天的才能与其他》这部诗集的作品中。这种沉重的笔调在《1964年的7月》一诗中尤为突出。诗人阅读刚刚去世的好友的作品，由此引发对于好友的怀念及对邻居妇人死于癌症的慨叹，而这又进一步引起对身患重病的另一好友的担忧。死神的幻影挥之不去，诗人也难免想起自己最终的归路。个人的生命在漫漫的时间长河中微不足道，只有艺术的永恒和对时间的定格才能赋予生命一些重量：

艺术所做的
在于将所有概念
转为艺术概念。
到第三个诗节之末
死亡已不足为一种气味，
仅剩下一种风格而已。
识得我的人
都会评论说
贫乏是我的感情生活。

戴维在进行诗歌创作时，也常常会细腻地状物抒情。比如，在诗作《低地》中，戴维这样描绘一条流经三角洲的河流："如蛇一般，它那蜿蜒的波光/缓慢地闪耀和流淌/在那烂漫的河上，宛如那蛇蓄势待发"。在《山野》中，戴维对景物的刻画同样犹如神来之笔。在描绘景色的美妙及其所蕴含的浓厚艺术气息时，戴维写道："矿工带着画架而来/研磨大地之果"。

此外,戴维的诗歌也带有一些象征意味,这在诗作《边走边停的火车》中有鲜明的体现。这首诗共分10诗节,频繁分节的意图在于模拟火车的走走停停和诗人误上火车的无奈。显然,整首诗作带有象征意味,乘坐火车的旅行隐喻诗人不断的自我认识过程。而且,在走走停停间,认知不断被打断,时而令人陷入茫然。诗人觉得最让人难以忍受的不是等待终点的到来,而是频繁的开始和频繁的停顿。在断断续续的思绪凝结后,诗歌移向最后一行,结尾充满无奈。诗人感叹在走走停停的旅途后,“他仍然对爱知道得太少”。

总体来说,戴维是一位既努力又多产的诗人,他倾其一生写诗,同时为一些难懂的诗歌做注,是运动派诗人中具有代表性的诗人。

第五节　新戏运动

由于易卜生的影响,英国的戏剧出现了第一次变革,这就是所谓的“新戏运动”。约翰·奥斯本(John Osborne,1929—1994)、哈罗德·品特(Harold Pinter,1930—2008)、卡里尔·丘吉尔(Caryl Churchill,1938—　)等都是新戏运动的重要参与者,他们注重在戏剧中对当时人们的愤怒情绪和生存焦虑进行淋漓尽致的表达。下面具体分析一下奥斯本和品特的戏剧创作。

一、约翰·奥斯本的戏剧创作

奥斯本出身于伦敦的一个下层家庭,父亲是商品图案设计师,母亲是酒吧的女招待。他未上大学,只获得了贝尔蒙特学院的一个文凭,做过演员、导演。1940年,他的父亲因无钱治病而死于肺炎,而且此时第二次世界大战给人们带来的狂热和惶恐,给他幼小的心灵蒙上了一层阴影,并影响了其日后戏剧创作的思想与主题。1956年，他创作的戏剧《愤怒的回顾》在伦敦上演，使他一举成名。从此，他正式开始了自己的职业剧作家生涯，创作了很多优秀的戏剧作品。1994年，奥斯本去世。

奥斯本剧作的主题是反映20世纪五六十年代青年的生活方式及其思想状况，他们对现实生活不满，甚至充满愤怒。因此，他剧中的主人公经常是以反英雄式的人物出现的，通过对人物的刻画展现了这个世界的社会、政治及经济领域内的腐朽、堕落。但是，这些人物虽然认识到社会制度的不健全，企图寻找新的道德标准，探索人生价值，但没有信心，看不到前途，无力采取改变现实的行动。此外，奥斯本的剧作长于心理活动的描写和精辟的措辞，而始终贯穿于他的作品之中的愤怒则将英国戏剧带入了一个新的创作领域，掀起了新的戏剧创作高潮，对第二次世界大战后英国的戏剧发展产生了重大影响。

《愤怒的回顾》是奥斯本最重要的一部戏剧作品，它一反当时剧坛的传统，成功刻画了一个愤怒的年轻人。因此，这部戏剧也被一些批评家认为是“愤怒的青年”直面现实生活、抨击社会不平等的一篇重要宣言。

在剧作中，奥斯本将欲望与现实相矛盾的当代社会以自然主义画面呈现出来，借杰米之口对中产阶级奉行体面、有教养的礼节但冷酷无情的心理进行了愤怒的声讨。吉米25岁，出身于工人阶级家庭，受过大学教育，因而有思想、有精力，也有满腔怒气。他满腹牢骚，对社会不满，对来自中产阶级富裕家庭、漂亮且有教养的妻子艾丽森不满。一天，吉米又开始攻击了。他先批评教堂，批评养尊处优的社会，批评枯燥的美国时代，接着批评艾丽森的朋友和她保守的兄弟、“恶毒”的母亲，最后嘲笑艾丽森的自鸣得意，嘲笑她从不用脑子思索。吉米的嘲笑和讽刺几乎使艾丽森忍无可忍，欲要发作，受到了好友克利夫亲切的安慰，再加上自己已经怀孕，于是暂时平息了。但没过多久，同样的事情再次发生。这一次，艾丽森选择了离开。过了一段时间，艾丽森突然回来了，她面色憔悴，衣衫不整，还失去了她非常渴望的孩子。最终，吉米和艾丽森和解，言归于好。吉米认为妻子不知生活之苦，不能脱离自我，同情他人。他自己充满生气，富于憧憬和追求人生的真谛，讨厌虚伪的伦理道德。实际上，吉米代表着第二次世界大战后一代年轻人的普遍不满情绪。他们本应是社会发展的动力，但他们并未被社会所接受，一直游离于社会大潮之外。所以，他们一直受到幻灭感的困扰，感到孤独和压抑，百无聊赖。剧作家敏锐地觉察到时代的这种现状，并及时以其独特笔触把它淋漓尽致地表达出来，令人有同感，肯于认同。

这部剧作在形式上并未打破传统戏剧模式，用地道的传统三幕形式，以传统现实主义手法进行创作。但是，剧作者第一次把一个下层知识分子形象搬上了舞台，取得了开拓性的成就。此外，剧作在表现手法上也极有巧妙之处。比如，吉米家住的那个小单元就酷似一间单人牢房，令人窒息，与世隔绝，既无希望逃出，亦难洞见外界的状貌。这正是对吉米处境的逼真写照，也为他的怒火做了注脚。加之该剧幽默，妙语连珠，情节跌宕起伏，丝丝相扣，善于捕捉、吸引观众，因而一问世便举世瞩目，饮誉世界。

在《愤怒的回顾》后，奥斯本又创作了《卖艺人》《路德》《不可接受的证据》《目前》《阿姆斯特丹的旅店》《超然之感》等剧作，从而成为第二次世界大战后最重要的剧作家之一。

二、哈罗德·品特的戏剧创作

品特出身于伦敦东区哈克尼的一个犹太家庭，父亲是一个裁缝。幼年时的品特经历了第二次世界大战，而大屠杀、德国纳粹等历史事件在其幼小的心灵里留下了深刻印象。1941 年至 1947 年，品特在哈克尼地区的唐文中学学习，并开始尝试散文和诗歌的创作。1948 年，他考入英国皇家戏剧学院的表演系，但没多久便退学了。1950 年，他开始创作小说，还曾出版诗作，并以艺名大卫·巴伦登台演出。自 1953 年起，品特参加了一个剧团，在各地巡回演出。1957年,他应朋友的请求,开始尝试戏剧创作,一发不可收拾。2008年,品特因癌症去世。

品特积极进行新的戏剧实验,向英国戏剧传统挑战,成为当代英国戏剧的领军人物之一。比如,品特在戏剧主题和技巧方面都有自己的独特之处。在主题方面,他主要写人的内心感受,如畏惧、愿望、罪恶感等影响人们存活的心理因素。他的剧作的情节发展似乎都遵照一个既定的模式:开始是平静的生活,通常是在一个封闭的处所,如在一个房间里,人们仿佛做游戏一般地生活;接着是外来者的出现,他打破表面的平静,人们的内心隐痛开始外现,出现激烈的思想斗争,真相渐渐露出,精神瓦解随之而来,这时人们认识到自己生活的真面目。在技巧方面,品特有许多捕捉及保持观众趣味的手法,如运用悬念、巧用反语。前者让人摸不着头脑,必要打破砂锅问到底方可罢休;后者令人感到,人物都口是心非、虎皮羊质。品特在对戏剧语言进行运用时,十分擅长运用停顿、沉默、双关语等修辞手段来表达生活的虚妄和矛盾。他认为,人们所听到的东西,实际是对他们未听到的东西的一种暗示,语言是"掩盖真相的常用策略"。品特认为,剧作家的责任是揭开盖子,挖掘生活的现实和真相。同时,品特在进行戏剧创作时,深受荒诞派戏剧代表人物贝克特的影响。因此,他的戏剧情节发展与众不同,常让一些无伤大雅的局面逐渐变得恶劣,最后变得荒诞,剧中人物的行为有时令观众甚至剧中人物都感到费解。此外,品特借助于自己的戏剧创作对充斥世界的不公正境况进行了严厉抨击。如此一来,品特便将荒诞派戏剧技巧和现实主义写作风格完美地结合在一起,这使他成为当代英国名副其实的戏剧创作大家。

《房间》《送菜升降机》《生日宴会》《回家》《看门人》等都是品特较为重要的戏剧作品,下面具体分析一下《回家》和《看门人》这两部戏剧作品。

《回家》被认为是品特最重要的戏剧作品之一,它是品特以其朋友的亲身经历为依据写成的。该剧的大致内容是:在伦敦北部一处简陋的房子里住着一家人——爸爸麦克斯、儿子兰尼和乔伊、叔叔山姆，他们生活和谐、稳定。忽然，麦克斯的另外一个儿子泰狄携妻子露丝回家探亲，这一家热闹起来。36岁的露丝十分性感，放射出诱人的魅力。她精力充沛，善于调情，不久便把几个男人引诱得团团转。这些人很快原形毕露，原来的生活常规已不复存在。露丝对不同人采取不同的对付手段，对公公，她施之以感情的诱惑，对有同性恋倾向的兰尼则运用心理攻势，而对身体强壮、性欲极强的乔伊，她使出浑身解数，以性感为进攻策略。70岁的麦克斯不再是一个大家长，不再生活在过去是幸福的假象中。就是山姆也憋不住，竟道出侄媳乱搞的秘密。最后，露丝决定留下，丈夫只身离开。

关于这部戏剧的主题思想，评论者有着不同的看法。事实上，它富有诗意地刻画了第二次世界大战后西方人的生存状况，如道德伦理败坏、家庭关系异化等。此外，这部剧作重新审视了人生中的一些重要命题，如老年人的孤独寂寞、儿子们对母亲的性的征服等。因此，这是一部不可多得的现实主义戏剧佳作。

《看门人》是品特的代表作之一，也是透视其作品的一个棱镜。这出剧在剧场久演不衰，使品特跻身当代著名剧作家行列。整部剧作共3幕8场，围绕着三个人的交锋展开：流浪汉戴维斯及艾斯顿和米克兄弟两人。艾斯顿将戴维斯带回充斥着垃圾的家，留他住宿，并许诺让他当看守人。三个人无关痛痒地对话，不断不由自主地独白。戴维斯最担心他的文件、黑人及煤气泄漏。艾斯顿以前身体不适，接受了电休克治疗，现在抱怨头痛。最小的米克有时恐吓，有时好言相劝，幻想将房间变成一个豪华顶层公寓。最终，两兄弟联手，将戴维斯赶了出去。剧中对话既体现了自然主义，又具有超现实色彩。

这部戏剧对人物性格的刻画是很有独到之处的，每个人物都有明显的性格特点和梦想。比如，艾斯顿30岁出头，对人比较忠厚、慷慨。他带回戴维斯，避免了一场恶斗。在家里，他认真照顾戴维斯，给他烟抽，给他找鞋穿，戴维斯的包被偷后还给他换包。

他性情温和、安静，很能忍耐戴维斯的抱怨。而艾斯顿的这种性情，与他少年时在精神病院被迫接受电疗有关。他受弟弟之托，负责装修，为此他首先要在院子里搭起一个棚子，但因头脑受过伤害，他一事无成。

总的来说，品特是第二次世界大战以来英国剧坛的领军人物之一，他的很多戏剧作品至今仍有重要的价值。

第四章　20 世纪 70 年代以后的英国文学

进入 20 世纪 70 年代以后，科技迅猛发展，大众传媒影响下流行文化盛行，商品经济下消费文化兴起，还有网络的产生，都宣告了全球信息空前交融的新时代的到来。在这样的背景下，不同文化间的交融碰撞变得更为激烈，其中原本处于亚文化和边缘文化地位的弱势群体的权利和正当性得到了宣扬，其中值得一提的是女权运动第三次浪潮，这次浪潮在英国被称为“新女性主义”①，其除了致力社会改革，还将范围扩大到知识领域，从各种角度研究女性和男性的本质差别，探讨女性的角色和价值，对造成歧视女性、压迫妇女的父权制进行全面、深入地分析和批判，这促使英国女性文学获得了空前的发展。另外，出于社会各领域的发展需要，英国向前殖民地国家的人民敞开了大门，印度、巴基斯坦、加勒比海地区、日本乃至中国香港有不少人移民英国，这些移民的到来也将其母国文化带入英国，在增强传统英伦文化包容性的同时，也在文学领域有所建树，最显见的成就便是移民文学的兴起。

第一节　开放格局影响下的多元化诗坛

20 世纪 70 年代末，英国诗歌逐渐呈现新的发展趋向：多元化、非本土化、地域化，以谢默斯 · 希尼(Seamus Heaney，1939—2013)

---

① 谢景芝．全球化语境下的女性主义文学批评[M]．郑州：河南人民出版社，2006：116．

为代表的爱尔兰诗人群体、非洲裔诗人群体以及女性诗人群体在英国诗坛大显身手，创作了不少带有其母国文化特征的诗歌，这些诗歌相继进入主流诗坛，为英国诗歌的发展注入了新的活力，形成了多元化开放的诗歌格局。由于本章下一节会对其中的女性诗歌进行专门分析，因此本节主要对爱尔兰诗人及非裔诗人的诗歌创作的论述。

一、爱尔兰诗人的诗歌创作

1970—1972年，北爱尔兰政治活动频发，这种动荡的政治局面使北爱尔兰人民长期生活在颠沛流离的环境中，但战后40年来的地区文化教育发展，也造就了一批有才华的青年诗人，除了希尼，还有保罗·穆顿(Paul Muldoon，1951—　)、德里克·马洪(Derek Mahon，1941—　)、米切尔·朗利(Michael Longley，1939—　)、汤姆·保林(Tom Paulin，1949—　)等，该群体写诗很有特点——在当今西方诗人对政治冷漠的气候下，旗帜鲜明地亮出他们的政治观点，在诗中倾吐他们对北爱尔兰的政治和社会问题的种种看法。在形式上，他们对新颖的使用语言和意象有浓厚的兴趣。爱尔兰诗人群体中，希尼和朗利最具影响力。

(一)谢默斯·希尼的诗歌创作

希尼出生于北爱尔兰贝尔法斯特西北的一个小镇，12岁离开家乡到城里去上寄宿中学。1957—1961年，他在贝尔法斯特女王大学学习文学，1966年回到该校任职，教授现代英语文学。1972年，希尼迁居爱尔兰共和国。1975—1980年在都柏林担任讲师，1981—1997年任教于哈佛大学，同时是英国牛津大学的诗歌教授。

希尼的首部诗集《十一首诗》发表于1965年，而奠定他爱尔兰优秀诗人的地位的《自然主义者之死》发表于1966年，这部诗集广受好评，为他赢得了包括毛姆文学奖在内的多项荣誉。1969

年，希尼发表诗集《通向黑暗之门》，同样获得好评。此后，他陆续创作了一大批优秀的诗歌作品，如诗集《在外过冬》《北方》《山楂灯笼》《幻觉》《电灯》等。2013年，希尼逝世。

希尼的早期诗歌大多取材于他童年时代生活过的北爱尔兰乡村，具有浓烈的乡土气息。诗歌语言简练准确，诗风淳朴，表现出希尼对故乡人事风物的深深眷恋，同时流露出诗人的精神追求。在《搅奶日》一诗中，诗人以饱含深情的笔触描绘了母亲带领全家在农庄工作的生动场面：

> 厚厚的一块千片，条纹粗糙，像脱落的石灰石，
> 在四只罐子上慢慢硬化，
> 罐子像大型陶制炸弹，站立在小小的厨房里
> ……
> 出来了，四只罐子，沉甸甸的奶油唇皮
> 和白色的内容都倒进消毒过的搅奶桶。
> 搅奶棍，像一根巨大的威士忌调酒棒，
> 插进桶里，尺寸和桶盖正相配
> 我母亲第一个上来，定下搅拌的节奏
> 沉重的搅拌声持续几个小时。手臂酸了。
> 手上起了泡。脸上和衣服上溅着了
> 块块软垂的牛奶。
> ……

该诗通过对乡村劳动的细致描写，调动读者的视觉、听觉、嗅觉和味觉来体验这里的生活，描绘出一幅乡村的农家乐图景。

希尼对诗歌主题和个人风格的探索在第四部诗集《北方》中趋向成熟，诗集不仅为他赢得了多项奖项，而且确立了他在英国诗坛的主流地位。希尼第一次以诗歌形式让人们正视愈演愈烈的北爱尔兰问题。在《北方》中，他所探讨的北方具有多重意义，既指北爱尔兰，也包括影响爱尔兰的其他北方文明，如来自斯堪的纳维亚的海盗文明。诗人的主要目的在于通过对语言、仪式和

考古的体察，来追寻历史与现实的联系纽带，勾勒宗派冲突的历史文化根源。例如，诗集中的《惩罚》一诗：

我无声地伫立着
当你那些叛变的姐妹，
抹着柏油，
扶着栏杆哭泣，

我也参与着
文明的暴行
但心里明白这正是
部落式的隐秘报复。

该诗将黑铁时代因为婚外情而被处死的女性与北爱尔兰因与英国士兵恋爱而蒙受打击的女性联系起来，透露出自伟大诗人叶芝以来爱尔兰知识阶层对于国家民族的复杂情绪。

希尼的诗歌能够以博大的人文关怀来体会、把握历史与现实，诗歌语言精准，意象表达新颖。在希尼的影响下，其他爱尔兰诗人的诗作也呈现出明显的爱尔兰特色，如汤姆·保林的处女诗集《正义的国度》。

（二）米切尔·朗利的诗歌创作

朗利出身于贝尔法斯特一个清教徒家庭，在都柏林的三一学院毕业后，先后在都柏林和伦敦任教。1965年，朗利凭借处女作《诗十首》迅速成名。之后出版了多部诗集，如《无延续的城市：1963—1968年诗集》《一个被粉碎的观念》《回音门：1975—1979年诗集》等。

与其他爱尔兰诗人不同的是，朗利始终坚持着“平衡”的诗学文化主张，倡导对话、斥责暴力。他的首部诗集《无延续的城市：1963—1968年诗集》中的诗作显示出朗利作品的形式特征，即有着整齐匀称的对句和几乎无变化的抑扬风格，但由于过于重视技巧,使得诗歌内容缺乏深切的情感以及独特的视野。

朗利的第二部诗集《一个被粉碎的观念》,开始面对北爱尔兰的社会和政治动荡,并涉及诗人在一个分裂的社会中的认同感问题。在该书的引诗中,朗利写道:

> 我们正设法让别人听到我们的声音,
> 就像热恋中的情人口说诲语
> 就像被判刑的死徒
> 在作最后的忏悔,
> 就像黑暗中大声哭叫的孩子。

这种题材上的变化也导致了语言形式上的变化。社会的动荡使得朗利抛弃了原先那种拘谨的结构形式,在用词上也少了一些雕琢的痕迹,而显得更为精细、直接、清晰。

此外,朗利的诗歌还涉及古希腊罗马文学、爵士乐、爱尔兰历史,甚至中国。他对爱尔兰现实也极为关注,在诗歌中反映出对北爱尔兰的动荡的忧虑,如在《伤口》一诗中,他描写一个人被流弹射中脑袋,“一个逛进来的男孩颤抖着,就在他身旁/他们还没来得及将电视关上”。朗利与希尼相似,诗歌题材比一般爱尔兰诗人要宽广,诗艺要成熟。

二、非裔诗人的诗歌创作

20世纪70年代,来自非裔加勒比的英国移民越来越多。1971年,英国通过移民法,限制英联邦工人在英国定居。后来,英国又加强了对外国移民的签证限制。1981年3月,非裔民众游行示威,抗议英国政府对非洲裔移民的歧视,这就是英国历史上的“黑人行动日”。此后,类似的冲突和暴动频发,这也促使一些非裔作家开始思考通过文学创作为民众争取自由的问题。在诗歌领域,非裔诗人尝试用带有独特艺术风格和语言魅力的诗歌来争取社会对非裔族群的认同,争取自己应得的社会地位与文化空间。最有代表性的非裔诗人有林顿·科威西·约翰逊(Linto Kwesi Johnson, 1952—　)、本杰明·杰弗里亚(Benjamin Zephaniah, 1958—　)、弗莱德·达圭尔(Fred D'Aguiar, 1960—　)等。

约翰逊出生于牙买加，1963 年移民英国，后毕业于英国伦敦大学。约翰逊参加了多种活动，因而身份也极为多元，他既是诗人，又是演员、杂志编辑、电视制片人。1974 年，他出版了第一部诗集《生者与死者的声音》，虽然诗集中的很多作品都使用规范的英语写作，但也明显地表示了诗人的反抗精神和对暴力行动的思考。在这之后，约翰逊创作出了一系列优秀的诗集。在诗歌领域，约翰逊所开创的"配音诗歌"最先引起了人们对黑人诗歌的关注。所谓"配音诗歌"，就是指配合音乐朗诵的诗歌。所以，他的很多诗歌都是以唱片的形式发行的，从 1977—1989 年，他共灌录了八张唱片，包括《恐惧、敲打和鲜血》和《创造历史》等，在这些诗歌中，都是他自己朗诵的，强烈的节奏感和诗人低哑的声音相映衬，吸引了不少非裔年轻人。在风格上，他将黑人音乐，包括爵士乐、灵魂乐、加力秀和牙买加流行乐里奇与西印度群岛的语言、英国非裔的街头俚语相融合，创造出一种独特的节奏和韵律，表达了非裔群体在白人种族主义者的统治下的焦虑和愤怒，以及对文化自主的奋斗和渴望。

杰弗里亚出生于伯明翰，在牙买加长大。他的诗集有《笔之韵》《可怕的事：诗集》和《走出黑夜》等，还有"配音诗歌"唱片九张，包括《大男孩不会让女孩哭》《我们与他们》和《跳着舞的部落》等。与约翰逊相似，杰弗里亚也把英国非裔的语言和西印度群岛的语言融进诗歌创作，描写当代英国非裔青年的生活，其重要的创作形式仍是"配音诗歌"。他的题材来自当代英国的日常生活，街头巷尾的新闻，对传统的英诗题材也有涉及，如《太阳》等。

达奎尔出生于伦敦，幼年在圭亚那度过，后回伦敦上中学，毕业于肯特大学，并曾在剑桥大学研习。与约翰逊和杰弗里亚略有不同，达奎尔的诗作不仅体现了加勒比传统的口语诗特色，还具有英国主流诗歌的风格。1985 年他发表了第一部诗集《妈妈·道特》,诗集分为三部分,第一部分以妈妈·道特这一人物喻示加勒比地区,生动地描绘了当地人民的生活。第二部分用加勒比地区的口语和圭亚那英语写成,并附有相关词语的解释。第三部分是一首自传性的长诗,回忆达奎尔在圭亚那的童年岁月,用标准英语写成。从该诗集的安排可以看出,他所体现的是非裔传统和英国主流文化的融合,在多元文化的前提下,发出非裔群体的声音。达奎尔的第二部诗集《通风的门厅》同样分为三部分,在创作技法上也与《妈妈·道特》一脉相承,不过魔幻现实主义的色彩更为突出,而对于圭亚那和美洲印第安人历史的关注,则体现出他在题材方面的开拓。第三部诗集《英国主体》以英国城市的日常生活为主题,探讨英国非裔群体在社会中被边缘化、他者化的经历。1998年推出诗集《权利法案》,其风格同样反映出非裔口语诗歌与英国主流诗歌形式的融合。

第二节　女权运动与女性文学的崛起

西方国家第三次女权运动浪潮下的妇女运动呈现出多元化的发展趋势,反对各种形式的霸权主义,但并不试图以女权代替男权,而是以宽容的文化策略,尊重差异、提倡多元、关心公益,立足官方的主流文化之外,以边缘者的立场全面审视男权主宰的等级制社会,由反抗性别压迫转向文化批判,重申弱势群体的利益和边缘文化的价值。受之影响,许多英国的女性都不再甘心当传统意义上的家庭主妇,而要求有自己的工作,实现自我价值。可以说,英国的女性已经进入了一个新的时代。这次浪潮的女性主义者大多活跃于学术圈,在经济上有了比较大的成功,因此也有更多的机会参与女性主义的政治运动。她们拥抱婚姻,接受流行文化,注重文化对女性身份的塑造和女性话语权,这在很大程度上激发了女性作家对新时代女性的思索,也推动了女性文学的进一步发展。这一时期,女性文学题材更加广泛,她们创作的内容不再只是个人的情爱，而转向国家的政治生活；女性主义与叙事相结合，聚焦于叙事结构的性别政治，力求揭示、批判和颠覆父权“话语”的二元项中隐含的等级制和性别歧视。伴随女性主义浪潮的推进以及专门针对女性作家的维拉戈出版社以及柑橘文学奖等因素对女性写作的促进，女性作家群体中新人辈出，表现突出的如卡罗尔·安·达菲(Carol Ann Duffy,1955—　)、安东尼亚·苏珊·拜厄特(Antonia Susan Byatt,1936—　)、玛格丽特·德莱布尔(Margaret Drabble,1939—　)。达菲致力于诗歌创作，拜厄特、德莱布尔则在小说方面则较为引人注目。

一、卡罗尔·安·达菲的诗歌创作

达菲出生于苏格兰，曾在利物浦大学读哲学。父母都是爱尔兰人，他们都虔诚地信奉天主教。后来全家搬到英格兰的斯塔福德地区。小时候，达菲就非常喜欢读书，并且在 11 岁的时候可以进行诗歌创作。16 岁时，达菲就发表了她的处女作，1985 年出版了第一部诗集《站立的裸女像》。1988—1989 年，她任《卫报》诗歌评论员，兼任诗歌杂志《范围》的编辑。2000 年后曾在曼彻斯特城市大学当代诗歌教授，2009 年成为英国首位女“桂冠诗人”。

达菲的诗歌题材广泛，从爱情诗到政治讽刺诗都有，对流行音乐和艺术也都有反映，但关注点依然是社会中传统的弱势族群，包括妇女、少数族裔等，力图传达出他们的声音。达菲的主要诗集除了《站立的裸女像》，还有《出售曼哈顿》《另一个国度》《其时》《狂喜》等。在写作诗歌之余，达菲还从事戏剧创作，写有《带走我的丈夫》等剧本。戏剧创作的影响使达菲的诗歌具有其他诗人所没有的特点：戏剧性的安排和生动的描述。她的不少诗作具有戏剧独白的特质，成功地将主人公的痛苦和诗歌的韵律融合起来，将人物的心理变化刻画得丝丝入扣。例如，在诗歌《闲暇之教育》中，随着作品的节奏，读者几乎无法摆脱对叙述者的关注和同情：

> 今天我要杀死什么东西。任何东西。
> 我一直被忽视，我受够了，而今天
> 我要做上帝。这是普通的一天
> 有点阴暗，街道上有点沉闷。

诗歌的结尾让读者与叙述者更为接近：

> 我拿起我们的面包刀出门，
> 街道忽然闪闪发光。我触到了你的胳膊。

达菲成功地让读者对社会中的现实问题感同身受，引领他们对弱势族群更加关注。此外，作为女性诗人，达菲也通过自己的创作探讨女性的社会地位和两性关系，如《站立的裸女像》一诗中，她通过画家和模特的关系来审视男性对女性的偷窥和女性身体的不断商业化。

在写作手法上，达菲重视对人物心理的刻画，通过细节性的描写，让人物充分地表达自己的所思所想。例如，诗集《女性福音》站在女性视角进行讴歌。诗人使用大量超现实意象，生与死、生命的轮回，尤其是月经、生育和老去等痛苦与欢乐并存的女性特有生命体验，都被涂上一层梦幻和童话色彩。她大量地使用叙事的手法，运用独白，以平实的语言表达了自己的情感。

达菲对于爱情诗的描写细腻而深刻。诗中所要表达的情感常常与深刻的哲学思想相联系。诗中的感情并不忧伤，它只是传达一种活泼清新的感觉。例如，代表作《情人节》以一种新的方式表达着浓烈的感情：

> 不是玫瑰花，也不是丝缎心状礼盒。
>
> 我给你一头洋葱，
> 它是用棕色纸包起的月亮。

宛似小心解开爱的衣裳
它答应带来光亮。

看这儿。它像爱人一样,
让你泪眼汪汪。
它会让你的影像
成为照片,摇晃、悲伤。

我只是在努力讲真话。

不是漂亮的吻,也不是“吻你”贺卡。

我给你一只洋葱,
它的狂吻将停在你嘴唇上,
据为己有、忠心耿耿,
像我们一样,
像我们这样一般久长。

拿着。
它的白金圈,这么说吧,
会缩成一枚婚戒。

致命的。
它的气味会黏在你手指上,
黏在你刀上。

达菲的诗歌语言就是这样平实自然,毫不做作。她的诗句就像是随口说出来的,没有经过任何的雕饰。

总的来说,在诗歌韵律和结构上,达菲写诗遵循诗歌传统,但是在抒情方式上进行了新的突破,因此,她被英国诗坛认为是一名“实验诗人”。

二、安东尼亚·苏珊·拜厄特的小说创作

生于英国的拜厄特，原姓德拉布尔，出嫁随夫姓拜厄特，离婚后保留了这个姓氏。父亲是法官，母亲曾任小学教师。拜厄特小的时候就患有哮喘，后来在约克的教友派学校接受教育并开始尝试写作。拜厄特 1957 年以优异成绩毕业于剑桥大学，同年开始硕士阶段的学习。1958 年她曾就读于牛津大学萨默维尔学院，但没有完成学业。拜厄特曾在多所大学任教，并同时写作文艺批评和小说。1964 年发表第一部小说《太阳的阴影》，20 世纪 70 年代以后，拜厄特发表了一系列作品，如《花园里的少女》《占有：一部罗曼史》《天使与昆虫》《马蒂斯故事》《通天塔》《元素之：火与冰的故事》《小说中的肖像》等。

拜厄特既是作家，又是学者、评论家，这种多重的身份首先使她的作品具有明显的“学院风格”。她的作品几乎全取材于知识分子群体，而且喜欢旁征博引，典故意象俯拾即是。同时，拜厄特如同传统的现实主义小说家一样，善于描写人与人之间的关系。而身为一名女作家，她对当代知识女性的处境感同身受，因而她的小说特别关注知识女性的两性关系、爱情问题、家庭问题等。她在文学创作和评论中反对性别割裂，倡导两性平等，捍卫女性尊严的鲜明立场。这种女性意识贯穿于她的全部创作活动。她的作品多以女性人物为主角，并将对女性生存的关注延伸到历史深处，形成了追溯女性生命历史的独特叙述。拜厄特的很多作品都倾注了她对女性命运的历史性关注和思考，如四部曲《花园中的少女》《占有：一部罗曼史》。

《花园里的少女》是一部四部曲，包括《花园里的少女》《平静的生活》《巴别塔》《吹口哨的女人》，这四部小说的写作手法各异，涉及社会生活和英国学术界的各个方面。其中，《花园里的少女》中充满着大量的隐喻和意象，主要探讨的是爱情的代价。《平静的生活》采用了纯粹的写实风格，通篇笼罩着阴郁的氛围，也涉及对生存、死亡、悲伤等主题的深入思考。这两部小说中都采用了

戏剧小说的形式，排演的戏剧是其非常重要的一个意象。《巴别塔》的叙述结构是层层叠叠的，对语言进行了探讨，语言文字的游戏也被拜厄特在这部小说中发挥到了极致。该作品讲述了知识女性弗雷德里卡在20世纪60年代的生活经历：剑桥大学的高才生弗雷德里卡嫁给了乡绅卡奈杰尔·赖弗，后来发现这个婚姻是个错误。与丈夫在一起的生活让她感到窒息，但为了儿子里欧，她只能忍着。后来，为了躲避丈夫的暴力和纠缠，弗雷德里卡带着4岁大的儿子离家出走，来到伦敦独自谋生，并努力争取对儿子的监护权，她和丈夫最终对簿公堂。与这起诉讼案同时发生的是另外一起所谓的"淫书案"。弗雷德里卡新结识的好友裘德·梅森的小说《巴别塔》在她的推荐下得以出版，但很快这本"书中书"被指控为淫秽书籍，遭到审判。通过这两起诉讼案，拜厄特试图呈现英国社会如何在20世纪60年代社会文化大变革的背景下面对新的价值观念。《吹口哨的女人》关注的主题仍是语言，尤其是女性的语言，对于自由和宗教的主题也进行了进一步的阐释，但小说学术化、评论化的色彩过于浓重。

《占有：一部罗曼史》也叫作《隐之书》，小说以追忆为叙事基调，由当代女学者毛德和文学博士罗兰一起对文学史上的一段秘史展开调查，揭示出维多利亚诗人艾什和拉摩特的隐秘恋情，再现百年前的时代风貌和人文景观，并通过两位诗人所改写的大量神话故事对远古时代的世界初始历史进行追忆。书中不同的女性代表着不同的声音，每一种声音都像是一首歌涤荡着读者的心灵，它们像是不同的乐章交织在一起，时而婉转，时而高亢，并且将社会与感情穿插在其中，令人荡气回肠。该部小说里的诗歌、童话、书信、日记、文学评论等以多元状分散陈列在诸多文本之间，形成了错综复杂的互文关系。各种文体纷乱杂陈，"大量的文中文形成错综复杂的文本碎片"和拜厄特的"诡异文本迷宫"[①]，构

---

① 程倩.回归历史之途——析拜厄特《占有》的历史叙述策略[J].外国文学，2003(1)：74.

成了叙事的“模糊性”[①]。由此，读者不自觉地跟随作者的笔触慢慢走进一个时代，对远古时代的世界初始历史进行追忆。大量改编的童话与神话故事又给小说蒙上了一层神秘的面纱，增添了悬疑的色彩。妖灵、仙怪、魔兽，在拜厄特的笔下，兼具《天方夜谭》的神秘奇异和《格林童话》的朴素优雅，有着自成一派而又天马行空的诡异气质。小说生动丰富地对生活的原生态进行了烘托，又对生活进行了反思，既有助于开启读者的心智，也有助于读者深化对生活的认识。小说中，拜厄特以“第三人称人物有限视角”来表达女性的声音，叙述声音是叙述者的，而叙述角度却是人物的，叙述视角得以在多个人物之间不断地流转而不着痕迹，形成多角度叙事。

三、玛格丽特·德莱布尔的小说创作

德莱布尔是拜厄特的妹妹，从小也受到了良好的教育。1960年，德莱布尔以优异的成绩毕业于剑桥大学。在校时她酷爱戏剧，毕业后与丈夫一同参加皇家莎士比亚剧团，但不久因怀孕放弃演出，转而专心从事写作。德莱布尔从20世纪60年代开始涉足文坛，前期作品包括《夏日鸟笼》《登台表演》《金色的耶路撒冷》《瀑布》等，这些作品多以中产阶级生活为背景，讲述知识女性的命运，描写精微细腻。20世纪70年代以后，其作品着力讨论人物的性格命运与社会状况和文化传统的关系，如《针眼》《冰期》《人到中年》以及《光辉大道》《天生好奇》和《象牙之门》等。这些作品虽然继续反映了她对困扰妇女的问题的兴趣，但她更关心的是现代人的处境。她的主人公多是在突变、混乱甚至荒谬的世界中挣扎，企图寻找自己生活的价值。下面主要探讨《针眼》《冰期》《人到中年》这三部作品。

---

① 赵杰.《占有》的后现代叙事技巧分析[J].辽宁科技大学学报，2009(1):84.

《针眼》书名取自《圣经》中的典故：耶稣说富人进天堂的机会就像骆驼穿过针眼那样困难。在这里德莱布尔第一次选取男人作为主角——西蒙，但是他并不比苦恼的家庭主妇感觉好多少。他认识了罗丝之后，牵扯进她与丈夫的官司中，由此他开始反思自己的婚姻，发现自己也是烦恼缠身，于是他逐渐意识到生活的无望和没意义，开始感到绝望，而罗丝最后也不得不重新与丈夫生活在一起。德莱布尔向读者展示了一个矛盾重重、混乱甚至是荒谬的"病态社会"。同时，小说中也体现出鼓励人们拥有积极的价值观和人生观，希望生活得更美好的愿望。与之前包含浓厚个人经历成分的小说相比，《针眼》这部作品的题材有所拓宽，更多地从个人经验转向社会活动，其哲学和政治含义也更为复杂，风格也更趋圆熟。

《冰期》书名象征英国20世纪70年代灾难性的经济危机和现代生活中的精神荒芜，具有自然主义的悲观色彩。小说以男人作为作者全知全能叙述方法的对象，38岁的安东尼在英国广播公司工作，能干又勤奋，于是晋升到该行业的顶峰，由此生活没有了任何动力，他狂躁不满，改行搞电视，揭发社会的阴暗面，这使他感到自我价值的实现，但没多久空虚感又向他袭来。他转行向房地产开发，成了资本家，但很快又因为经济危机而跌到了破产的边缘。祸不单行，此时他还发现自己得了心脏病，只好回到老家养病。这时一场大风暴横扫英国，而他的老房子竟安然无恙，于是他又重拾生活信心。小说反映了英国20世纪六七十年代的社会状况。这是德莱布尔题材最宽泛的作品，几乎涉及现代生活的每一个方面：环境的恶劣、电视的冲击、人文学科的衰微、传统形式的瓦解、青年一代的反叛、老年人的困境……体现了作者对现实社会的广泛关注。小说创作的技巧显得更加成熟，结构复杂精巧，故事情节交错，结局意味深长：经济和感情上的"冰期"不会永远持续下去。

《人到中年》的女主人公凯特在下层中产阶级的家庭中长大，强烈希望摆脱这种生活环境。她先是在一家妇女杂志社工作，此后便青云直上。当然,她也经历了一般职业女性的苦恼:怀孕、生儿育女、中断工作。丈夫刚从画院毕业,没有收入,又不愿照看孩子,使家庭陷入了贫困。凯特意识到必须自立,孩子一上学她便立刻重新谋职,后因她在事业上的成功而与丈夫关系破裂。她离了婚,依靠自己的努力买了房子,有了志趣相投的情人,孩子们也健康成长。但是,孩子们长大后也都离开了家。凯特自认为是20世纪70年代解放妇女的理想代表,独立自主、精力充沛、能干称职。然而她却不能逃开临近中年的惶惑,她企图通过制作一部关于妇女问题的纪录片来重新认识自己的过去,重新树立生活的信心:重返童年生活过的洛姆莱区的排污沟地段,访问了自己的母校和当年的女同学。她看到,虽然自己多年来撰文为女权呼吁,但妇女的处境并没有得到多少改变,自己周围许多人无法适应现代生活,有的甚至到了精神崩溃的边缘。带着对生活价值的反思,凯特帮助一个妇女解决家庭问题,却意外被打伤住院,这时许多她曾帮助过的人来看望她,此时她有了一种被人需要的感觉,自己从事的社会福利工作不管怎么说仍是有价值的。小说的结尾,凯特准备了一个大型宴会,邀请了前夫、情人、朋友、同事、邻居,勇敢地准备接受生活的挑战。小说真实地描绘了中年妇女摆脱信仰危机的过程,反映了20世纪70年代末英国社会的变革和都市生活。

第三节　移民文学的突起

20世纪70年代以后,英帝国的殖民统治不复存在,但它在政治、经济和文化方面仍然与之前的英属殖民地保持着密切的关系。通过英国政府设立的奖学金等方式,很多英联邦国家的青年学生来到了英国学习、定居。这些人在英国社会经过很多年的融合后,已经逐渐成为英国整体文化经验中一个不可缺少的部分。他们和他们的子女也在英国社会中不断地寻找着自己的文化身份，试图能够在自己的所在国和自己本身的民族文化根源之间找到一个合适的位置，确立自己的社会地位。在当代全球化语境、多种文化交流的背景下，英国移民作家因其特殊的文化背景和生活经历拓展、丰富了英语文学他者言说的新视阈，对英国文坛乃至世界文坛产生了重要影响。当代英国移民作家具有诸多共同点。第一，他们都曾处于社会边缘地位，在异质文化中徘徊，在多元文化中漂泊，在文化夹缝中成长。这使他们对他者、身份、语言和文化差异等话题极为敏感，并倾向于进行自我体悟和文化反思。第二，他们处于相似的社会语境和历史语境，都处于后殖民语境和全球化大潮蓬勃发展的国际环境以及大英帝国黯然沦落的国内环境中，对其爱恨交加、五味杂陈。第三，他们对故国的态度充满矛盾和悖论，既有对故国和家乡深深的眷恋，也不避讳对那里不良现象和制度的批评和抨击。第四，在创作中，他们都立足于自己移民身份和多元文化的语境，同时都具有国际视野，不囿于自己的移民身份，发出了移民作家独特的声音。第五，他们都通过写作，彰显了自己的文化立场，构建了独特的文化身份，成为后殖民时代英国多元移民文化的代言人。移民文学是当代英国文坛一道亮丽的风景。被称为“当代英国移民文学三杰”的V. S. 奈保尔（V. S. Naipaul，1932—　）、萨尔曼·拉什迪（Salman Rushdie，1947—　）和石黑一雄（Kazuo Ishiguro，1954—　）是移民作家中名气最大的三位作家，他们的作品大大拓展了英国文学传统中的故事背景、呈现主题和叙事内容，造就了繁荣的英国移民文学。他们的文学成就吸引了更大的移民作家潮，引领了新时期文学创作的方向，引导更多的作家探讨异质文化的跨界、融合，他者身份的重塑等问题。

一、V. S. 奈保尔的小说创作

奈保尔出生于特立尼达岛的一个印度家庭，是印度婆罗门后裔。幼年奈保尔生活在西班牙港的乡下，备受贫困之苦。但是，奈保尔的父亲不甘贫苦，凭借自己的努力和天赋在西班牙港《卫报》谋得一个记者的职位，带全家人来到城里。奈保尔从此开始接受正规的英语教育。1950年，奈保尔因学习成绩优异，获政府提供的全额奖学金而进入英国牛津大学学习。1954年，奈保尔获得了英国文学学士学位后，定居英国。之后，他先后以自由撰稿人的身份在英国广播公司担任"加勒比海之声"的编辑，并在《新政治家》杂志当小说评论员。1990年，奈保尔被授予骑士封号，还曾获毛姆奖、布克奖等很多重要的文学奖。2001年，奈保尔获得了诺贝尔文学奖。

奈保尔自20世纪50年代登上英国文坛后，先后发表了长、短篇小说《灵异推拿师》《米格尔街》《比司沃斯先生的房子》等。20世纪60年代以后，奈保尔在世界各地旅行，发表了一系列游记类作品，主要包括印度三部曲：《幽暗国度》《印度：受伤的文明》和《印度：百万叛变的今天》，以及《在信仰者中间》《超越信仰》等。1979年，奈保尔发表代表作、长篇小说《河湾》。1980年，奈保尔的历史散文随笔集《伊娃·贝隆的归来》出版。20世纪末21世纪初还发表了发表长篇小说《世间之路》、带有半自传色彩的长篇小说《浮生》以及续作《魔种》等。奈保尔的文学创作体裁主要是小说和游记，其中又以小说的成就最大。奈保尔的文学创作有着十分广泛的题材，但主要关注的是亚非拉前殖民地国家特别是印度的历史与现实。"他深沉地关注着这些国家的前途和命运，正因为他的关切特别深沉，他的悲观也更为深沉。"[①]

奈保尔的目光始终注视曾为殖民地的第三世界国家的文化、政治、经济状况和人们的生存状态，在批判殖民主义的同时，对前殖民地的历史和现状进行了更为深入的反思。这在《河湾》中得到最为充分的体现。小说以殖民文化和本土文化、现代性和传统主义的交锋为主线，以非洲一个刚刚独立的国家为背景，尖锐地

---

① 徐振，杨茜，陈祥波. V. S. 奈保尔印度书写的嬗变[M]. 成都：四川大学出版社，2013：2.

批判了第三世界国家的社会和政治。作品开篇讲述主人公萨林姆驾车进入一个刚获得独立的非洲国家的经历。通过萨林姆一路的见闻，作品展现了刚刚进入后殖民时代的非洲大地军阀割据、战乱频生和民不聊生的社会状况。萨林姆在刚果河拐弯处的一个小镇停下来，发现这个地方是一个贸易中心，认为自己应该抓住战后的时机经商，于是就在当地买了一个店铺。由于经营有方，生意做得还不错。但是，他发现自己生活在“不友好的世界”：他是一个“外来者，既不是定居者，也不是游客，而是没有更好去处的人”，心头挥之不去的是孤独感。后来，受到国家动荡局势的影响，萨林姆的生意变得萧条了。再后来，他的店铺被国有化。为逃避警察的勒索和迫害，萨林姆在朋友的帮助下乘坐轮船逃离河湾镇。小说分为《第二次反叛》《新领地》和《大人物》三部分。作者用三种不同的叙事视角，展现了萨林姆人生中三次重要的身份和命运转变。第一部分是从萨林姆父亲的视角，叙述萨林姆出生前后发生的故事；第二部分是用第三人称讲述萨林姆在伦敦留学的故事；第三部分是萨林姆用第一人称讲述他跟安娜去非洲后的经历；这三部分叙事视角的转换都被奈保尔运用得娴熟自如。小说涉及非洲国家教育、传统文化、现代性等诸多问题，也塑造了各种不同性格、不同地位的人物，无情地揭露了非洲国家独裁统治的暴政和腐败。此外，作者还通过这部小说中的后殖民语境深化了漂泊无根的主题，赋予了作品深刻的社会政治意义。

二、萨尔曼·拉什迪的小说创作

拉什迪出身于印度孟买的一个穆斯林家庭，但他本人不信仰宗教。14 岁时，他被父亲送到了英国读书，中学毕业后又进入剑桥大学国王学院攻读历史。1968 年从剑桥毕业后，曾在巴基斯坦电视台短暂工作，后来在英国做过演员和广告词的自由撰写人，并加入英国国籍。

拉什迪自 20 世纪 70 年代起开始进行文学创作，1975 年他发表了处女作《格里姆斯》;1980年拉什迪发表了《子夜之子》,并获得了布克奖。之后,他又创作了《羞耻》《撒旦诗篇》《哈伦与故事海》《摩尔的最后叹息》《她脚下的土地》等。拉什迪的作品以母国印度为文化之根,但他能站在世界立场上正视印度历史与政治。拉什迪的创作贯穿着三个主题:一是印度次大陆独立后的后殖民问题,二是印巴分治带来的民族创伤和民众身心的撕裂感;三是基督教文化、伊斯兰文化及印度教文化在次大陆撞击和冲突所导致的社会矛盾与信仰的危机。拉什迪的作品融合了现代小说技巧和古代印度民间神话故事的叙事因素,通过奇幻和想象等手段将历史人物与虚构人物、历史事件与虚构事件、历史场地与虚构场地交织在一起,亦真亦假地重构印度历史,揭露印度独立前后不同的价值观,同时蕴含着拉什迪对殖民主义、极权主义等极端话语的控诉和反写。拉什迪的作品中成就最大的是小说。他的小说有着大胆且无拘无束的想象,对超现实主义的电影艺术、幻想故事和荒诞派文学的风格、技巧等进行了有机融合,还大胆地将印度斯坦语融入英语之中,从而在语言创新上表现出了非凡的热情。

《午夜之子》是拉什迪最具文学价值的作品,它在国内外评论界广受关注,其后殖民、女权主义等主题和魔幻现实主义、后现代叙事技巧等艺术成就也得到了较为深入的探讨。下面重点对该部作品进行分析。《子夜之子》发表于1980年,讲述的是31岁的叙述者萨利姆向一家酸辣酱工厂里的青年妇女叙说自己的身世的故事。小说由三部分构成。第一部分讲述了主人公萨利姆祖父母、父母的经历和自己的出生,并通过一位算命先生预言萨利姆家族未来即将发生的事情;第二部分讲述了萨利姆在印度和巴基斯坦所度过的年少时期,包括萨利姆发现自己的神力,并组建了“午夜孩子大会”,大会解体后,萨利姆得知自己身世的真相,被强行送往巴基斯坦,并在家人死于巴基斯坦战争后失忆;第三部分主要讲述失忆的萨利姆参与孟加拉战争,战后重回印度,拯救和抚养湿婆之子,并在身体的分崩离析中死去。小说前后跨越了

63年，故事的地点从克什米尔转移到德里、孟买、卡拉奇，展现出南亚次大陆丰富多彩的社会画面，通过萨利姆的家史，进而展现了一幅有关印度社会的波澜壮阔的画面，被称为“文学版的南亚史”。小说的语言也十分丰富，神话、寓言、传说、双关语和市井俚语混杂在一起，栩栩如生地再现了民间传统、宗教冲突、都市生活的真实图景，展现了光怪陆离的社会现象，让整部小说有了深刻的内涵。

三、石黑一雄的小说创作

石黑一雄出生于日本长崎，因父亲在英国国家海洋学中心从事研究工作，5岁随家人移居英国萨理郡，1982年正式加入英国国籍。石黑一雄先后在萨理郡的斯托顿小学和沃金县文法学校上学。1974年，石黑一雄入读肯特大学学习英语和哲学，1978年获得学士学位。大学毕业后，他做了一年的社会工作，然后在东安格利亚大学师从小说批评家马尔科姆·布雷德伯里和作家安吉拉·卡特学习创意写作课程，1980年获得硕士学位。石黑一雄在28岁时便发表了第一部小说《荒凉山景》，并获奖。此后，他又发表了多部作品，如《浮世艺术家》《长日留痕》《未能安慰的人》《吾辈皆孤儿》《哀乐之最》《别让我走》等。

石黑一雄早期的小说作品多以日本为背景，他笔下的主人公多会对往事进行有选择性的回忆，回忆的片段看似零散，但一点点地将事实真相透露出来。《荒凉山景》便是这方面的代表作。该作品以第二次世界大战后重建中的日本为背景，借助于第一人称记述了一位移居英国、深受英国和日本两种文化影响的日本中年妇女对其在第二次世界大战结束时的长崎生活的回忆。生活在英国的悦子在长女景子自杀后，一直被梦魇折磨着。几个月后，当小女儿前来探望她时，她终于向女儿讲起自己试图忘却但永远挥之不去的过去。日本战败后，她结识了在战争中失去丈夫的幸子。幸子带着女儿茉莉子生活在一间简易的板房内，因为她一心想离开日本，所以大部分时间都在陪着美国男友，忽略了对女儿的关心。茉莉子因此形成孤僻厌世的性格，最后自杀身亡。后来，悦子带着景子远嫁到英国，景子因长期与新环境格格不入，于是也步当年茉莉子的后尘以自杀结束生命。悦子的叙述在过去与现在之间来回穿梭，当年幸子因为失去女儿的痛心疾首，恰似今天她失去景子的心碎神伤。负罪感与忧伤的情绪贯穿了整部小说。小说通过对悦子记忆碎片的拼接和重组，展现了像悦子一样在英国文化中难以找到归属，同时又远离家乡、疏离自己家乡文化环境的移民者的文化身份窘境，并企图帮助他们对自己的文化身份进行寻找与确认。

石黑一雄后期小说作品的背景转到了英国，或者多国。例如，《长日留痕》也是追述往事，但其背景转到了英国，蕴含的是“大英帝国”的历史。小说的主人公史蒂文斯是一名英国贵族的管家，小说开始时，庄园主人达林顿勋爵已经去世，庄园让一个美国商人买走，史蒂文斯被继续留用。1956 年 7 月，他开着主人的车，去英格兰西部探望当时的女管家肯顿小姐。在六天的行程中，他断断续续地回想着自己的一生，唯有哀叹与悔恨。他想到自己曾如此效忠于达林顿勋爵，如此显示了一个英国管家的“尊严”，甚至不惜为此拒绝了女管家肯顿小姐对他的爱意，还断绝了和儿子的关系，但到头来，他所做的一切并不都是正确的。例如，希特勒在欧洲迫害犹太人，史蒂文斯听从主人的安排，解聘了犹太女佣。史蒂文斯把道德责任推到达林顿勋爵身上，他信赖主人的判断力，盲目服从他。史蒂文斯是过去世界的幸存者，他的悲剧性在于他所依附的世界已经消失，给予他生命意义的世界已不复存在，但他还活着。好在经过一番自我反省，史蒂文斯幡然醒悟，终于认识到“长日即将过去，往事不堪回首，唯有剩余的时光，应该好好享受”。在小说中，石黑一雄以独特的方式表现了负罪感、道德责任、自我认识等。

在英国的历史上，庄园可以说有着重要的意义。它既是英国特有的乡村生活，也是大英帝国最后的乐园所在，可以说具有一种文化方面的力量。小说中的达林顿府邸便是一座典型的大英帝国贵族庄园，由于达林顿府邸易主，作为管家的史蒂文斯也跟着易主，贵族庄园和英式男管家也就成为大英帝国没落后的残留痕迹，而史蒂文斯刚好见证了大英帝国的强盛、衰落到瓦解的命运。此外，达林顿府邸的易主命运象征着大英帝国彻底退出了历史舞台，并由此引发了人们对所谓的殖民帝国辉煌时期和殖民历史进行深刻的反思。

第五章　20 世纪初的美国文学

南北战争后的二三十年内，美国国内的资本主义处于自由竞争的阶段，民主、自由的理想不断鼓舞着美国人民和作家，因而这一时期的美国文学犹如插上了翅膀，获得了快速的发展。首先，来自欧洲文坛的自然主义新风吹遍了美国大地，找到了美国文艺界的同路人，带动了美国自然主义小说的发展。其次，20 世纪初的美国处于由自由资本主义向垄断资本主义过渡的时期，各种社会丑闻层出不穷，新闻行业敏锐地抓住了这一时代特点，掀起了轰轰烈烈的揭丑运动。在这场运动中，一些作家结合当时美国的社会现实，创作了一系列现实主义作品，从而促进了美国现实主义文学创作的深化。再次，工业化的发展、经济政治中心的转移，使得美国作家的乡土意识和地域观念比以前增强了，也使得作家笔下的文学描述地域特色更加突出，从而使美国文坛出现了地域文学中心的转移。最后，在 20 世纪初的美国文坛还有一颗熠熠发光的星星，那就是现代美国戏剧的缔造者、拥有美国的“莎士比亚”之称的尤金・奥尼尔(Eugene O'Neill，1988—1953)，他开启了美国现代戏剧发展的序幕。所有的这一切，交汇融合，共同构成了 20 世纪初蔚为大观的美国文学。

第一节　美国梦的幻灭：悲剧自然主义小说的创作

美国在 20 世纪初时，随着资本主义经济的迅速发展以及工业化程度的不断加深，以人为中心的观念受到了极大冲击，即人的自然社会主角身份和生物世界中心地位被生产机器所取代，继而导致人类对自身的本质产生了怀疑。在此影响下，企图以恢复人类自然属性为目的的自然主义文学思想在美国得到了广泛传播。美国自然主义文学主要表现在小说创作上，而美国自然主义小说重在揭示人的自然属性在迅猛发展的资本社会中的本质表现，呈现出浓郁的悲剧意味。同时，这一时期的美国自然主义小说展现了20世纪初“美国梦”破碎的悲惨社会现实。西奥多·德莱塞(Theodore Dreiser，1871—1945)和弗兰克·诺里斯(Frank Norris，1870—1902)是这一时期最有代表性的自然主义小说家，下面对他们的自然主义小说创作进行具体分析。

一、西奥多·德莱塞的小说创作

德莱塞生身于一个破产的小业主家庭，家境贫寒，因而曾长期在社会底层劳动挣扎。他中学毕业后便自谋生计，刷过碗，洗过衣服，做过检票员和家具店伙计等工作，这段经历为他后来的创作提供了许多素材。1892年，他成了一位记者，先后在芝加哥和圣路易斯等地的报社任职，写些有关时事及社会新闻等方面的文章。其间，他开始从事文学创作。1900年，德莱塞发表了第一部长篇小说《嘉莉妹妹》。由于这部小说揭露了美国社会贫富分化以及道德沦丧等丑恶现象，被认为“有伤风化”，因而遭到禁止出版的厄运。小说受到的不公正待遇，使德莱塞搁笔达10年之久，直到1909年才重新投入创作，陆续发表了多部小说、诗歌、散文等作品。1928年，德莱塞应邀访苏。这次苏联之行，不仅使他的思想观和创作思想发生了一定改变，而且深刻影响了他的文学创作。1944年，德莱塞获得美国文学艺术学会的荣誉奖。1945年，德莱塞在加利福尼亚州好莱坞去世。

德莱塞生活在美国资本主义迅速发展的垄断阶段，在这一时期，暴发户过着穷奢极欲的生活，而广大劳动人民却挣扎在死亡线上。“美国梦”似已破灭,社会生活充满着绝望情绪。德莱塞是忠实记录这一变化的作家之一。他因早年受社会达尔文主义思想的影响,作品有浓厚的自然主义倾向。他力图显示环境和遗传力对人的支配作用,表现人的缺乏理智和自由意志、人的无足轻重和无能为力的状态。德莱塞一生著作颇丰,创作了很多脍炙人口的小说,下面我们主要对他的自然小说的代表作《嘉莉妹妹》进行详细阐述。

《嘉莉妹妹》是德莱塞的第一部长篇小说,也是他自然主义小说创作的代表作。小说以作者姐姐的生活经历为基础,描写了一位纯朴、幼稚、勤劳的年轻姑娘到芝加哥谋生的不幸遭遇。主人公嘉莉是一个农村姑娘,孤身坐火车去芝加哥闯荡。她到了芝加哥后碰到不少困难,只好求助于火车上认识的推销员杜洛埃。之后嘉莉找到一份工作,但因过于劳累病倒在床,随后丢掉了工作。一天,她在街上又遇上了杜洛埃,很快他们开始同居。有一天晚上,杜洛埃的朋友乔治·赫斯特伍德来访并爱上嘉莉。赫斯特伍德是一个酒店的经理而且是个有妇之夫,但杜洛埃为了金钱将嘉莉介绍给他。这个花花公子带她进出豪华的社交场所,用金钱征服了她。不久,他带嘉莉卷款逃往纽约,但很快破了产。此后,嘉莉不得不自谋生路。她凭自己的美貌当上歌剧演员,很快出了名。富豪们纷纷向她求爱献媚,报刊为她吹捧。赫斯特伍德则流浪街头,最后开煤气自杀。杜洛埃听闻嘉莉发迹,前来相求重修旧好,遭到嘉莉的拒绝。最后,嘉莉坐在一家豪华旅馆套间里的摇椅上,似踌躇满志,又似怅然若失。嘉莉内心的忧郁、苦闷和空虚,表明了在这个腐败的社会里本来就不存在什么幸福和爱情。嘉莉理想的幻灭,宣布了美国资产阶级生活方式的破产。

《嘉莉妹妹》展现在读者面前的是一个典型的自然主义世界,具有划时代的意义。《嘉莉妹妹》大胆挑战清教主义的清规戒律,嘉莉作为一个没有文化也没有专长,家庭还贫困的姑娘,除了年轻漂亮她没有别的优势,但是她不甘于现状,独自去芝加哥闯荡,在芝加哥她见识了富人的穷奢极侈,也亲眼见到了工厂女工和流浪汉的悲惨生活。她不顾一切地挤进上流社会，享受现代的物质文明。这一形象与以往美国小说中的人物形象截然不同。她努力地追寻“美国梦”，然而在历经一切之后，她才意识到在这样的社会里，是没有理想也没有爱情的。

《嘉莉妹妹》深刻揭露了美国社会弱肉强食、适者生存的残酷现实。嘉莉从一个社会底层的穷苦女工一步步爬上百老汇红舞星的地位，赫斯特伍德则从酒店经理沦落为流浪者和乞丐，这一社会地位的转换似乎说明人根本无法掌握自己的命运。人像台球桌上的一个台球，被物质社会的力量击到哪里就在哪里。而物质与社会的力量是冷漠无情、变幻无常的，任何人都在不断地上升或跌落，谁也不能拥有安全感，因此“漂流”是作品中所有人物的共同特点。

然而，《嘉莉妹妹》问世后受到文学界的许多指责和非议。有的抨击它伤风败俗；有的批评它文字粗糙，艺术水准低。但是，这部小说的读者反响不错。德莱塞因首部作品受到如此对待，非常气愤。他的精神受到严重打击，几乎自寻短见。幸亏他哥哥细心关照，送他去疗养，他才逐渐康复。后来，诺里斯和门肯等作家和批评家陆续写文章赞扬德莱塞告别了旧传统，带领读者走进了新时代。他们的正面评价扭转了媒体的偏见，纽约有四家出版公司相继重印了《嘉莉妹妹》，以后又再版多次，小说还被译介到欧洲各国。这表明，德莱塞的顽强抗争终于取得了胜利。

二、弗兰克·诺里斯的小说创作

诺里斯出身于芝加哥一个富有的家庭，由于家庭的熏陶和环境的影响，他从小就对绘画产生了浓厚的兴趣，甚至因此想放弃学业。进入加利福尼亚大学预科读了一年后，他终于中断了大学的学业，违背了他父亲要他从事商业的意愿，于 1887 年前往巴黎的朱利恩画室去研究他那醉心了多年的绘画艺术。在巴黎的两年，他渐渐地对文学创作产生了兴趣，左拉的自然主义对他的影响非常大。左拉在《卢贡-马卡尔家族》系列小说中所描写的法国下层阶级的生活画面使诺里斯激动而又向往,同学们都戏谑地称他为“小左拉”,他也决心写出一部“左拉式”的小说,这就是长篇小说《麦克提格》创作的由来。1902年10月20日,诺里斯因患阑尾炎并发腹膜炎,在旧金山不幸去世。诺里斯只活了32岁,他的文学作品数量也不多,但他作为美国20世纪初期自然主义文学领域中一位出类拔萃的人物,为美国小说的发展做出了重要的贡献。下面主要对他的自然小说《麦克提格》进行详细阐述。

《麦克提格》主要讲述了一个发生在太平洋港口城市的悲惨故事,故事的主人公是一个体格魁梧、头脑简单的青年——麦克提格。他原来是一名矿工,机缘巧合之下成为一名并没有受过专业训练的牙科医生。他在当地城市租赁了一间二楼的街面房子,开了一家牙科诊所,过着日复一日无聊的日子。后来,他的生活中出现了一位美丽的女人,即他的好朋友马库斯·斯柯勒的表妹屈莱娜。经斯柯勒的介绍和撮合,麦克提格与屈莱娜结婚了。屈莱娜在新婚之际,出人意外地得到了彩票的头奖,拿到了五千元钱。这引发了斯柯勒的嫉妒,他写了一封揭发信使本来就没有文凭、全靠一点手艺混饭吃的麦克提格失去了当牙医的资格。与此同时,屈莱娜中了头彩之后,变成了爱钱如命的守财奴,在经济上、生活上对麦克提格极为苛刻。失业、贫困、无聊使麦克提格整日酗酒,最后夫妻分离,昔日的牙医成了穷途末路的叫花子。此时,麦克提格的兽性代替了人性,为了窃取那五千元钱,他像一头狂怒的野兽,杀死了曾经发疯似的爱过的妻子……

为了逃避警察的追捕,麦克提格来到人烟稀少的内华达州,而那个决意要抓住杀人犯为表妹报仇的斯柯勒主动向警方请战,手持镣铐追赶而来,最后相遇在寸草不生的沙漠上。在搏斗中,麦克提格凭着力气打死了斯柯勒,但斯柯勒在回光返照之际竟将两人的手腕铐在了一起。沙漠、死人、手铐,麦克提格只能失魂落魄地频频回顾,望望远方的天边,望望茫茫的地面,唯有那只他随身携带的金丝雀在有气无力地喳喳叫着。这就是诺里斯给他作品的主人公安排的命运！

《麦克提格》是一部典型的自然主义小说，其受左拉自然主义创作方法的影响很大，主要表现在两个方面。一方面，作者企图从生物学的因素来探讨人生悲剧的根源，麦克提格继承了父亲酗酒的嗜好，也继承了出生地的“蛮荒野性”，而他失业后的颓唐情绪为他身上潜伏的许多遗传因素发挥作用打开了大门，最终使他走上了不归之路。还有他的妻子屈莱娜，在中奖之后表现出的爱财吝啬，甚至最后丢财丧命的悲惨遭遇也是由于她继承了祖辈的爱财基因。另一方面，作者企图探讨金钱这个因素对人类命运的左右，主人公麦克提格和他的妻子本来都是心地善良的老实人，但是五千元的奖金便使他们灵魂堕落，最终陷入贪欲和仇恨的深渊。

《麦克提格》是美国文学史上第一部真正意义上的自然主义作品，它的情节冲破了文学上的和风细雨、轻描淡写，为20世纪初叶年轻一代的“反叛”扫除了一些障碍。当然我们需要知道的是，诺里斯写《麦克提格》绝不仅仅是为了仿效自然主义或是左拉的某一部作品，而是为了反映社会。它是作者站在美国作家的立场上，吸收了欧洲自然主义的基本观念，以美国社会中人与人之间的关系、人在社会中赖以生存的各种内在的和外在的因素作为出发点而写成的。

第二节 逐渐与批判现实主义融合的自然主义小说

美国自然主义小说在发展的过程中，逐渐出现了与批判现实主义思潮相融合的趋势。这一类型的自然主义小说不再是纯粹客观地对美国社会以及美国人民的生活、精神状况等进行展示，而是着力于暴露社会的黑暗，批判现实的罪恶，为人们认识资本主义社会的美国提供了形象的材料。因此，有学者称这一类型的自然主义小说为社会主义自然小说，代表作家是杰克·伦敦(Jack London,1876—1916)。

杰克·伦敦出身于旧金山的一个破产农民家庭，童年是在极端贫困中度过的，因而未能接受良好的教育。他8岁时在一个牧场当牧童，后来当过报童、码头工人，还在罐头食品厂做过工。杰克·伦敦喜爱学习，经常利用工作空余时间进行广泛阅读。1896年，他考入加利福尼亚大学，中途辍学到北部克朗戴克河淘金。1902年，他以记者的身份到南非采访。由于途经英国时看到了那里工人的悲惨处境，因此他在回国后积极参加工人运动，并坚信革命是无产阶级获得解放的唯一手段，社会主义是世界上最伟大的事业。晚年的杰克·伦敦被疾病缠身，最后精神变得极度空虚，在绝望中于1916年11月20日服毒自杀。

杰克·伦敦从1900年起开始文学创作，到去世前共创作了19部长篇小说、150多篇短篇小说以及大量的文学报告集，还写了3个剧本以及相当多的随笔和论文，可谓著作颇丰。其中，杰克·伦敦最为世人所瞩目的是他的小说创作。

杰克·伦敦的小说主要讲述美国下层人民的生活故事，重在揭露资本主义社会的罪恶；往往将主人公置于极端残酷、性命攸关的环境之下，继而展现人性中最真实的品格。此外，杰克·伦敦在进行小说创作时，往往会掺杂较多的社会主义和个人主义色彩。

《野性的呼唤》《马丁·伊登》《白牙》《热爱生命》《海狼》《铁蹄》等都是杰克·伦敦较为著名的小说作品，下面具体分析一下《野性的呼唤》《马丁·伊登》《海狼》和《铁蹄》这几部小说。

《野性的呼唤》是对当时处于尔虞我诈的资本主义发展时期的美国社会所盛行的自然主义思潮的一种反映，也反映了在达尔文的自然环境下“适者生存”的自然选择思想以及斯宾塞的社会进化论中的社会选择观。

小说以阿拉斯加淘金热为背景，通过描写在北方险恶的环境下，主角巴克为了生存从一条被驯化的南方狗发展到似狗非狗、似狼非狼的野蛮状态的过程，表现了人与人、狗与狗、强者与弱者之间的冷酷无情和生死争斗。巴克是一条威猛的苏克兰圣伯纳牧羊犬，野性、灵敏。它原本在加利福尼亚的圣克莱拉谷的米勒法官家里过着舒适安逸的生活，也因此养成了文雅、温顺的性格。但是在1897年，人们在育空河发现了金矿，于是美国很快掀起了一股淘金热。许多美国青年来到阿拉斯加这个冰雪世界，希望能淘到属于自己的黄金。而狗是淘金旅途中不可缺少的伙伴和工具，他们需要像巴克这样的狗。有一天，法官家的一个园丁盗走了强壮的巴克，并偷偷将它卖到阿拉斯加严寒地区做了一条雪橇犬。就这样，巴克"突然从文明的中心被拖出去，掷进了原始事物的中心"。在那里，巴克很快学会了怎样适应严寒的冬夜，怎样通过观察群体的成员来了解这个群体，怎样顺应自然法则。同时，巴克渐渐学会了"不顾道义，只求活命"的哲学，与同伴打架、撕咬、争食物，变得凶残而狡猾。巴克先后换过几个主人，最后被索顿收留。那是在巴克被残暴的主人哈尔打得遍体鳞伤、奄奄一息时，索顿救了他，并悉心为它疗伤。在索顿的精心护理下，巴克恢复得很快，由此他们之间产生了真挚的感情。巴克对索顿非常忠诚，曾两次不顾生命危险救了索顿的命。不幸的是，在淘金的过程中，索顿被印第安人杀死。狂怒之下，巴克咬死了几个印第安人，为主人报了仇。这时恩主已死，巴克觉得对这个人类社会已无所留恋。最终，他回应自身野性的呼唤，进入森林，从此与狼为伍，过着原始动物的生活。不过，巴克不忘旧谊，仍然定期到主人的葬身之处去凭吊。这不仅体现了达尔文"物竞天择、适者生存"的思想，而且从更深的层次上反映了人类对大自然的向往。

小说以狗作为主人公，在一定程度上是对"人乃万物之灵长"这一观念的挑战。而且，小说中狗的形象与人的形象形成了鲜明对比。狗（巴克）勇敢、忠诚、感恩，具备超强的适应力，卓越高超的领导能力，而人类大部分是虚伪、残暴的。小说中的狗是有着生命自主意识的，因而其不再是传统意义上简单的工具和附庸，而是具有自身价值和意义的生命强者。作者在写巴克时多次强调了自尊,当巴克发现自己被贩卖时感到的是受伤的自尊,它认为自己的尊严受到了侵犯。在这里,狗充分展现了它的主体意识,它也拥有自己的尊严和骄傲,并不是任由人类主宰命运的傀儡。因此,在巴克的身上,充满了炽热的生命力量,散发着汹涌澎湃的生命气息。

这部小说虽然以狗为主人公,但其中折射出来的却是人类社会中的种种规则。小说中写巴克初到北方目睹科莉被杀,这不就是人类社会中的暴力?现在的社会宣扬法律在约束着每个人的所作所为,然而在很多情况下,暴力仍然是解决问题的不二选择。因此,巴克在到了野蛮的北方后,看到的只有血腥的争斗,谁能战胜对方谁就获得尊敬,仿佛原始社会一般。在这种情况下,我们唯有奋力一搏去赢得每一场搏斗的胜利,心里哪怕只生出一丁点的怵意便会死无葬身之地。如此一来,真实的美国社会现实生活——人与人之间尔虞我诈,弱肉强食,适者才能生存,竞争无处不在——便展现在人们面前。

《马丁·伊登》是杰克·伦敦以自己的人生经历为模板创作的一部小说,有着明显的自传性质。它以主人公马丁的笔,写出了杰克·伦敦自己如何在平庸的资产阶级鄙夷下含辛茹苦地读书和写作的经历。

马丁是一名出身低微的水手,来自以出卖劳动力谋生的下层社会。在一个偶然的机会,他认识了来自上流社会的律师莫尔斯一家,并对莫尔斯的女儿露丝一见倾心。马丁对露丝的家庭以及她的生活都羡慕至极,还认为露丝美貌惊人,举止文雅,跟他以前所认识的下层社会的女孩子有着天壤之别。而且,露丝对文学、艺术的精辟见解,使马丁自愧弗如而陶醉。于是,马丁深深地爱上了美丽、高雅的露丝。而露丝也为马丁的正直、粗野所吸引,马丁所拥有的强壮体魄和水手独有的顽强精力,她从未见过,于是带着好奇去窥探这个异性的奥秘。但是,马丁与露丝之间的阶级差别是无法忽视的。为了改变这一情况,踏进“高等社会”的门槛，赢得露丝的爱情，马丁在露丝的启发下，发愤自学，并开始了艰苦的创作生涯。他的写作一次又一次地失败了，没有一家出版商愿意出版他的作品。因此，他受到了很多人特别是上层社会的绅士、淑女的嘲笑。但是，他并没有气馁，而是勇往直前，仍然不顾一切地读书和写作。并且，他不愿听从露丝的安排，进她父亲的事务所，做个“有为青年”。露丝觉得自己越来越不理解马丁，对他不听从自己的安排也感到不满，于是离开了他。而这时，马丁突然时来运转。报刊的老板们对这位下层人物的作品中所写的那些粗犷、奇异、新鲜的生活题材发生了兴趣，他的作品开始受到出版界的青睐，各大出版商争相出版他的作品。如此一来，他一跃成为一位闻名全国的作家。金钱有了，地位有了，“高等社会”的大门向他敞开了。上流社会头面人物纷纷主动与他相交，以前看不起他的亲友都争先恐后地来请他吃饭，露丝也表示要重续前情，甚至愿意委身于他。这使马丁看清了这个世态炎凉的社会，对爱情所抱的美妙幻想也彻底破灭。在人生万念俱灰之时，他乘船出海，途中悄悄地爬上舷窗，投入了大海的怀抱，对虚伪的美国社会进行了控诉。

很明显，这部小说生动地展示了一个青年作家的成长过程：卑微的出身、艰难的生存斗争、狂热的自学精神以及与上流社会姑娘失败的恋爱。这也是杰克·伦敦早年生活的写真。对这种生活的熟悉，使他在写作时能单刀直入，切中要害，看起来仿佛有些粗率，却生动得令人难以忘怀，真实得让人感觉到逼人的坚硬残酷。此外，这部小说含有大量的个人性、主观性的东西，显露出少有的直率与真诚。因此，尽管有时觉得它言辞激烈、咄咄逼人、粗糙草率，但那种袒露的真诚有时比细腻的技巧更为有力，更能打动人心。

此外，杰克·伦敦在这部小说中传达出理想的幻灭感。当某种陌生的、仿佛又是更高的生活理想出现时，主人公们总是那么热切、执着而又信心十足地向那理想进军，马丁在追寻这一理想时所承受的艰辛是非常人所能承受的。不幸的是，成功之时便是梦醒之时，更是理想破灭之时。无论是书中的马丁还是现实中的作家杰克·伦敦，他们都很快地意识到曾经高高在上、遥不可及的理想不过是既虚伪又庸俗的生活圈子的虚幻折射而已。此时顿悟的他们既厌恶这个所谓的上流圈子，也回不到昔日所处的劳动人民阶层中。于是，小说开始时的那种热情朝气、昂扬斗志早已为抑郁、伤感和顿悟所代替，而死亡对于他们来说则成了唯一的选择途径。

《海狼》是一部色彩强烈、线条粗犷的小说作品，同时主人公“海狼”赖生与众不同的气魄给美国的小说界注入了一股新鲜的空气。

小说的故事发生在茫茫的大海上，作家亨甫莱·凡·卫登乘船返回旧金山时遭遇沉船，被路过的捕海豹船“魔鬼号”所救。之后，身材魁梧、力大无比的船主赖生强迫亨甫莱在船上服役，跟随“魔鬼号”一起出海。在船上，亨甫莱既做仆役又要陪赖生谈诗歌、谈理想，他的处境完全由赖生的心情所决定。一天夜里，船上的两个水手叛变，将“海狼”和大副抛入海中，大副淹死了，而“海狼”却以惊人的体力返回“魔鬼号”，杀了叛变的水手，并强迫亨甫莱担任大副的职位。亨甫莱慢慢掌握了航海技术，在一次随“魔鬼号”出海时，在台风中救出了5名旅客，其中有一位名叫布鲁斯特的女记者。相处中，亨甫莱与布鲁斯特相爱了。但不想，赖生也渐渐喜欢上美丽、智慧的布鲁斯特，并企图强行占有她。一天夜里，赖生强行搂抱布鲁斯特。亨甫莱正拔出刀子要扑上去时，赖生正好头疼发作，倒下了。布鲁斯特和亨甫莱趁机逃了出去，来到了一座荒岛上。不久，“魔鬼号”也在荒岛上搁浅，此时的赖生已经双目失明，但是他还是能感觉到他喜欢的人的气息。他找到了布鲁斯特和亨甫莱，企图与他们同归于尽，但命运最后还是让这个具有强大生命力、永不服输的人孤独地病死在“魔鬼号”上。而布鲁斯特和亨甫莱修好了“魔鬼号”后，驾驶它驶向大海，后遇到官方的查税船而得救。

赖生是一个残忍、冷酷的极端个人主义者，他一向以自己为核心，甚至想成为所有人之上的“超人”。但是，赖生最终死去了。如此一来，作者便对尼采的超人哲学进行了批判。与此同时，作者在小说中对赖生为何会成为一个极端个人主义者进行了探讨。赖生出身于一个贫穷的海上渔民家庭，很小就踏上了航船。在船上，他被人们拳打脚踢，恶语相加，无人庇护的他只能学着自己保护自己。水手生活给赖生打开了关于世界的窗口，这是一个弱肉强食的世界，他逐渐认识到，人只有自身强大才能战胜别人，由此他的内心时刻处于一种不断战斗的状态，成为永不停战的“海狼”赖生。“人性”和“兽性”在他的身上不断激战着，使他成为一个喜怒无常、令人琢磨不透的人。据此，作者揭露了资本主义社会一切反动、腐朽的东西。如果说“魔鬼号”是美国社会的缩影，那么赖生正是控制这个国家、奴役人民的垄断集团的化身。因此，小说最后“海狼”的死，既是作者的一个美好愿望，也表明了一切压迫者的必然下场。

《铁蹄》被认为是杰克·伦敦思想成就最高的一部作品，也是一部直接描写工人阶级以武装革命为手段来推翻资产阶级统治的小说。杰克·伦敦在这部小说中，站在工人阶级立场，以高度的才华和远见描写了20世纪的无产阶级同资产阶级之间武装斗争的历史。

在小说中，杰克·伦敦假设在共产主义实现之后的“大同世界”419年11月的一天，有一个名叫安东尼的人在美国加利福尼亚州的乡村——延龄草屋中一棵古老橡树的树洞里，发现了一包《埃弗哈德手稿》。这部手稿是在七百年前，即20世纪30年代，由一个名叫爱薇丝的女子在她的丈夫——当时美国社会党领袖安纳斯特所领导的1917年芝加哥工人武装暴动失败之后写的。它对出身于资产阶级知识分子家庭的爱薇丝如何在安纳斯特富有刺激性和启发性的革命理论的教育下，背叛了本阶级的利益，与安纳斯特结合成志同道合的战友，并积极地献身于反对“铁蹄”的革命斗争，以至“一次革命”的武装暴动失败，安纳斯特夫妇隐居乡村作“二次革命”准备的过程进行了生动而细致的记录。故事写到这里便戛然而止，未记载其丈夫被“铁蹄”处死一事。安东尼猜测，爱薇丝一定是遭到了“铁蹄”雇佣军的突然搜捕，不得不停止写作，而且她也生死未卜。安东尼在小说的最后一条注释中写道：“不然的话，那个延续了七世纪之久的安纳斯特被处死的疑团就准可以打破了。”

小说中的安纳斯特，是杰克·伦敦理想中的革命者和社会党人。他出身于铁匠家庭，从小的贫困生活使他对美国社会本质具有深刻的洞察力。他是一个充满勇敢、智慧和力量的人，一个具有伟大心灵和高度才智的人，他身上散发着一股强烈的、使人信服的、吸引人的威力。他对资产阶级社会的大胆蔑视、对垄断寡头阶级血腥统治的愤怒和他对暴力革命的热切向往，在作品中形成了他“强有力的”性格特征。可以说，杰克·伦敦把自己当时的思想、概念、个性和幻想统统融化到这个人物身上，他所希望的就是在美国能有像安纳斯特这样的人来领导一场急风暴雨式的革命。不过，杰克·伦敦的思想还远远没有达到无产阶级革命家的水平。他在小说中一方面表现出自己对资产阶级的深恶痛绝，另一方面暴露了自己思想的严重局限：安纳斯特的形象存在大量的“超人”式英雄成分，整个革命队伍的混乱现象使起义领袖们成了脱离群众的孤独者，而广大人民则被描写成缺乏头脑的乌合之众。同时，小说在描写革命斗争的前途时，那种矛盾的悲观情绪说明作者对无产阶级夺取政权并在最后建立无产阶级专政的历史任务还不十分明确。尽管如此，这部小说仍是一部伟大的作品。

总的来说，杰克·伦敦是20世纪初期最有影响力的小说家，他的出色创作使美国文坛空前活跃，并使创作与生活、文学与社会产生了前所未有的亲密联系。

第三节　黑幕运动的参与者：黑幕小说的创作

19世纪末，大批以普通百姓为读者对象的通俗报刊，如《麦克鲁尔》《女士之家》《人人杂志》《星期六晚邮报》和《科利尔》等纷纷涌现。由于它们价格低廉,附有大量广告插图,文字内容又迎合读者的口味,因而很快就占领书刊市场,销路也远远超过高雅杂志。通俗杂志几乎都刊登或连载小说,尤其是刊登那些情节生动、贴近生活的故事来吸引读者。为了吸引读者,通俗杂志也报道群众关心的社会问题和政治事件,刊登以小说的形式写成的暴露文学。这种用夸张的手法、耸人听闻的标题和报道方式批评腐败现象的文章,曾一度成为 20 世纪初的一种特殊的文学形式。事实上,这种揭露性文字在 19 世纪八九十年代就已经存在了。新闻记者出身的雅各布·里斯曾以自己在纽约贫民窟的切身体会和所见所闻为基础写过大量报道,抨击移民的住房问题、童工现象和城市下层人民所受的迫害与剥削。不过,揭露黑幕的运动真正是从 1902 年开始的。当时,《麦克鲁尔》杂志率先刊登改良主义的但并非虚构的社会调查报告,揭露资本家的罪恶和政府的丑闻。它在同一期里刊登了三篇文章:艾达·塔贝尔揭露洛克菲勒集团的《美孚石油公司的历史》、林肯·斯蒂芬斯抨击明尼阿波利斯市政府腐败无能的《明尼阿波利斯市的耻辱》和贝克的《工作的权利》,这三篇文章正式开启了黑幕运动。四年之内,几乎所有的通俗杂志都卷入了这场运动。《麦克鲁尔》《科利尔》《人人杂志》《四海》等杂志则是其中的主力;有些报纸如纽约的《世界报》、堪萨斯市的《星报》等都积极参与。记者也写了许多文章,揭发人寿保险公司的黑幕、专卖药品公司的骗局、大工业极其恶劣的劳动条件、警察和黑社会的勾结、政府机构和议员的营私舞弊和贪赃枉法,甚至教会组织的不义行为等。

1906 年,黑幕运动达到了高潮。此时,罗斯福总统出面批评这种无节制地揭发黑暗面的新闻报道以偏概全,看不到社会光明的一面,号召记者保持理智,不要耸人听闻。后来,他读了厄普顿·辛克莱(Upton Sinclair,1878—1968)的小说《屠场》,不得不承认芝加哥屠宰场恶劣的卫生条件令人无法容忍。他改变了态度,请辛克莱到白宫面叙,肯定了其小说揭露黑幕的重要意义。

1908年,辛克莱在《独立》报上对揭黑幕运动作了公开回答。他说,揭黑幕的人开始时并没有统一的理论纲领,他们只是发现了商界和政界的黑内幕,抓住那些丑闻不放,然后加以综合和分析,将事实公之于报端。实际上,他们都是一些心地善良、生活简朴的人,他们中有玄学家、伦理学家、诗人、记者、小说家和宗教界人士。他们成为揭黑幕的人,并不是他们钟爱社会腐败,而是他们对社会腐败深恶痛绝,他们期望的是维护民众权益。这场运动受到罗斯福总统的肯定后,在社会各界引起了轰动效应。

黑幕运动在很大程度上促进了美国现实主义文学的发展,它促使作家大胆面对现实问题,深入生活,关心民众的苦衷。例如,弗兰克·诺里斯的《章鱼》就是为揭黑幕而作,杰克·伦敦在开始创作时也写过类似文章,他们之后的薇拉·凯瑟在《麦克鲁尔》杂志当过编辑。有些人把自己写的报道结集出版,如塔贝尔的两卷集《美孚石油公司的历史》、林肯·斯蒂芬斯的《城市的耻辱》《争取自治的斗争》等,都因内容丰富、材料翔实而引起很大震动。有些参与揭黑幕运动的记者后来也写起了小说,如大卫·菲利普斯写了23部抨击社会弊端的小说和一个剧本。但在暴露黑幕的文学创作中,影响最大的却是小说家辛克莱。

辛克莱出生于马里兰州的巴尔的摩市,祖上是名门贵族,传到他的父亲时,家境已经破落。父亲以卖酒为生,经济状况很不好,后全家迁居纽约。12岁时,他进入文法学校。15岁时,他开始给一些通俗出版物写文章,靠稿费维持生活。他还升入纽约市立学院,在哥伦比亚大学攻读了研究生。这期间他写了6部长篇小说,有《米达斯王》《哈根王子》《阿瑟·斯特灵日记》《曼纳萨斯》等。辛克莱宣称耶稣基督、哈姆莱特和诗人雪莱形成了他的思想,即理想主义,但他觉得这世界没有给他爱和信任。因此,他非常关注各种社会问题。1900年,他与麦塔·富勒结婚。婚后,他以自由撰稿人的身份赚点钱,生活依然十分困难。1906年,他参加了屠宰场的社会调查后,发表了长篇小说《屠场》。小说上了畅销书榜,引起了全国的轰动,甚至惊动了白宫里的罗斯福总统。

《屠场》的成功使辛克莱出了名,他将所得的稿费投资在新泽西州建立的合作社式的赫里孔家园殖民地。1915年,他迁往加州,四次竞选公职都失败了。大萧条时期,他联合失业工人和进步人士组成《加州结束贫困学会》(EPIC),获得很多人的支持,1934年还差点当选州长。黑幕运动以后,辛克莱就一直在创作小说,陆续出版了多部黑幕派系列小说,如反映资本家商业道德恶劣和堕落的长篇小说《大都会》、描写煤炭工人大罢工的《煤炭大王》、抨击政府石油丑闻的《石油啊》、揭露政治黑幕的《波士顿》、嘲讽教育弊病的《傻瓜》和描述一个工业巨富发迹的《山城》等。其中,《波士顿》比较有批判力度。进入20世纪40年代后,辛克莱依然保持旺盛的写作热情。他推出了“兰尼·巴德”系列小说十一部,以《世界的终点》为总题目,内容涵盖了两次世界大战之间美国和欧洲重大历史事件和社会变迁。其中,《龙齿》曾获得普利策小说奖。1968年11月25日,辛克莱于美国新泽西州逝世。

《屠场》既是辛克莱的成名作,又是他最成功的代表作。小说的故事发生在20世纪初的芝加哥,主人公哲基斯·拉克斯是个从立陶宛来到美国的移民,到芝加哥以后在屠宰场找到了一份工作。屠宰场的劳动强度大,工作条件差,获得的报酬又很低,但他为了生活一直忍耐着。不久,他与奥娜结了婚。结婚花了不少钱,使他负债累累。于是,他拼命干活,不幸的是,偏偏又扭伤了脚。他被解雇了,只好去肥料厂干脏活。不久,工头侮辱了奥娜,哲基斯把他痛打一顿,结果被捕入狱。出狱后,他并没有迎来稳定的生活,反而又遭遇了一系列新的灾难:妻子难产而死,大儿子在街上被洪水溺死,他交不起房租被赶走。无处可去的哲基斯开始了流浪生活,一次在与酒店老板打架后,他再次入狱。出狱后,他与别人干起了抢劫、赌博的勾当,恶棍习气沾染了一身。后来,他继续沦为流浪汉。有一次,他在街上偶然遇到奥娜的表妹马丽雅,听说她走投无路,沦为妓女,那种深深的失望让他觉得生活毫无意义。他迷迷糊糊地往市区走,路过一个会场,听到工人们在谈论社会主义,就走进去听了,结果很受感动。哲基斯听到了社

会党领袖们“组织起来!”的号召,那响亮的演说在激动人心的情绪中回荡:

> ……一股永远遏制不住的浪潮即将开始了,这股巨浪在它冲进汪洋大海之前决不回头——这是无法抗拒的、可以摧毁一切的力量——它将使芝加哥所有愤怒的工人们全都聚集在我们的旗帜之下!我们将把他们组织起来,训练他们,并带领他们走向胜利!我们将压倒一切反对力量,我们将清除我们面前的一切反对力量——芝加哥将是我们的!芝加哥将是我们的!

哲基斯感到社会主义会给他带来生活的希望,就鼓起勇气加入工人们的战斗行列。与此同时,原来被他看作像生命那样宝贵的东西,现在似乎都变得无足轻重了。他到一家旅馆当勤杂工,虽然外在的生活是平庸的、枯燥的,可他的精神却生活在对一种新思想的充满生趣的探索之中。

哲基斯的人物形象是十分鲜明的,他原本是个天真的青年移民,幻想从立陶宛到美国寻找幸福的天堂。没想到在芝加哥几年,连遭家破人亡的残酷打击,身体强壮的他终于被折磨成贫困如洗、骨瘦如柴的流浪汉。刚开始,他不怕苦不怕累地拼命干,想多挣几个钱维持生活。没想到,受了工伤,还被炒鱿鱼。总之,他遭受了一切让人绝望的事情。但最后,他又发现了生活的希望。很显然,作为20世纪初期的一个移民工,他的形象具有典型意义和感人的魅力。

《屠场》是辛克莱赴芝加哥屠宰场实地调查后写成的,他在现场收集了大量的资料。这些资料的运用,构成了本书主要的特点,便是直接地面对现实,真实而深刻地反映现实。作者对屠宰场生产过程的描写是相当详尽和生动的,其中引用了大量的统计数字和实例,以至于使人感到这几乎不是小说,而是“采访报道”,似乎用“纪实小说”来表述更为准确一些。当小说在社会上引起争论时,书中的大量实例经受住了批评者的反复检验,小说的描写完全符合事实，最终迫使美国政府不得不针对小说提出的问题，制定和通过了一些有关食品卫生的法案。

因此，这部小说显然具有现实主义风格。这突出地表现在以下两点：第一，小说用了许多真实而生动的情节描写来刻画主人公哲基斯的形象。他经历了工伤、坐牢、丧妻失子、流浪和行乞等不幸经历后，在一个工人聚会的地方找到归宿，振作精神，投入斗争。他的遭遇使他对美国的幻想破灭了。当时，欧洲人总以为美国是个“人间天堂”，热衷于移民美国求发财，哲基斯在芝加哥屠宰场所看到的则完全是另一码事。随着一系列不幸的遭遇的降临，哲基斯终于看清了事实。作者对主人公心理的这个转变过程写得细致、合理，令人信服。第二，小说运用对比的手法衬托出资本家与工人的生活差别，揭发了美国社会贫富悬殊、阶级对立的真相。小说第二十四章写了屠宰场老板的豪宅，屋里名画、古董成堆，美酒、佳肴不断，一个浴池竟花了四万美元；屠宰场内则臭气冲天，骨粉弥漫，工人吸入骨粉是致命的。两个地方形成鲜明的对照，大大加深了读者的印象，激起人们对工人们的同情。

这部小说可以说是一本家喻户晓的揭发黑幕的宣言书，辛克莱大胆地揭露了芝加哥屠宰场恶劣的卫生状况和资本家对移民工人的残酷剥削。更令人发指的是，屠宰场将臭肉、烂肉装成罐头，往市场拍卖以牟取暴利。食品安全问题事关全国百姓的生活，这些黑幕一下子就激起公众的愤怒，各地大小报刊同声讨伐，令朝野许多政客坐立不安，甚至惊动了白宫。老罗斯福总统急召辛克莱入宫面叙，肯定他及时提出了关系广大民众健康的重大问题。美国国会于1906年通过了《关于纯净食品和药物法》，并昭告全国。由此可见，《屠场》的社会意义已大大地超出文学的范围。

除了揭露美国社会制度的黑暗内幕，这部小说还指明了工人们只有团结起来对抗垄断阶级才是唯一的出路。辛克莱多次写到工人们的罢工斗争，赞扬了他们的斗争精神，哲基斯最后的醒悟体现了无产阶级的觉醒。因此，《屠场》被一些学者誉为美国第一部无产阶级小说。这部作品更是被译成多国语言，在世界文学史上占有一定地位。

第四节 地域文学中心的转移：伊迪斯·华顿、欧尼斯特·普耳等

按照传统的划分习惯，美国地域大体上可以分为新英格兰地区、南方地区、中西部地区和西部地区。新英格兰地区曾经是北方最古老的经济和文化中心，曾涌现了一大批杰出的文学家。随着城市工业化的发展，纽约和芝加哥逐渐成为美国政治、经济文化的中心，新英格兰地区丧失了其作为美国地域文学中心的地位，同时中西部文学和南方文学开始崛起，这里主要分析中西部文学。19 世纪末，新兴的中西部地区虽然在政治上具有优势，在文学上却仍然停留在乡土文学的探索上，而且这个时期并没有产生具有影响力的作品。直到第一次世界大战前后，中西部的文学才有了长足的发展，涌现了一大批威震美国文坛的小说家和诗人，如伊迪斯·华顿(Edith Wharton，1862—1937)、欧尼斯特·普耳(Ernest Poole，1880—1950)、薇拉·凯瑟(Willa Cather，1873—1947)等，他们大部分出生于中西部地区，来自中产阶级家庭。他们将乡土特色与欧洲现代派艺术结合起来，创作了不少风格独特的作品，大大地推动了美国现代文学的发展，推动了美国地域文学中心的转移。

一、伊迪斯·华顿的小说创作

华顿出身于纽约一个富人家庭，童年曾长期居住欧洲，从小受到过良好的教育，1885 年结婚，婚后长期住在法国。华顿喜爱文学，但因为精神衰弱多次住院治疗，于 1913 年离婚。第一次世界大战期间，她积极参加了救护伤员、救济难民的工作，为此曾受

到法国政府的奖励。华顿于1899年开始写作，一生共创作40余部小说、游记、评论和回忆录。她喜欢交际，与许多著名的人物结成朋友，如亨利·詹姆士便是华顿的亲密朋友。

华顿来自上流阶层，在上层社会的经历为她后来的创作提供了丰富的源泉。生活在这样的年代以及她的身世，都为她的文学创作道路和思想奠定了基础。华顿与老纽约的渊源使她独具特色地创作了一些以纽约为背景的作品，如《欢乐之家》《纯真时代》《同家风俗》等，从这些作品的细节描写中，读者可以洞悉当时纽约上层社会的风俗人情。华顿的作品大多受她的生活环境的影响，描述了她所熟知的纽约上流社会，反映了人物的个性与习俗的冲突。在多部作品中，她揭示出人物受社会习俗和道德准则约束而放弃了个人追求并做出符合社会道德要求的选择。同时，她以十分娴熟的手法描绘了当时纽约上层社会生活中存在的各种风俗习惯，这成为后人研究当时纽约上层人生活的最佳参考书之一。

《天真时代》是华顿的重要代表作，讲述了一个爱情故事。年轻律师纽兰·阿切尔是梅·韦兰的未婚夫，后来阿切尔又遇到了从欧洲回来的表姐埃伦·奥兰斯卡，她已同丈夫分居但仍没有离婚。埃伦回到美国后遭到朋友们的抛弃，但得到了阿切尔和他母亲的同情。后来，阿切尔和埃伦深深地相爱，但最终还是选择同梅结婚。埃伦离开后又回来照料祖母，她跟阿切尔旧情复燃，但当她得知梅怀孕后又离开去巴黎生活。多年后，梅去世，阿切尔去巴黎，埃伦邀请他去访问，但阿切尔只让自己的儿子前往，自己则不愿见到埃伦，宁愿把埃伦的完美形象留在自己的记忆中。

《天真时代》通过描写阿切尔、梅和埃伦之间的爱情故事，揭示出美国上流社会特别是纽约上流社会保守的道德观。小说中，华顿用细腻的笔触刻画了每个人物的心理活动，语言优美、流畅。

《伊坦·弗洛美》是华顿的另一部重要代表作，它代表了华顿创作鼎盛时期的艺术成就，它也证明，作为大家的华顿不但擅长描绘她所熟悉的纽约上层人物的生活，还擅长塑造形象生动的下层人物。

在《伊坦·弗洛美》中，华顿以新英格兰的寒苦山村为背景，描写了贫穷樵夫的纯真爱情，这在当时的文学作品中实属罕见。她把荒凉、萧瑟的寒冬的雪景与人物的内心活动巧妙地交织在一起，互相映衬，写得十分成功。浓厚的新英格兰地方色彩构成了其乡土文学的特有价值，在主题的处理上，作品为避免陈陈相因的旧例，而采用了伊坦的悲剧命运作结尾。小说揭示了这种悲剧产生的原因，是主人公从纯洁的自我牺牲精神出发，亲手关上了通往幸福的大门，从而流露出一些非理性主义的色彩。但是，华顿没有把它处理为"问题小说"，而是把它书写成一曲感人的爱情悲剧。这也许是因为她关心的不是社会问题，而主要是人们心理方面的戏剧性变化。

小说在叙事时采用了第一人称的视角，叙述者"我"到新英格兰地区，遇到主人公伊坦。这为人物提供了跨越20年的时间，对叙述框架和小说本身都是一种极巧妙的安排。从"我"对伊坦奇怪性情的描述，到从旁人讲述的有关他奇特经历的只言片语，继而小说以第三人称的手法，由"我"了解伊坦的故事，为读者揭开了伊坦的悲剧命运。华顿将第一视角转换为全知全能的视角，不但揭示了与小说主要部分相关的所有人物的心情、思想和事件，而且避免了一人讲述小说的简单化和单调性。

这部小说相比其他小说，在叙述手法上有所创新，而且在象征手法的运用上也别具一格。最重要的象征意义是以冬季为背景，它贯穿于整个故事的主体部分，是小说中预示人物感情、烘托环境氛围的非常重要的一条线。例如，作者用雪花、尖冰、寒风、寒夜等意象很好地预示和象征了小说的悲剧色彩，而且对解释人物压抑、痛楚的生活、心理和精神具有重要作用。之所以说"冬季"贯穿了整个故事，是因为伊坦与情人玛蒂的相会发生在冬夜，二人乘雪橇殉情也发生在冰雪寒天。而引起主要悲剧的汉娜与冬天联系得更加紧密，她是伊坦与玛蒂企图自杀的主要原因之一。性情与汉娜相反的玛蒂与温暖的春天和热烈的夏季相连，伊坦自然被玛蒂热烈奔放的性情所吸引。其实，两人相互吸引之处在于他们对自然美的共同兴趣和欣赏。伊坦受过高等教育，由于贫困的家庭和有病的老母，不得不放弃学业回到家中。因为无法实现自己的抱负，他的生活与失望和无助相连，这些与暗淡的背景相衬，显得作品的悲剧意味更加浓厚。

二、欧尼斯特·普耳的小说创作

20世纪初，纽约就是美国的缩影，它从一个几十万人的小城市迅速扩大为几百万人的大城市，成为美国的政治、工业、金融和文化的中心。但是伴随着工业化的加快，工人和资本家之间的矛盾日益显现并且加深，工人们为了维护自己的权益经常组织罢工。华顿久居巴黎，对纽约现实生活的变化不太熟悉，在她的小说中难以反映。但是，从另一位作家的小说中则可以看到纽约现实生活的变化，他就是普耳。

普耳出生于芝加哥，1902年毕业于普林斯顿大学。后来，他到纽约市工作，为废除童工和进行各项社会改革奔忙，纽约市成了他主要的长篇小说的创作背景。

《大街之声》是普耳的第一部长篇小说，一问世就受到极大的欢迎。小说主要反映了纽约东区意大利移民的贫苦生活，真实地描绘了挣扎在贫困线上的平民百姓。

《海港》是普耳发表的第二部长篇小说，获得意外的成功。同年被译成欧洲几种语言，引起读者的极大兴趣。后来它又被列为20世纪前20年最优秀的5本社会主义小说之一，几乎与辛克莱的《屠场》齐名。

《海港》主要描写了主人公比利一生的经历和思想变化。这里的海港指的是纽约港，其象征着纽约市社会生活的变化。比利从小住在港区，在那里长大，成为作家是他的一个梦想。他先以他经商的父亲的眼光来看他的社会环境，老人总留恋过去的日子，美国的航船横渡大洋到世界各地。比利则崇尚艺术，讨厌“铁船时代”丑陋的港区。后来，金融家们派了一个工程师来整顿港区，使它的面貌焕然一新。比利终于爱上了港区，并娶了工程师的女儿艾琳诺尔·狄隆。他在撰写纽约港的“光荣故事”和描绘大商业的老板们的生活时，又遇到了以前的大学朋友邹·克烈默。邹是个“揭丑派”记者和船上的司炉工，此时他正在组织一次纽约港的总罢工。比利听了他的介绍后深受感动，决定站在工人一边，支持他们封锁港口。最后，罢工因遭到血腥的镇压而失败了。但比利感到工人们在重新组织力量，再进行斗争，他们并没有被消灭。小说揭示了比利思想的变化过程，他原本爱美恨丑，崇尚效益，反对混乱，后来同情穷困的码头工人，反对大财团的冷酷统治。他生动地描述了罢工的过程，犹如一幕幕电影；他评述了如何从犹豫、沉默、被动到积极参与罢工斗争，从阶级冲突中受到教育，最终成了一位有觉悟的美国中产阶级青年。

《海港》细腻地描写了美国青年从冷酷的现实生活中认识了劳苦大众、认识了自己并参与他们为生存而进行的斗争，从思想感情上倾向社会主义。《海港》表现出的新颖的视角、明快的语言和深刻的主题都是非常难得的，在美国现代小说中并不多见。

除了上面两部长篇小说，普耳其他的长篇小说，大都描写纽约的工人阶级的生活。如果说华顿揭示了历史性大变动中纽约上层社会各种人物的扭曲心态和失望情绪，普耳则以生动的细节真实地展现了下层人民的思想转变，给青年一代指出了健康的生活道路。两人的作品加起来，可构成一幅在商品经济冲击下多层次、多色调的纽约都市风俗画。

三、薇拉·凯瑟的小说创作

凯瑟出生于美国南方弗吉尼亚州温彻斯特城附近的后溪山谷，1883 年随家庭迁居到中部的内布拉斯加州，1895 年毕业于内布拉斯加大学。早年的生活变迁，给凯瑟的日后创作带来了重大的影响。凯瑟是美国 20 世纪前半期一位有才华的女性作家，她的作品以富有浓郁的中西部边疆乡村气息和刻画深邃的精神世界著称于世。19、20世纪之交，美国因“西进运动”而经历着巨大的社会变迁。随着美国西部边疆的不断拓展和处女地的渐次消失，象征着自由国度的西部开始成为一段过往的历史，只留下桀骜不驯的大自然等待着那些移居边疆的人们去驯服。凯瑟正是立足于这个过渡时期，对美国拓荒时代的历史和价值观进行了回顾和反思。凯瑟用现实主义手法，透过美国西部的一草一木揭示出大自然的崇高、辽阔、人与自然的和谐、土地与生命价值的统一和道德精神与物质利益的冲突。凯瑟通过对美国西部边疆的描写颂扬了拓荒者在与大自然的搏斗中表现出来的顽强精神，反映了移民拓荒者在新旧文明冲突中的相互关系。凯瑟的拓荒小说包括《啊，拓荒者！》《我的安东妮娅》等，集中反映了19世纪美国特有的西部拓荒经历。下面对这两部作品进行阐述。

《啊，拓荒者！》讲述了内布拉斯加州汉诺威镇的瑞典移民伯格森一家的拓荒经历，主人公为伯格森家的长女亚历山德拉。作品主要有两条主线：一条主线是女主人公亚历山德拉白手起家的艰苦奋斗历程。父亲去世后，她作为长女，虽接连遭遇大旱、歉收和经济危机等挫折，却在极其艰难的情况下坚守父亲的家业，带着两个自私且平庸的弟弟化荒原为沃土。亚历山德拉身上集中体现了百折不挠、乐观向上的拓荒精神，她是伟大的拓荒者的典型。她一生坚持不懈地劳动，以惊人的毅力和不屈的精神去战胜自然的和人为的灾难，她的心地又是那样宽广开朗，她爱土地、爱大自然，她每想到大自然的运动就获得力量，每想到这些运动背后的规律性就获得一种个人的安全感。另一条主线涉及爱情与婚姻主题。亚历山德拉虽在经营农场方面才智与胆识过人，但在情感上颇为迟钝，时常下意识地压抑情感需求。她虽与卡尔自幼情投意合，却在经历了几番聚散和一场劫难之后才最终意识到，一直都理解并默默支持自己的卡尔原是她一生的真爱和精神寄托。

《啊，拓荒者！》是首次充分体现出凯瑟自己风格的作品，是她奠定中西部乡土小说文体的成名作,自面世以来一直备受公众赞赏和评论界推崇。它不仅迎合了一个时代的文化需求,真实地反映了这个特定时代的史实和风貌,而且回应了爱默生半个世纪之前对美国作家发出的召唤,彻底摆脱了欧洲文化的羁绊,以个性鲜明的美国声音讲述美国民族的独特经历。一如凯瑟自身的文学创作理念,小说的现实主义表现手法并不拘泥于事实和细节,而是带有浪漫主义想象以及象征主义和印象主义色彩。

如果说《啊,拓荒者!》是凯瑟在向乡土小说创作高峰攀登过程中的一次努力,那么《我的安东妮娅》的出版则无疑使她完成了这次攀登。《我的安东妮娅》是凯瑟根据自己的童年记忆写的一部小说,由安东妮娅最好的朋友吉姆·伯登讲述了他们从小时候一直到成年的故事。故事开始于两人的相识,安东妮娅全家人从波西米亚搬去美国内布拉加斯州,而吉姆因为自己父母的去世也被送去内布拉加斯州的祖父母那儿。在内布拉加斯草原上,他们成了最好的朋友。但是安东妮娅一家在美国的生活并不如意,尽管起早摸黑、省吃俭用,但在这贫瘠的土地上还是无法建立一份像样的家业,安东妮娅的父亲终于被生活压垮了,走上了自杀的绝路,一家人面临着更为凄凉的局面,安东妮娅不得不放弃读书留在家里干活。长大以后,她又到镇上当帮工姑娘,因为善良单纯而被骗,在怀孕后被遗弃,但是她仍然自己一个人坚强地把孩子生了下来,从此又回到草原上做农活。当吉姆最后一次拜访安东妮娅时,她已结婚,有11个孩子,他们一家人非常和睦,彼此相亲相爱地在农场上生活。

显然,在凯瑟的心目中,安东妮娅是一个伟大的创始者,一个具有牺牲精神的母亲,她像土地一样朴实,也像土地一样永恒。这就是小说所歌颂的拓荒者形象的精华,它是力量的源泉、生命的象征、人类一切美好感情的结晶。这正是《我的安东妮娅》的主题,它与《啊,拓荒者!》的主题是一脉相承的,并且影响到凯瑟以后写的其他小说。

第五节　现代美国戏剧的缔造者:尤金·奥尼尔

美国戏剧相较于西方一些国家,发展得要晚。早期的时候,美国戏剧对欧洲戏剧尤其是英国戏剧的模仿很多。随着独立战争的结束和新国家的建立,有浓厚地方色彩的民族戏剧逐渐形成。到 19 世纪下半期,美国现实主义戏剧迅速崛起。而直到 20 世纪初,美国戏剧才锋芒毕露,开始引起世界的关注。

美国人民是很喜欢戏剧的,从 1900 年到 1918 年,纽约百老汇已经变成了新英格兰地区的娱乐中心,大街上出现了很多剧院。众多的中上层阶级的人群出入这些剧场,并且按照他们的要求和兴趣造就了百老汇。美国人是追求享乐、欢快而浪漫的,往往并不把戏剧看作是一种严肃艺术,而是将其当成一种消遣手段,因而百老汇出现了最具有美国特色的戏剧形式——音乐剧。它产生于 19 世纪末到 20 世纪初,最初是宗教庆典或其他庆典活动时的歌舞表演,后渐渐地发展成连贯的、具有一定情节的歌舞表演。其中有些作品日益成熟,并产生了一些脍炙人口的歌曲和舞蹈,故事的情节也开始有了比较深的含义,如《演出轮船》《哦,俄克拉荷马》等。这些舞台表演推动了人类文化艺术的发展,也拉开了现代美国戏剧的帷幕。现代美国戏剧的缔造者是奥尼尔,在他出现后,美国戏剧才步入精彩阶段。

奥尼尔出生在纽约百老汇的一家旅馆里,父亲是百老汇的著名戏剧演员,曾成功地演过多部莎士比亚的作品,也演过根据名著改编的《基督山伯爵》等,每年都在美国各地做巡回演出。奥尼尔从小便跟随父母前往各处,是个很爱学习的孩子,读了大量文学作品。到了青少年时期,他的叛逆性格已经十分突出。1906 年,他就读于普林斯顿大学英语系,但是只学习了一年便因恶作剧而被迫辍学。1910 年,他找到了一份轮船上的工作,开始在世界各地航行,前后有两年时间。在海上旅行中,他思考了不少关于人生的问题，思想日趋成熟。同时，这两年的经历对他日后的创作起了重大作用。1912年，奥尼尔回到康纳狄格州，在纽约担任一家报社记者，此间曾试图自杀。1913年，由于染上了肺结核，他在一家疗养院养病半年。此时，他开始进行戏剧创作，还专门向大学教授学习戏剧。之后，他与纽约格林尼治村戏剧中心的其他人一样，过着放荡不羁的生活。对于奥尼尔来说，斯特林堡、陀思妥耶夫斯基和易卜生等对他的文学创作产生了较大的影响。奥尼尔先后创作过62部剧作，是迄今为止唯一获得诺贝尔文学奖的美国剧作家。他几乎是单枪匹马地把美国戏剧引入20世纪。他学识渊博，创作态度严肃，作品有深度、有新意，抛弃了公式化的套路，采用了丰富多彩的手法，充分使用了象征主义、表现主义等各种创作方法，在创作风格上做了不停息的尝试。他的作品富有美国特点，在题材、技巧等诸多方面反映了美国人的思想和价值观，将美国戏剧纳入了世界先进戏剧的行列，确立了它在现代西方戏剧史上的重要位置，因而人们将他誉为“美国戏剧之父”。1953年，他在波士顿的一家旅馆里去世。1988年，美国和其他许多国家，包括中国在内，纷纷举办学术讨论会等纪念奥尼尔100周年诞辰的活动，以缅怀他对世界戏剧做出的杰出贡献。

在戏剧创作理念上，奥尼尔主张写悲剧。他的戏剧作品几乎全是悲剧，其题材之新颖，涉及领域之广阔，主题哲理寓意之深邃，艺术风格之绚烂多彩，在美国戏剧发展史上是绝无仅有的。他的悲剧有早、中、晚期之分，早期有浓郁自然主义色彩的现实主义悲剧；中期有五彩缤纷的实验悲剧，包括表现主义悲剧、心理探索和信仰探索悲剧；晚期有更加直面人生的现实主义悲剧。奥尼尔认为，人们通过悲剧才能在精神上对人生意义有更为深刻的理解，同时人类光荣的、自我毁灭的斗争才最有价值。

奥尼尔在20世纪初创作的戏剧作品属于他早期的作品。这一时期，他受杰克·伦敦、约瑟夫·康拉德等现实主义作家的影响，戏剧创作以现实主义为基调，但对生活的提炼深度有限，更多的是对自然主义的客观描写。他勇于探索，敢于独辟蹊径，大胆向自然界、现实社会和人的内心世界开拓。1913 年,奥尼尔创作了戏剧小品《终身一妻》,以及《网》《沟》等四部独幕剧。随后,他的作品便如雨后春笋般地涌现出来。1914 年他完成了《面包与黄油》和《苦役》两部标准长度的剧作以及四部独幕剧《雾》《东航卡迪夫》《夭折》和《看电影的人》。这一年还出版了戏剧集《渴》及其他独幕剧。1916 年,他与朋友组织了一个剧作家剧团,并在格林尼治村开办了一个有 140 个座位的普罗温斯敦剧院,目的是演出美国人自己的剧作。他的作品《东航卡迪夫》于 11 月 1 日在这里首演,12 月 1 日又演出了他的新作《早餐之前》,后来的不少作品也在这里演出。

《终身一妻》的故事比较简单,但运用了巧合等手法,富有情节剧色彩。它只有两个中心人物:一个是约 50 岁的长者彼得,另一个是 30 岁刚出头的年轻人杰克。彼得经常酗酒,还虐待妻子埃弗蒂。他跟对他有救命之恩的杰克合伙在亚利桑那沙漠中采金,后来发现杰克正是他多年寻找的跟他妻子有暧昧关系的人,因而想用枪打死杰克以报此仇,不过当他发现妻子一直在忠贞地等待着他回头时,他很是愧疚,于是放走了杰克,让他去跟埃弗蒂结合,自己宁愿继续流浪。杰克是奥尼尔塑造的第一个分裂主人公形象,既是一个有罗曼蒂克感情的梦幻者,时刻思念着他的情人,又是一个追求物质成功的商人,期待着发现黄金,成为有钱人,去开公司。彼得跟埃弗蒂之间的没有爱的婚姻主题,特别是为了金钱结婚的主题是作者后来的一些剧作中常探讨的主题。其实,彼得与埃弗蒂的婚姻在一定程度上影射了奥尼尔父母的婚姻。在该剧中,奥尼尔运用了不少象征手法。例如,在星光闪烁的天空下面有一座黑黢黢的孤山,这显然是人物彼得处境的象征,他的感情已经枯竭,决定继续在沙漠中游荡,背景烘托出他痛苦的心情和命运的轨迹。剧末,作者还运用灯光缩小了演区,使彼得"老人"在光线暗淡的"小天地"中活动,更集中地揭示了人物的内心世界,这种手法在他后来的剧作中也得到了较为成功的运用。作者在剧中还运用了独白和旁白手法,来剖析人物内心世界。

《网》是奥尼尔的第一部独幕剧，写有悔过之意的妓女露丝和富有同情心的小偷蒂姆的不幸遭遇以及他们双双被社会恶势力毁掉的悲剧。露丝连遭不幸，患上了肺病，靠卖身难以养活自己，带着一个私生女艰苦度日，还深受狡诈的“情人”兼做拉皮条的斯迪夫的欺压和剥削。她想摆脱其控制，去过自由生活，遭到的却是毒打。她的不幸引起了被警察追捕的住在隔壁的小偷蒂姆的深切同情，蒂姆赶走了斯迪夫，救了露丝，二人互相倾吐心中的苦衷，产生了深厚的感情。蒂姆把抢来的钱给了露丝，让她带着孩子躲到乡下去过自由的生活，露丝很是感动。正当蒂姆准备逃走时被斯迪夫用枪打死，露丝被诬为杀人凶手，被斯迪夫叫来的警察抓走。露丝和蒂姆虽然身染那个社会的恶习，但都有悔过自新、追求新生活的愿望，当他们想挣脱地狱般的生活时，却导致了自身的毁灭，这引起了观众深深的同情。

该剧的社会意义就在于揭示了下层社会里人们生活的真相和他们注定毁灭的命运。奥尼尔通过该剧反映出他从一开始就感到了人生难言的孤寂，以及人跟命运抗争而毫无希望取胜的看法。他用“网”做剧本标题本身就有明显的象征意义，表明人落入了自救无望的陷阱之中的情形，跟后来《毛猿》中的铁笼子、《上帝的儿女都有翅膀》中逐渐缩小的房间、《榆树下的欲望》中的石头墙壁等，都是人类桎梏的象征。这就比作者原来打算用《咳嗽》作剧名，表明女主人公患肺结核病状况的象征意义要大得多了。

《面包与黄油》是写年轻人约翰·布朗对人生道路探索失败的一部悲剧。布朗从普林斯顿大学毕业后，一心想做一名有创造性的艺术家，可父亲想让他做律师。他为了坚持自己的理想，单枪匹马来到纽约市，开始过穷困潦倒的生活。后来，他为了妻子不得不妥协，但内心始终放不下自己的理想，也找不到真正属于自己生活的道路轨迹，所以整天心情低落。他对妻子莫德说：“我们是被连在一起的两具僵尸。……死亡是解救这种婚姻的唯一办法。”最后，布朗用枪结束了自己的生命，而妻子莫德也因此发疯，全剧到此结束。这部剧有受斯特林堡剧作影响的痕迹，如布朗对莫德说的话就类似斯特林堡《死亡的舞蹈》中艾丽丝对丈夫说的话：“我们紧紧地结合在一起——我们无法逃脱。我们曾经一度分开——在我们的家中——长达五年。现在只有死亡才能把我们分开。”奥尼尔通过这部剧想要告诉人们，自私、贪婪和物质主义会毁掉一个艺术家的灵魂。

《雾》主要写几个在海上遇难的人对逃生的不同态度。剧中的主要人物之一是“诗人”，一位有美好理想的艺术家，也是作者的第一次自我画像。“诗人”在遇难之后跟一个商人和一个带孩子的妇女乘一个救生筏漂泊在大海上，商人要呼救，但诗人反对，因为他有高尚的理想，他觉得“我们可以死，但我们不能以危及他人的生命来救我们自己”。最后，他选择跟已死了的妇女和孩子待在救生筏上，而不去争取获救的机会，他获得了精神上的胜利。这与贪得无厌的实利主义商人形成了鲜明的对比。很显然，通过该剧，作者突出反映了艺术家与商人之间不同的价值观念。作者还在此剧中表达了自己的一种看法——所有的人都是“兄弟”，在社会上混得比较成功的人应该对“不太走运的兄弟”所遭受的“不公道”负有责任。在后来的《进入黑夜的漫长旅程》一剧中，作者也提出了谁该对弄破的篱笆负责任的问题，实际上是谁该对生活中的异常现象负责任的问题。在《雾》这部剧中，作者还运用了比较独特的一种手段，即加进超自然的成分来解决剧中矛盾，如对雾的描写以及死孩子的呼叫等。

《渴》是奥尼尔写的第一部以大海为背景的戏，也是奥尼尔第二部得到上演的剧作。奥尼尔受宿命论影响，认为大海是命运的象征，他笔下的不少主人公像古希腊悲剧中的人物受命运的捉弄一样，无法逃脱命运的安排，成为大海的受害者或牺牲品。这部剧就是写大海神秘的力量以及对人们命运造成的恶劣影响。在这部剧中，由于船只失事，一位绅士、一位舞台演员和一位水手乘一条救生筏在海上漂泊。前两人是有产阶级代表，船一出事首先分别想到的是自己的钱包和钻石项链；而黑人混血儿水手只想到救自己的命。他有强健的体魄，这是奥尼尔笔下许多受压迫或受剥削阶级代表人物所拥有的特征。正是有着强壮身体的水手让绅士和演员觉得有了威胁，他们二人便设计骗水手的水喝。失败后，演员失去理智，在狂舞中猝死；水手则在与绅士的搏斗中落水，两人均被大海淹没，被鲸鱼吞食。奥尼尔通过该剧想要告诉人们，人与人不能和谐相处，互相背弃，必将导致道德观念的崩溃和肉体的毁灭。对于剧名，作者本想定为《饿》，用批判人的贪婪恶行来解释人毁灭的原因。剧中三个人物衣服打扮的迥异，以及他们思想意识的差别，都影射着他们阶级地位的不同。剧中作者对钻石项链的描写，则深深体现了他对拜金主义的反感和批判。

总的来说，奥尼尔擅长使用各种舞台手段，包括面具、音响效果、合唱、内外景混合布景等，把人物的心理活动细致入微地表现出来。此外，他善于使用形式多样的象征手法深化主题思想，有些象征还始终贯穿于他的各种作品中。他还注重描写社会底层人物，善于从中发掘戏剧性和悲剧性。随着作家戏剧艺术的成熟，奥尼尔戏剧中的情节和人物冲突的作用逐渐被淡化，而人物形象则越来越丰满，其心理矛盾和内心冲突表现得也越来越突出。奥尼尔认为，剧作家应该像心理学家那样，善于用明晰、简洁的方法将人内心深处最隐秘的矛盾揭示出来，并探索其背后的深刻意义。

第六章　两次世界大战期间的美国文学

经历了第一次世界大战之后，美国的经济、军事实力大增，国际地位飞速上升，成为超级大国。然而，这并不代表着美国国内毫无问题。事实上，两次世界大战期间，美国国内种族矛盾突出、人民的贫富差距悬殊、精神危机更是日趋严重。尽管有这样的社会背景，美国文化在各国文化交融的基础上仍获得了较大的发展，尤其在与英国、法国等欧洲国家文化的交融与碰撞基础上，文学作为文化中重要的一个领域，获得了进一步的发展。比如，美国新诗运动的展开与发展，使得许多优秀的诗派诞生，尤其是意象派诗歌；"迷惘一代"作家群出现，创作了不少经典小说作品；黑人种族文化兴起，哈莱姆文艺复兴，出现了不少优秀作品；左翼文学在大萧条的背景下出现并发展；南方小说群涌现出来，促使南方文学的发展达到巅峰。

第一节　美国新诗运动与意象派诗歌

第一次世界大战的残酷性开始让起初对世界前途充满想象的美国年轻诗人大失所望，民族主义的爱国激情渐渐演变为悲观、虚无的思绪，诗人们被迫重新思考战争与生命的意义，开始对表面的生活秩序和人性本质加以质疑和叩问。这就致使诗歌的风格从有着传统美学趣味的田园牧歌式、浪漫抒怀式、描摹现实式转向具有强烈个人反省色彩的现代主义式的复杂与深刻。诗人们感觉到了传统精神信仰和价值中心的失落，感受到了人类文明的堕落和迷失，于是纷纷尝试用一种全新的眼光来审视世界，并竭力想摆脱旧时代、旧秩序、旧传统的影响。在开创新风格的过程中，隐喻、象征、反讽、戏仿等成为他们最为常用的修辞手段，而这些新手法、新手段为成功探索艺术想象力与现实的新型关系发挥了极其重要的作用。这就是美国的新诗运动，也可以说是美国的诗歌复兴。这是一场自觉地使美国诗歌“美国化”与“现代化”的运动，它既反对美国本土的“风雅派”诗歌，又试图有意识地颠覆英国维多利亚文学传统和浪漫主义传统。随着新诗运动的不断深入，美国诗坛不但新人新作迭出，各种文学评论异常活跃，而且出现了各种流派并行交错、交相辉映的局面，其中最具代表性的包括“意象派”“漩涡派”和“芝加哥诗派”等。这些诗歌派别及其代表性诗人在新诗运动期间发挥了重要作用，他们的诗歌理论和创作实践成为这一时期文坛的风向标，也为随后到来的美国诗歌的全面复兴打下了基础。

意象派诗歌是最能体现美国新诗运动倡导精神的诗歌流派。意象派诗歌的创始人是英国哲学家兼诗人休姆，他主张诗人的任务就是不断地创造意象，而所谓意象，就是感觉中的具体对象，是“理性与感情的复合体”。与传统诗歌不同，意象派诗歌反对诗人介入诗歌抒发感慨，强调诗人应借助意象的“叠加”(superposition)和“并置”(juxtaposition)等近似于绘画的手段，将读者作为诠释的主体而非教导或倾诉的对象纳入诗歌读解的过程，最终完成意义的建构。也就是说，意象派诗歌注重读者的反应，强调读者参与建构的作用。意象派诗歌中的“意”是作为“象”表现出来的，其哲学内核是直觉主义。意象派诗歌属于明晰简约之作，属于刚健朴实之作。作品大多用词简洁，不卖弄辞藻，语言主要源自生活。在韵律上，意象派诗歌强调诗的内在节奏，主张按语言的音乐性写诗，反对按固定音部，尤其是按抑扬格五音部写诗。美国意象派诗歌的倡导者和领袖是埃兹拉·庞德(Ezra Pound，1885—1972)。庞德思想敏感而活跃，精力充沛。他曾影响过大他20岁、业已功成名就的爱尔兰诗人叶芝，也曾“发现”和扶持过一些著名的现代作家，故有现代诗鼻祖之称。1912年，他和美国女诗人希尔达·多利特尔（Hilda Doolittle，1886—1961）等归纳出意象派诗歌三原则：第一原则是直接描绘主观的或客观的“事物”；第二原则是对表达无用的词语坚决不用；第三原则是依附于音乐性词语的顺序，而不是依照节拍的顺序进行写作。意象派诗歌尽管流行的时间不长，但它在诗歌技艺上做出了有益的尝试和开拓，许多诗歌理念及技巧为后世所借鉴，对英美现代诗歌产生了深远的影响。除了庞德和多利特尔，罗伯特·弗罗斯特（Robert Frost，1874—1963）也是意象派诗歌的重要代表人物。以下对庞德和弗罗斯特的意象派诗歌创作进行一定的阐释。

一、埃兹拉·庞德的诗歌创作

庞德出生于爱达荷州的海利市，他在很小时就离开了故乡，来到宾夕法尼亚州。15岁时进入宾夕法尼亚大学学习，后转入汉密尔顿学院，在那儿学习法语、意大利语、古英语和西班牙语。在大学读书时认识了威廉·卡洛斯·威廉斯和多利特尔，于1906年获得文学硕士学位。大学毕业后，他在印第安纳州的华巴什学院任教，同时进行诗歌创作。1908年，庞德离开美国到欧洲，在伦敦结识了一批作家和诗人。后来，他开始思考诗歌创作的改革，不久他以“意象派”的方法进行创作，创作出大量的诗歌作品。1920年，庞德离开伦敦来到巴黎，在那儿开始学习雕刻艺术，三年后迁居意大利。1940年，庞德为罗马电台作英文广播，作法西斯宣传。1943年，他被指控为叛国罪，被捕入狱，获释后住在意大利，直到去世。

庞德是意象派诗歌的中心人物，在诗歌创作中，他接受直观主义哲学，要求直接描绘主观或客观的事物，强调用确切的意象写诗，避免用无益于表达的词语。其作品语言精确，表达清晰、具体，篇章短小。他主张诗歌应该依照音乐性词语的顺序，突破英诗格律即五步抑扬格的限制，强调内在的音乐美，提倡写自由体诗。庞德还谙熟古今，不少诗都充满了对历史事件和历史人物的借喻，抛弃了线性时间概念和文雅的诗风。诗歌中联想的流动在各种措辞、节奏和风格之间跳跃、扭曲，不时从一个时代到另一个时代，从一种语言到另一种语言，零星的回忆、对现实世界的评论、方言、俚语在其作品中混合在一起。他的句法、诗行支离破碎，没有规范的节奏或同长度的诗行。在诗歌创作中，庞德还非常注意对中国文化的研究，有不少作品都吸收了中国的哲学思想精华。1908年，庞德在威尼斯发表了他的第一部诗集《灯光熄灭之时》；1909年，出版诗集《人格面具》和《狂喜》；1910年，出版诗集《普罗旺斯》和《罗曼诗歌的精神》；1915年，出版译著《华夏集》(这是宠德所翻译的一部中国古诗集，他还翻译了我国唐代诗人李白的《长干行》)，并在同年着手准备和创作他的鸿篇巨制《诗章》。此后，庞德还先后发表了《向赛克斯特斯·普罗佩提乌斯致敬》《休·塞尔温·莫伯利》和《诗集：1918—1921》等。以下对庞德的早期代表作《休·塞尔温·莫伯利》和历时很久完成的巨作《诗章》进行一定的分析。

《休·塞尔温·莫伯利》是庞德从短诗转向长篇史诗创作的一个极为重要的过渡。全诗由18首短诗组成，每首诗的篇幅长短不一，最少8行，最多37行。前13首诗构成第一部分，主要叙述他本人的艺术生涯和创作态度；而其余5首则描述他的“第二自我”莫伯利的创作经历。从某种意义上来说，该诗十分系统而又极其精练地表达了庞德对第一次世界大战之后整个英语文学的态度和他的创作感受。他对20世纪初新旧文学交替之际艺术家所面临的困惑与压力进行了生动的描绘，同时将现代主义文学在这一特定时期和特殊环境中所经历的极其艰难的发展历程以及艺术家们为此付出的种种代价真实地反映了出来。可以说，庞德的这首长篇诗作不但具有高度的概括性，而且体现出极强的凝聚力。它高度集中地反映了一个现代主义者对时代与文化的深刻反思。

《诗章》代表了庞德诗歌创作的最高成就，也是现代主义诗歌的一个重要里程碑。该诗以章节为写作单位，每一章完成后即单独出版，整部作品共包括109首“诗章”及8首未完成的手稿。其中，第1～7章是整部作品的主题及构思；第8～11章写意大利文艺复兴早期的一位威尼斯军人和艺术庇护人马拉特斯塔；第12和13章引用了孔子哲学理想中的社会模式，与西方的社会现实作对比，以此揭示西方的没落；第14～16章写地狱中一条通往威尼斯的通道，威尼斯是庞德心目中天堂的象征；第31～41章是“美国历史诗章”，分别写了美国历史上一些杰出的人物，如杰斐逊、亚当斯、墨索里尼等；第52～61章是“中国历史诗章”，对中国的历史进行了简述，也大加赞赏中国的文字；第96～109章，庞德试图建立一个人人都能摆脱渺小的自我、整个人类次序井然的理想社会。《诗章》显然是一部集社会、政治、经济、文化、历史于一体的鸿篇巨制，它倾注了诗人毕生的精力，展现了庞德广博的知识，显示出他对于人类社会前景的关注以及他自身的向往和追求。不难看出，东西方思想和文化的交汇和碰撞是《诗章》非常鲜明的一个特征。庞德将多种文化之长熔为一炉，使诗作产生了独特的美学效果和艺术魅力。

当然，不得不说，庞德别出心裁的艺术构思和标新立异的创作技巧使得这部现代史诗艰涩朦胧，在西方评论界引起了广泛而又激烈的争议，使得这部长篇史诗成为20世纪名声最响而问津者最少的现代主义文学作品之一。

二、罗伯特·弗罗斯特的诗歌创作

弗罗斯特出生于美国圣弗朗西斯科，童年在西部边疆地区度过。11岁时父亲去世，全家返回祖籍新英格兰。中学毕业后，弗罗斯特进入达特茅斯学院学习，但不久即退学打工，业余坚持写诗。1897年，弗罗斯特进入哈佛大学，但两年后因病辍学。此后，他一边写诗，一边教书、经营农场。1912年，他卖掉农场，举家去英国，开始专门进行文学创作。在伦敦，他结识了一些年轻的意象派诗人。1915年，弗罗斯特举家返回美国，他继续务农和教书。之后，他创作了不少诗作。1963年，弗罗斯特在波士顿去世。

弗罗斯特通过将新英格兰口语的节奏与传统的格律相结合，给传统诗体注入了新的活力。他是一位罕见的雅俗共赏的诗人，获得了除诺贝尔奖之外的所有文学大奖。他的诗歌虽然大多数以新英格兰的乡村为背景，但他揭示的主题往往具有普遍意义。他的诗歌朴实无华却又充满人生哲理，极大地丰富了人们的精神世界。1913年，他出版了第一部诗集《少年的心愿》，该作品立刻受到评论界的关注，旅居英国的美国诗人庞德就称赞弗罗斯特是一位真正的诗人。1914年，他出版了第二部诗集《波士顿以北》，其中，《雪夜驻足在林边》《修墙》《摘苹果之后》《雇工之死》等诗篇被广泛流传。随后，弗罗斯特从英国回到美国。之后，随着1916年的《山间洼地》、1923年的《新罕布什尔》、1928年的《西流的溪涧》、1936年的《又一片牧场》、1942年的《见证树》、1947年的《绒毛锈线菊》、1962年的《空旷地》等相继问世，他的名气大增。弗罗斯特采用新英格兰乡村朴实的口语，采用传统的短小精悍的抒情诗和叙事诗格式来创作诗歌。在他看来，大自然意蕴深远，可以广为印证和类比。而他对自然的关注，反映的是深层次的道德的不确定。此外，他经常在诗歌中探讨黑暗中的神秘，宇宙万物中的各种不同的荒凉和嘈杂的风景，其实这就是人类自身居住的世界的另外一种表现，这个世界复杂、无助、孤寂。

《摘苹果之后》是一首耐人寻味的叙事诗。从形式上看，这是一首押韵诗，但没有严格的押韵格式，其五步抑扬格的节奏也随着叙述者思绪的变化而改变。所叙事情表面描写一位农夫摘完苹果之后觉得疲倦并想睡一觉，但深层次里象征意味颇浓，像“人类的冬眠”很容易联想到死亡，而农夫的劳动似乎也可以喻指诗人乃至整个人类的劳动，这样一来，诗中所谈到的农夫的向往、成功和困惑都带上了普遍的象征色彩。

《雪夜驻足在林边》是采用四步抑扬格，韵脚为 aaba bbcb

ccdc dddd 的短诗。每诗节的 1、2、4 行押韵，第 3 行的尾音成为下一节的韵脚，使诗节与诗节之间的声音与意义珠联璧合。只有最后一节 4 行全押韵，给人以完整和谐的感觉。弗罗斯特使新英格兰方言入诗，但韵律优美，体现了新英格兰方言的表达特点。整首诗将万籁俱寂的大自然描绘得栩栩如生，如下：

我想我认识树林的主人，
他家住在林边的农村；
他不会看见我暂停此地，
欣赏他披上雪装的树林。

我的小马准抱着个疑团：
干吗停在这儿，不见人烟。
在一年中最黑的晚上，
停在树林和冰湖之间。

它摇了摇颈上的铃铎，
想问问主人有没有弄错。
除此之外唯一的声音，
是风飘绒雪轻轻拂过。

树林真可爱，既深又黑，
但我有许多诺言不能违背，
还要赶多少路才能安睡，
还要赶多少路才能安睡。

这首诗描写夜晚林中醉人的景色让人流连忘返。当然，弗罗斯特并非简单地写景。他还将自然景色和社会责任以及人生义务联系在一起，使诗中的旅行带上了人生旅途的暗喻意味。

第二节 "迷惘一代"的作家探索

欧尼斯特·海明威(Ernest Hemingway,1899—1961)的第一部长篇小说《太阳照常升起》的扉页上有这样一句题词:"你们全是迷惘的一代。"这句话出自女作家格特鲁德·斯坦因。随着《太阳照常升起》这部小说的出版和流传,"迷惘一代"便成为20世纪20年代涌现的一批青年作家的同义词。他们从美国中西部崛起,成了美国文坛的一支生力军。除海明威,还有佛朗西斯·司各特·菲茨杰拉德(F. Scott Fitzgerald,1896—1940)、约翰·多斯·帕索斯(John Dos Passos,1896—1970)、舍伍德·安德森(Sherwood Anderson,1876—1941)、托马斯·沃尔夫(Thomas Wolfe,1900—1938)等。他们及他们独特的作品构成了"第二次文艺复兴"一道亮丽的风景线,在现代美国文学史上扮演了突出的角色。

"迷惘一代"是第一次世界大战的产物。"迷惘一代"的作家们大多在第一次世界大战期间怀着理想与梦想上前线,却带着迷茫和绝望下战场。他们对欧洲列强瓜分世界的冲突对文化传统的破坏十分气愤,对美国参战后欺骗青年去欧洲打仗感到厌恶,对未来的前途十分迷惘。他们亲眼见到战后的美国物欲横流,保守势力抬头,清教主义遗毒依旧。商品化经济的发展冲击了文化,造成人们严重的精神危机,狭隘的社会生活扼杀了有才华的青年一代的成长。为了摆脱故乡的困境,探索"精神荒原",为美国文学和自己的创作寻找出路,他们纷纷前往巴黎,聚集在早已接受欧洲现代主义文学思潮的斯坦因周围,与其共同探讨美国文学的创新之路,同时领略法国自由创作的文化新氛围。1929年大萧条时期开始后,他们陆续回国,有的仍往返于欧美之间。"迷惘一代"作家的作品几乎都以自己的经历为素材,在艺术形式上主要借鉴欧洲尤其是法国的现代主义手法,在思想意识上受到欧洲存在主义等哲学思潮的影响,同时继承了民主主义传统和美国人鲜明的探索精神，拓展了小说创作题材的范围。以下对“迷惘一代”的作家海明威和菲茨杰拉德的小说进行一定的分析。

一、欧尼斯特·海明威的小说创作

海明威出生于芝加哥附近的奥克帕克，父亲是一名医生，母亲爱好音乐。受到父母的影响，他从小就显示了卓越的才华。中学毕业后，他到堪萨斯城做《星报》见习记者，受到初步的文字训练。1918 年，他参加第一次世界大战，为救护队开车，在意大利前线受了重伤，战后以记者身份住在巴黎，刻苦学习写作，开始形成自己的风格。20 世纪 20 年代，他的创作精力最为旺盛，发表的作品主要有短篇小说集《在我们的时代》《没有女人的男人》，长篇小说《春潮》《太阳照常升起》和《永别了，武器》。1927 年，海明威回美国，居住在佛罗里达州。同时，他开始广泛游历，包括去西班牙看斗牛、去非洲打猎、去古巴钓鱼等。这个时期的作品主要是短篇小说集《胜者无所得》和长篇小说《有的和没有的》。1936 年，西班牙内战爆发后，海明威两次去西班牙报道战事。他站在西班牙共和国一边，积极参加反法西斯的斗争，发表剧本《第五纵队》和长篇小说《丧钟为谁而鸣》。这些作品表现了反法西斯主义的主题，标志着海明威进入了一个新的创作领域。西班牙战争结束后，他居住在古巴。第二次世界大战爆发后，他再一次赴欧洲当战地记者，战争结束后回到古巴。1952 年，他发表了中篇小说《老人与海》。1954 年，他获诺贝尔文学奖，理由是“因其精通现代叙事艺术，这最近表现在《老人与海》之中，还因其在当代风格中所发挥的影响”。古巴革命后，他迁居美国爱达荷州。由于高血压、糖尿病和神经方面的多发病症，海明威痛苦不堪，于 1961 年自杀。

海明威是美国“迷惘一代”的具体化身，他本人的生活经历被西方批评界视为整个“迷惘一代”的缩影，而他的小说则无可争议地成为“迷惘一代”悲惨命运的真实写照。海明威小说往往紧紧围绕“创伤”和“死亡”这两个主题来反映现实生活，揭示第一次世界大战给人类造成的巨大灾难。他小说中的主人公在遭受巨大的“创伤”及面对死亡的威胁时，又往往表现出坚忍不拔、坚不可摧的意志，成为独具特色的“硬汉”形象。海明威小说的语言简洁利落而又意味深长，“海明威语体”已成为包括语音学家、词汇学家和文体学家在内的大量西方学者竞相研究的对象。总的来说，海明威的小说创作切实推动了美国现代主义文学运动的发展。

《太阳照常升起》是海明威发表的第一部长篇小说，也是他的成名作。小说的题目取自《圣经·旧约》第一卷的《传道书》：“一代过去，一代又来，地却永远长存。日头出来，日头落下，急归所出之地。风往南刮，又向北转，不停旋转，返回所出原道。江河都往海里流，海不满，江河从何处来仍归流何处。”小说描写了第一次世界大战后一群青年流落在巴黎的生活情景，主人公是侨居巴黎的美国青年记者杰克·巴恩斯。他在战争中受伤丧失了性功能，所以他虽然与布雷特·阿什利相恋，但生理上的缺陷阻碍了他们爱情的延续。杰克回到寓所，痛苦地回忆起他同布雷特在英国相识时的情景。第二天早晨，喝醉的布雷特闯入杰克的房间，告诉他自己认识了一个意大利伯爵迈克·坎贝尔，要与他结婚。杰克的朋友罗伯特·科恩则告诉杰克，他也爱上了布雷特。于是，杰克告诉他布雷特正在办离婚手续，准备嫁给坎贝尔。杰克、布雷特、坎贝尔、罗伯特等就是一群没有生活理想，没有精神支柱，没有奋斗目标的青年，他们整天喝酒、钓鱼、打牌，还跑到西班牙去看斗牛，寻找刺激。

海明威通过描写旅居巴黎的一群美国青年的经历和所见所闻，反映出他们内心的苦闷、迷惘和精神的空虚。杰克失去性功能而不能享受爱情，经常夜不能眠。女主人公布雷特则被战争夺去了丈夫，只能痛苦地生活在记忆中。总之，小说中的每一个人都受到战争的影响，战争不仅摧毁了他们的家庭，而且摧毁了他们的理想、道德标准和价值观。他们在欧洲各地游荡、漂泊不定，放荡的生活、无聊的争吵成为他们摆脱痛苦和烦恼的唯一途径。

值得一提的是，在小说中，海明威还成功地塑造了佩德罗·罗梅罗这一斗牛士形象，他代表了后期海明威式的硬汉形象的雏形。在他的身上，人们看到了勇敢、尊严和生活的意义所在。整部小说语言精练，对话简洁，叙述直截了当，描写细腻、生动，富有感染力，体现了海明威创作中的独特风格。

《永别了，武器》是海明威又一部以战争为题材的小说，自传性色彩强烈。小说主人公是第一次世界大战期间在意大利军中服役的美国人弗雷德里克·亨利，他不幸受伤，在米兰医院疗伤时结识了漂亮的女护士凯瑟琳·巴克利。凯瑟琳悉心照料他，让他尽快恢复了健康，两人的爱情也发展很快，共同度过了一段幸福的时光。亨利伤愈后回到部队，发现一切如故，士兵们仍然对战争不感兴趣，经常吵闹，他们都希望战争早点结束。奥军发动进攻，意军退却。在撤退的路上，亨利因有外国口音而被怀疑为间谍。于是，他伺机跳河逃跑。他来到米兰，找到凯瑟琳，一起逃往瑞士。凯瑟琳此时已经怀孕，他俩开始远离战争，在一座小别墅等待孩子的降生。不幸的是，凯瑟琳分娩时难产，母子一起离开了人间，只剩亨利一个人在雨中回到旅馆。

海明威在《永别了，武器》中直接描述了战争的残酷场面，小说中的许多素材都取自作者亲身的经历，像主人公亨利一样，海明威曾在战争中腿部受伤，因此他的描写更加真实可信。小说中，两条线索贯穿其中。一条以亨利和凯瑟琳的爱情描写为主线，揭示了他们从开始时互相取乐，把对方看作战争生活中的调味品到以后形影不离，深深相爱和最后凯瑟琳的死亡，生动地再现了两人的爱情悲剧和战争对于人性的毁灭。另一条主线以亨利对战争的态度为基点，描写了他从开始自愿参战，到后来对战争感到厌恶、怀疑、失望，甚至想要逃离战争的思想斗争过程。两条线索互为补充，突出了小说的主题。可以看出，海明威旨在表明人生像战争一样，充满荒诞和不幸，死亡威胁着每一个人。每个人都会死亡，凯瑟琳和她的孩子死于医院，许多士兵死于战场，但死亡并不可怕，重要的是面对死亡的态度，即人类应该用更加坦然的态度来面对死亡。关于亨利对战争的逃避,海明威其实是想表达自己的反战情绪和和平主义态度。

就创作方法来看,海明威在这部小说中成功地运用了内心独白的手法,以表现人物飘忽不定的思绪与浮想。同时,他也巧妙地运用象征主义的手法来渲染气氛。比如,文中出现的下雨这个意象,作者不仅用它来影射主人公风雨飘摇的生活和战争的恐怖,而且用它来象征痛苦和死亡。

《丧钟为谁而鸣》以20世纪30年代西班牙内战为背景,展现了一位美国大学教师兼炸弹专家罗伯特·乔登志愿到西班牙为共和派游击队作战,最后英勇献身的壮丽画面。游击队在苏联将领戈尔兹的指挥下正准备发动一场反攻,给罗伯特等人的任务是炸毁一座桥。从对战争局势的分析来看,罗伯特意识到炸桥任务有悖于军事常理,异常冒险,反攻注定要失败。但是,戈尔兹为了实践自己的军事理论而一意孤行。同时,罗伯特也看到,游击队内部还有错综复杂的矛盾,这对战斗力极其有害。负责支援罗伯特的游击队长巴勃罗胆小怕事,对战争也没有什么信心,不断给炸桥计划制造麻烦。向导安瑟莫虽然忠于共和事业,却不情愿开枪杀死已沦为法西斯分子的自己的同胞。整个使命中,罗伯特看到了种种不足,但是出于责任的考虑,仍然坚守岗位。后来,法西斯军队步步进逼,友军遭轰炸全部阵亡,炸桥已经没有意义,因此他派人通知戈尔兹希望取消反攻。但是,消息长时间无法得到传达。在这种情况下,罗伯特毅然决定履行使命。终于,老猎手安斯勒摩受命炸掉了桥,但光荣牺牲了,罗伯特等人在撤退时撞上敌人,身受重伤。为了掩护其他人撤退,罗伯特一个人在山顶抗敌,独自迎接死亡。

这部小说以聚焦局部的方式探讨了共和派失败的原因,同时树立起罗伯特这一高大的硬汉形象。罗伯特是一个很有责任感的人,他在极度困难甚至死亡的考验面前显示出无畏、无私的个人英雄主义气概,也就是所谓"重压下的优雅"。小说结构紧凑,时间跨度仅为三天,地点也仅限于一个山谷,海明威通过内心独白、人物追忆、叙事暂停等手法，打破了时空的限制，紧紧围绕炸桥这个中心展开情节，揭示了各种矛盾与冲突，展现了极高的叙事技巧。小说人物性格鲜明，语言简洁有力，具有强烈的感人魅力。

二、佛朗西斯·司各特·菲茨杰拉德的小说创作

菲茨杰拉德出生于明尼苏达州的圣保罗，他的家庭虽有名望但并不殷实。在亲戚的资助下，他上了大学预科，后进入普林斯顿大学学习，同时开始写作。1917 年，他应征入伍，离开普林斯顿参加了第一次世界大战。在阿拉巴马接受军事训练时，他爱上了一位上流社会的漂亮女孩泽达·塞耶，但因贫穷不能结婚。1919 年退役后，菲茨杰拉德决心干出一番事业后迎娶美人泽达。他在一家广告公司找到了一份工作，晚上则忙于短篇故事和小说的创作。他的第一部长篇小说《天堂的这一边》于 1920 年 3 月出版，一个星期以后，他终于与泽达结了婚。1922 年，他出版了第二部长篇小说《美丽与毁灭》、短篇小说集《爵士时代的故事》等作品。1923 年，他创作了讽刺性戏剧作品《蔬菜》，该作品又名《从邮递员到总统》。这部作品并未引起评论家的注意，销量也不够理想。为了维持铺张的生活，他一边飞快地完成大量短篇小说的创作，一边大把挥霍着挣来的钱。1925 年，菲茨杰拉德终于完成了《了不起的盖茨比》的创作。该作品受到评论界的好评，但销量却不尽如人意。1927 年，他在绝望中跑到好莱坞，开始为电影写剧本，这成为他晚年赖以生存的职业。1934 年，《夜色温柔》得以出版，但销量依然很低。1930 年起，泽达神经不断出现问题，菲茨杰拉德自己则经常酗酒，小说创作也不成功。他不时酩酊大醉，身体不久便开始出现严重问题。1944 年 12 月，菲茨杰拉德因心脏病发作去世，时年仅 44 岁。他去世之后，其文学地位却一路上升，成为 20 世纪美国最重要的小说家之一。《了不起的盖茨比》和《夜色温柔》是菲茨杰拉德最优秀的两部小说。

《了不起的盖茨比》表面上描写的是一个爱情故事，实际上却是对社会现实的辛辣讽刺。即使在20世纪20年代，“美国梦”的破灭也不是什么新颖的主题，但菲茨杰拉德把自己对那个时代的深刻体验融入主人公的生活，加上小说所运用的独特的叙事技巧，使该作品所表现的“美国梦”的破灭成了一曲“迷惘一代”的悲歌。小说借鉴了康拉德的叙事手法，借用人物尼克的叙述来展开情节，但也夹杂着一个全知全能的叙述者在其中，具有“双重视角”的特点。小说借此展现了主人公物质上的成功与精神追求的难以实现之间的矛盾，揭示了冷酷的资本与理想主义、中西部贫困落后地区文化与东部富裕发达地区文化、传统道德与现代生活理念之间的冲突，呈现了金钱的腐蚀性和消费主义的勃兴。所有这些力量的互动，使得人物和小说都具有一种不稳定的张力。此外，作者灵活地运用了象征、嘲讽、反衬等手法，有效地增强了小说的感染力和悲剧色彩。

其实，与艺术成就相比，这部小说的社会价值更高。在处于转型期的美国社会中，盖茨比的形象生动地折射出美国现代化过程中的个体感受，在传统和现代之间的挣扎使得他成为具有代表意义的现代美国人形象。盖茨比在拼命追求金钱和物质利益的同时，幻想拥有丰富而又真诚的精神生活，赢回昔日恋人的真爱，但得到的却是梦的破灭。黛西贪图享受、浮华浪荡，很难有真爱，对于她来说，男人只不过是她享乐的工具。在盖茨比死后，她的冷酷无情更是表现得淋漓尽致。这种以无情回报有情的做法是现实对理想的嘲弄，它让旁观者都觉得心寒，让尼克带着对东部神话的彻底失望、带着梦想的破灭回到故乡。

《夜色温柔》是菲茨杰拉德的一部自传体小说。菲茨杰拉德和他的妻子结婚后，妻子的精神分裂症几次发作，长期住院治疗。菲茨杰拉德精神上的痛苦和抑郁在小说中得到充分的描写。小说中，迪克·戴佛从一个勤奋、有前途的医生变成一个沦落在无名小镇行医糊口的郎中，其人生经历是一个悲剧。迪克的堕落同盖茨比的堕落一样，暗示出个人在整个美国社会的无情、残酷的现实中的无能为力和命运对他们的嘲弄。在小说中，菲茨杰拉德生动地描写了上流社会的自私和冷酷。尼柯尔出身于富人之家，但遭到父亲的强奸。迪克满怀同情心地照料尼柯尔，但尼柯尔病情好转后却移情别人，完全抛弃了迪克。与盖茨比一样，迪克身上存在着本能的缺陷，那就是他的天真和他对于世界的理想化认识，这成为他们悲剧的根源。当然，这部小说描写的不仅是迪克的沦落，还有整个社会道德的沦落，是对整个社会黑暗的针砭。

总的来看，菲茨杰拉德的作品反映了美国 20 世纪 20 年代“爵士乐时代”的时代特征。他通过自身的经历，用犀利的笔锋刻画出这个特殊时代中美国各个不同阶层特别是上流社会的日常生活、人际关系和家庭矛盾，以及以金钱为中心的各种人物的丑恶心态、空虚精神，还有“美国梦”的幻灭感和自我价值的失落。

第三节　黑人种族文化的兴起与哈莱姆文艺复兴

在第一次世界大战之前，美国黑人大多居住在南方农村。农村的经济状况不好，所以很多黑人想要去工业比较发达的城市，以此来改变自己的经济状况。南方的亚特兰大和伯明翰，就是他们心中比较理想的城市。当第一次世界大战爆发后，北方工业发展迅速，劳动力需求旺盛。于是，南方黑人有了向北迁移的机会。南方黑人在移居到北方后，一般都聚居在城市的某一地区，这就产生了专门的黑人居民区。随着美国社会稳定程度的提升，黑人有了越来越高的经济独立程度，接受教育的黑人数量也越来越多，于是黑人社会中涌现了一批中产阶级。这些中产阶级的黑人对北方城市的生活并不满意，因为北方的白人依然看不起黑人，这让他们很是失望。不过，欣慰的是，有一批黑人青年在美国传统观念分崩离析的时代背景下，即 20 世纪 20 年代，跟随一些思想观念先进的白人，抛弃了传统价值观念，不因循守旧，开始发表自己独立的见解。他们聚集到纽约市黑人居住地哈莱姆区，发起了哈莱姆文艺复兴运动。黑人学者艾兰·洛克将这一批黑人称为“新黑人”。他在《新黑人：一种阐释》这本书的前言中指出：新黑人是指“具有新的心态，朝气蓬勃的年轻的一代”。此书在黑人读者中产生了一种新精神，即自尊和自立的精神。黑人追求“自我”的身份逐渐显露，这引起了黑人作家们的兴趣，白人作家也开始关注黑人的生活。

哈莱姆文艺复兴运动使得黑人文学艺术有了很大的发展。“复兴”一词强调这一文学高潮与19世纪90年代的黑人文学有着不可分割的历史及思想渊源，是在20世纪初黑人文学相对沉默后进一步发展之前黑人作家所关心的主题，对黑人的心态进行更为深入的探索。当时，有影响的大公司开始出版黑人作品，许多重要杂志也开始刊登黑人作品。此外，黑人创办的杂志如雨后春笋般出现，如《火》《哈莱姆》《黑色蛋白石》，以及全国有色人种协进会的机关刊物、著名黑人学者和社会活动家杜波伊斯主编的《危机》和全国城市联盟的《机遇》《信使》《黑人世界》等。这些刊物致力于美国黑人社会的政治进步事业，发扬能使黑人民族感到骄傲的文学艺术传统，在反映黑人民族的心声、扩大黑人作品的影响、培育青年黑人作家方面起了不可低估的作用。哈莱姆文艺复兴运动造就了一批新黑人作家，如兰斯顿·休斯(Langston Hughes，1902—1967)、康梯·卡伦(Countee Cullen，1903—1946)、克劳德·麦凯(Claude Mckay，1890—1948)、吉恩·图默(Jean Toomer，1894—1967)、理查德·赖特(Richard Wright，1908—1960)、左拉·尼尔·赫斯顿(Zora Neale Hurston，1891—1960)、帕索斯、阿纳·邦当(Arna Bontemps，1902—1933)、加兰·安德森(Garland Anderson，1886—1939)、华莱士·瑟曼(Wallace Thurman，1902—1934)等。他们创作了不少优秀的诗歌、小说、戏剧作品，极大地促进了20世纪美国黑人文学的繁荣。以下主要对休斯、赖特和帕索斯的文学创作进行一定阐释。

一、兰斯顿·休斯的诗歌创作

休斯出身于密苏里州乔普林市的一个黑人家庭,他的父母在他出生后不久离异。休斯的母亲受过大学教育,他的父亲通过函授学习了法律课程,一心想成为律师,所以总是寻找律师工作,后来去了墨西哥。母亲带着年幼的休斯去了堪萨斯州的劳伦斯城,休斯在这里度过了贫寒童年的大部分时光。休斯的外祖母玛丽·兰斯顿是第一位在奥柏林学院接受高等教育的黑人妇女,她对休斯的影响很大,常常激励年少的休斯多读书,珍视受教育的机会。1921 年,休斯高中毕业的那一年夏天,他在《危机》杂志上发表了他的第一首诗《黑人谈河流》,引起了极大的反响和好评。1921—1922 年,休斯来到哥伦比亚大学接受高等教育。短暂逗留法国一段时间之后,休斯回到美国,来到华盛顿特区一家餐馆工作。1925 年,当休斯在餐馆干活时,他把他写的三首诗放在美国诗人维切尔·林赛餐桌的盘子旁。当晚,林赛向人们朗诵了休斯的诗并宣布他发现了一位在餐馆当服务员的黑人诗人,结果第二天全国的报纸都报道了这件事。从此,休斯的文学地位直线上升。休斯创作了许多不同体裁的作品,其中,以诗歌最为著名。在诗歌创作中,他反对传统的诗歌形式,喜欢用黑人文化中的音乐节奏、口头以及即兴表演等传统的一些方法进行创作。20 世纪 20 年代,休斯生活在纽约,是哈莱姆文艺复兴运动最重要的代表人物,被誉为“哈莱姆桂冠诗人”。20 世纪 30 年代,休斯游历了苏联、海地、日本,在西班牙内战期间(1936—1939)担任了巴尔的摩的一家报纸驻马德里的记者。由于休斯非常迷恋斯大林领导的苏维埃社会主义,这促使他积极参加社会事业和政治活动,以诗为手段反抗社会不公。在长达四十多年的笔耕生涯中,休斯创作了 50 多部作品。1967 年 5 月 22 日,休斯在纽约逝世。

休斯的小说和戏剧也很出色,但成就最高的还是诗歌,他在诗歌形式和叙事方面的创新影响了许多黑人作家。休斯的诗歌有两个重要的主题，一个是歌颂黑人民族和民族文化传统，表现黑人民族意识和民族自豪感，对黑人未来充满信心。例如，《青年》：

我们的明天
如火焰
光亮一片。

昨天
如逝去的黑夜，
一个日暮的名字。

而今天的黎明
在我们的来路上
高悬着宽阔的穹隆。

我们大步前进！

休斯用自己的诗写出了哈莱姆文艺复兴的主旋律。他的诗集《疲倦的黑人伤感歌》《犹太人的好衣服》等反映了下层黑人的生活，表现了他对普通黑人群众的热爱。

休斯诗歌的另一个主题是强调美国黑人的“梦”，强调人要有追求、有梦想，否则就会失去存在的意义，如《梦想》：

紧紧抓住梦
因为假如梦已死亡
生活就是一只断翅的鸟
再也不能飞翔。

紧紧抓住梦
因为假如梦已灭

生活就是一片荒野
只有冻结的冰雪。

休斯的《梦想》首次发表在他1932年出版的《梦的守望者及其他》这一诗集中。从主题思想上来说，其着重强调实现美好生活的可能性，鼓励美国黑人去努力发现生活中的美好，积极寻找幸福生活。休斯是少数几个黑人作家中能够使用简单朴实的语言来表达这些基本思想的诗人之一，他总是尽可能地做到使他的读者们理解他所表达的内容。所以，他的诗不是以居高临下的语气来教训人，却总是能提高那些受教育程度较低的读者们的思想，促使他们具有高尚的情操和追求。从结构上来说，《梦想》不仅照搬美国布鲁斯音乐所使用的反复手法，而且模仿布鲁斯音乐的整体结构进行创作：该诗的英文版本每一诗节中的第一、二、四句都是四个音节，相互平行；而诗节中的第三句则被扩展，使诗行更长，构建出情感上的高潮。休斯之所以选择在规范的文学模式中没有被提及的布鲁斯结构，是因为这种形式对黑人来说较为熟悉，有助于迅速有效地通过诗歌表达一种希望与恐惧交织在一起的复杂情感，而且布鲁斯音乐的情感基调虽然总是低沉抑郁的，可一旦被演唱出来，就会引人发笑。所以，这首诗无论演绎的心理过程如何，它都会使人们带着笑去应对生活中的凄凉，把阴郁的心境转化成积极的行动。诗的第三句“生活就是一只断翅的鸟”，休斯把生活比作一只小鸟，且非常明确地指出这只小鸟不能再飞翔是因为断了翅膀。这暗示了美国黑人的生活因白人的歧视和压迫而失去了梦想。此外，诗歌第七句“生活就是一片荒野”用来比喻美国黑人的梦想，暗示他们的生活是荒芜的，梦想是荒芜的。第八句“只有冻结的冰雪”，这种状况明显地让人觉得陌生，但实际上荒野和冰雪之间有一种内在的、普遍的联系，因为它们都展示了一幅荒凉、毫无生机的图景。在休斯看来，如果听任这种毫无梦想的情况发展下去，美国黑人的生活不仅注定是荒凉的，而且注定没有任何希望。整首诗语言通俗简朴，内容含蓄深沉。

二、理查德·赖特的小说创作

赖特出身于密西西比州纳齐兹镇附近一个生活极度贫困的黑人佃户家庭，祖辈都是奴隶。赖特在恐惧和耻辱中度过苦难的童年，受尽种族歧视的凌辱，在逆境中养成了倔强不屈的性格。在自传体小说《黑孩子》里，他生动地描述了19岁以前在南方的生活情景。他在非人的生活环境中努力和挣扎，如饥似渴地读书。他读过德莱塞、菲茨杰拉德、刘易斯和门肯的许多著作。1927年，赖特为摆脱南方白人统治的桎梏，寻求发展自我的机会，来到芝加哥，开始接受马克思主义学说，认清了资本主义的现实和本质，认识到资本主义和种族主义是黑人的敌人，这对他的思想和文学创作都产生了积极的影响。1932年，赖特加入左派组织"约翰·理德俱乐部"，在《左派前哨》《国际》和《工人日报》等进步刊物上发表文章和诗歌。后来，他参加了美国共产党。1937年，赖特赴纽约任美共机关报《工人日报》哈莱姆区编辑，后因种族问题与共产党发生分歧，于1942年退党。自1938年至1945年，赖特先后发表中篇小说集《汤姆叔叔的孩子们》、长篇小说《土生子》和自传《黑孩子》。这些作品曾轰动美国文坛，受到文学批评界的好评。尤其是后两部作品，以空前深刻的笔触和充满激情的描述揭示出生活在白人社会里黑人紧张、恐惧和仇恨的复杂心理，愤怒声讨了种族歧视现象和种族隔离政策。1947年，赖特离美赴法定居，直至1960年病逝。

作为一个土生土长的南方黑人，赖特从小经历了穷困的生活，打过各种杂工，积累了许多痛苦的经验和感受。他从小爱读书，长大后又从社会活动中明白了许多道理。他以自己的经历写了多部小说，其中《黑孩子》和《土生子》是最有价值的两部社会小说。

《黑孩子》是赖特的自传，写的是他19岁前的不幸经历。他的父亲弃家出走，母亲中风卧床不起，他们在南方几地流浪的状况，展现了美国南方生活的方方面面。自传还写了赖特自己思想的演变过程，从如何不接受亲戚加给他的信仰，与老师和同学持不同意见，到从门肯、德莱塞、辛克莱·路易斯等作家的作品里找到了广阔的世界和人生的意义。小说还描写了南方的种族冲突，生动地揭示了白人对黑人在肉体上、政治上、社会上和精神上的暴力攻击。总的来说，《黑孩子》深刻而真实地揭露了南方种族歧视的严重问题，展示了赖特在贫困生活中成长的艰难过程，具有重要的社会意义，影响很广泛。

《土生子》比《黑孩子》的主题更鲜明，艺术性更强，因此它成了学界公认的赖特最出色的代表作。这部小说取材于20世纪30年代发生的一件真实的谋杀案。1938年，芝加哥黑人罗伯特·尼克特杀害一个白人妇女被判处死刑。赖特以这个案件为基础进行艺术加工，写成了这部作品。小说由“恐惧”“逃跑”和“命运”三部分组成，主人公比格·托马斯是个芝加哥贫民窟的黑人青年。他经常失业，好不容易才去给白人富家达尔顿当司机兼锅炉工。比格收入不多，家里很穷困，一家四口人挤在一间小屋里。达尔顿的女儿玛丽小姐找了个共产党员当男友，二人对比格热情友好，比格却因贫富悬殊增长了对白人的仇恨。一天深夜，玛丽外出去某大学听演讲，后与男友在酒店喝醉了，不能走路，比格开车接她回家，扶她下车入屋，直到她的卧室。这时，双目失明的玛丽母亲闻声摸着进屋问女儿。比格深怕玛丽说话暴露自己误入其卧室引起猜疑被捕，便用枕头压住玛丽的嘴巴，没料到用力过猛，竟把她闷死了。出事后，他慌忙将玛丽的尸体放入一只木箱拉到地下室扔进火炉里，企图焚尸灭迹，嫁祸于玛丽的男友，但他内心万分恐惧，深怕暴露被抓。于是，他逃出达尔顿家，找到他的情人蓓茜，向她坦白了误杀玛丽的事。后来，比格头脑发昏，怕她去报警，用砖头将她活活砸死。比格接连杀害两个纯真的姑娘，又制造伪证，写匿名绑票信。不久，锅炉灶中发现了玛丽的遗骨。比格落荒潜逃，最终在一座屋顶上被警察抓捕，关进了监狱，等候判决。最后，杀人证据确凿，比格被判电刑处决。

赖特在这部小说中塑造了一个暴力反抗社会的黑人形象。比格从小过着清寒的生活，受到社会环境的鄙视。他看到白人富人与黑人穷人的明显差别，对白人有着很深的仇恨。在他杀人灭迹的犯罪行为中，也可以清楚地发现他对白人社会的仇恨和反抗的力量。赖特是想以此揭示美国社会中黑人的悲惨生活和遭受到的种族歧视、不公平待遇以及黑人的愤怒、仇恨和不满。正是白人社会造成黑人青年比格走上杀人犯罪的道路。所以，这部小说意义重大，影响深远。

赖特在这部小说里汲取了哥特式小说的艺术手法，渲染闷死玛丽现场的恐怖气氛，显得很逼真。小说结构严谨，情节转换快。象征和比喻的运用，增加了故事的悬念。赖特还大量运用黑白对照的手法来突出黑人同白人的隔阂和不可调和性。例如，在第二章中，一场大雪覆盖了整个城市，所有的物体都被白色包围，显示出一个寒冷、无情的世界。比格最后逃至一座废弃的黑色建筑物中，以躲避白色的大雪和白人的追捕，最后躺在白雪中，好像受难的耶稣形象。从语言上看，这部小说的语言粗犷有力，黑人日常话语夹杂着中西部英语，新鲜生动，人物对话也富有戏剧色彩，情真意切，富有艺术感染力。

三、多斯·帕索斯的小说创作

帕索斯出身于芝加哥一个西班牙裔的小康家庭，从小大部分时间随父母住在欧洲。1907 年回国后，他进入康州乔特中学学习，后考入哈佛大学。1916 年毕业前，父亲送他到西班牙学习西班牙语和建筑，第二年其父去世。第一次世界大战期间，他加入志愿救护队赴法国，后转入意大利美军医疗队。他不满军事当局的腐败和战争的丑恶，不久被送回美国。战后，帕索斯受聘于《英国劳工报》，并成为其驻西班牙记者。同时，他将自己的参战经历写成第一部小说《一个人的开端：1917 年》，描写了一个救护队司机的战地生活。之后，他的第二部小说《三个士兵》又问世了，作品从另一个视角描写了战争对不同性格的三个士兵的影响。1925 年,他的长篇小说《曼哈顿转运站》出版。第二年,他任左翼杂志《新群众》创刊时的编委,与进步作家高尔德一起工作,支持工人罢工。1927 年,被诬告杀人抢劫的意大利移民工人萨柯和万塞蒂被判极刑,引起全国民众的公愤。帕索斯积极参加营救活动,先后发表了《面对电椅》和《致洛威尔总统的公开信》,结果被捕入狱。萨柯和万塞蒂被处死后,他愤怒地宣称:"我个人脱离美国!"后来,他特将这个事件写进《美国》三部曲的第三卷。他没有加入美国共产党,但他一直热心参加各项激进的政治斗争,为受害者伸张正义。1928 年,他又访问苏联、西班牙和墨西哥,发表游记《东方快车》和《多国之行》。1931 年,他参加以德莱塞为首的哈仑矿区罢工调查。1937 年访问西班牙时,他看到一个朋友被民主政府处死,十分反感,责怪共产党"非人道",公开与左翼力量决裂,后来思想倒退。20 世纪 50 年代初,许多进步人士受麦卡锡主义迫害时,他为麦卡锡辩护,受到进步作家的指责。从 1929 年至 1936 年,帕索斯集中精力写《美国》三部曲,1938 年三部小说结集出版。他还发表了反映西班牙内战的《两次大战之间旅行记》和《哥伦比亚特区》三部曲,1952 年三部小说结集出版。1970 年 9 月底,帕索斯离开了人世。

《美国》三部曲是帕索斯的代表作,主要描绘了 1900 年至 1929 年大萧条爆发前美国三十年动荡的社会生活。三部曲包括《北纬四十二度》《一九一九年》和《赚大钱》。帕索斯运用了现代派的艺术技巧展现了极其广阔的生活画面,这在美国文学史上是前所未有的。三部曲揭示了美国日益衰落的三个历史阶段:《北纬四十二度》写了从 1900 年至 1917 年美国参加第一次世界大战,提出了 20 世纪建设新国家的希望,逐步地反映了进步力量的兴起和激进势力对资本主义制度的挑战,然后将镜头拉到欧洲战场,以查理的船悄悄地驶近战时的法国而告终。《一九一九年》点明了这场战争是利润最大的交易。战场成了恐怖和充满性丑闻的地方,经济危机导致了革命,十月革命成功了,西方国家却没有革命，一切都在凡尔赛条约的争吵声中结束。美国士兵回国了，碰到的是1919年5月1日工人大罢工，但罢工带来的是荒唐的"恐共症"，成了寡头政治和资方强化剥削的借口，为加强商品化和寡头政治创造了条件。《赚大钱》的背景是20世纪20年代，主要描写了美国社会出现了政治上的分裂、经济上的黏合以及感情上的挫伤，主要人物精神上崩溃与经济上的消耗是同时发生的。萨柯和万塞蒂被处死，人们的希望破灭了，但作者暗示：人民中间隐藏着真正的理想主义即是20世纪30年代的神话。

《美国》三部曲以12个人物为主体，通过描写他们在事业上的浮沉以及在感情上的起伏，展示了20世纪以来美国社会史诗般的全景画面。这些人物来自社会各个阶层，作者对这些人物都很熟悉，对下层人民寄托了深切的同情，对社会的不公正表示强烈的不满。虽然《美国》三部曲以这12个人物为主体，但是这12个人物没有一个是贯穿全书的主人公。《美国》三部曲真正的主人公，是由不同阶层人物组成的群像所代表的"美国"。在表现形式上，三部曲一反传统的叙事手法和统一的结构模式，由"虚构的故事""新闻短片""人物小传""摄影机镜头"四种形式组合而成。这四种形式的混合使小说更令人感到真实可信，也使美国小说形式有了新突破。其中，"新闻短片""人物小传"和"摄影机镜头"3个部分仅占《美国》三部曲全部篇幅的1/4，人物形象的描写仍占3/4。从小说的总体结构来看，这两大组成部分主次是分明的。《美国》三部曲反映了宏大的美国30年的社会生活画卷，主要靠人物形象的描写，"新闻短片""人物小传"和"摄影机镜头"三种独特的手法仅作为辅助手段，使虚构的想象与历史的事实相结合，强化了小说的艺术效果。

总体上看，《美国》三部曲的基调是失望和失败的，它所记录的是美国资本主义从自由竞争走向垄断，美国的个人从自由走向禁锢，从自我放纵到自我毁灭的历史。《美国》三部曲的情节在曲折和离奇中发展，有时读者会晕头转向，不知所措。但读完后，读者能够得到一个完整的印象，主人公的身世和结局的各条线索清晰可见。因此,《美国》三部曲是当代美国社会生活的“民族史诗”,帕索斯也因这部小说而在美国文学史中占有独特的地位。

第四节　大萧条背景下社会主义思潮的映射:左翼文学

1929年,美国股市崩盘,开始进入20世纪30年代的大萧条时期。美国人的优越感荡然无存,社会也发生了急剧变化,财富的突然消失还削弱了人们对政府和政治领导人的信任。1933年,罗斯福继任总统,实行“新政”,面对危机。在经济大萧条的背景下,美国文坛也接受了严峻的考验,涌现出一支左翼作家生力军,如麦克尔·高尔德(Michael Gold,1893—1967)、厄斯金·考德威尔(Erskine Caldwell,1903—1987)、约翰·斯坦贝克(John Steinbeck,1902—1968)、伯特·马尔兹(Albert Maltz,1908—1985)、艾尔默·莱斯(Elmer Rice,1892—1967)、约翰·霍华德·劳森(John Howard Lawson,1895—1977)、克利福德·奥德茨(Clifford Odets,1906—1963)等。在此影响下,左翼刊物格外活跃,其他作家思想认识大有提高,有的学习马克思的《资本论》,加深了对资本主义制度弊病的理解;有的下基层,接触工人罢工运动,了解下层民众的艰辛;有的大力支持西班牙的民主力量,提高了对法西斯的认识,后来勇敢地投入第二次世界大战,反对法西斯侵略,捍卫世界和平。老一批优秀作家则进一步扩大了20世纪20年代“第二次文艺复兴”的成果,使美国文学更贴近生活、贴近现实,走向蓬勃发展的新阶段。以下对高尔德和斯坦贝克的小说创作进行一定的分析。

一、麦克尔·高尔德的小说创作

高尔德出生于纽约东区的贫民窟,父母都是来自东欧的犹太移民,家境清寒。他12岁时便停学打工,当过送货员、司机助手等,历时10年。1914年,他在经济危机中失业,但参加失业工人集会时受到一定的教育。1915年,高尔德去波士顿当工人,后来加入美国共产党。1916年,他到哈佛大学试读了几个月,由于经济困难而停学,后在波士顿当上记者。1917年,他去墨西哥逃避兵役,待了近两年。1921年,他担任左翼杂志《解放》的编辑,开始发表歌颂无产阶级的散文诗。1926年5月,《新群众》创刊,高尔德出任编委,1928年成了编辑部负责人。他主张请男女工人写稿,作家要抛弃纯艺术的观点,改变放任自由的生活。然而,他的观点并不被众多作家所接受。20世纪30年代,高尔德提出"无产阶级艺术"的口号,并鼎力加以实践,发表了不少作品,如反映美国工人生活见闻的《十二亿》、半自传体小说《没有钱的犹太人》、由发表在《工人日报》和《新群众》上的论文汇编而成的《改变世界》、文学评论集《空虚的人》和《约翰·布朗传》、与他人合写的剧本《战歌》及一些未发表过的自己创作的剧本。高尔德也是一位热心的社会活动家,1935年6月他参加了在巴黎召开的第一届国际作家保卫文化大会,与各国作家共商对付法西斯破坏文化的大计。1939年,苏德互不侵犯条约签订后,很多左翼作家不理解,左翼队伍出现分裂。而高尔德在《工人日报》发表文章,坚持对苏联的信任,维护无产阶级文学。冷战时期,麦卡锡主义猖獗一时,许多进步人士无端遭受迫害,但高尔德顽强地坚持斗争。1958年至1959年,他在改版的美国共产党的刊物《工人周刊》继续任《改造世界》专栏的主笔,并兼任《群众与主流》的特约编辑。1967年,高尔德在加州特拉·林德镇因病去世。

高尔德写过大量政论文、杂文和文学评论,还有多部诗歌和戏剧,仅有一部长篇小说《没有钱的犹太人》,然而正是这一部小说成为他文学创作的最高成就。

《没有钱的犹太人》描写的是第一次世界大战前曼哈顿东区犹太移民麦克一家的生活经历,带有作者个人的自传色彩。它的主题是旧世界的价值观与新思潮的冲突、伦理道德与宗教信仰的冲突以及犹太人与纽约白人市民的艰难的融合过程。20世纪初，东欧各国不少人移居美国，麦克的父亲也从罗马尼亚来纽约犹太人区落脚。聪明的犹太人很贫困，后来找到马克思主义，才有了出路。小说重点描写了麦克从童年时在贫民窟的不幸遭遇到长大后思想上的觉醒。高尔德通过描绘一些妓女、黑帮团伙、新来的异教徒的活动，揭露了城市的混乱、宗教的迟钝、政治的失意和幻想的破灭，而这一切的根源就是资本主义制度。在高尔德笔下，纽约是个"监狱"，像个"屠宰场"，打碎了一切希望，破坏了一切奇迹。他认为好的政治应当改变这一切恶的事物，恢复人们的信心。

这部小说是在高尔德提出的"无产阶级文学"口号的指导下创作的，他宣扬这个口号达10年之久。小说主人公在回忆往日失望和贫困的生活后，最后对革命表示由衷的敬仰。他感慨地说：

> 啊，工人革命，你给我这孤单而想死的孩子带来了希望。你是真正的弥撒亚。你到来时，你将铲除东区，在那里建立人类精神的花园。
>
> 啊，革命，它逼着我去思考，去斗争，去生活。
>
> 啊，伟大的开端！

当然，这部小说并不是一本充满政治说教的书，它以温和和忍耐的心态揭示了犹太移民来到纽约新的社会所碰到的现实问题和他们朴实的理想，因而富有浓烈的生活气息。此外，高尔德以大量生动而真实的细节刻画了麦克一家三口的形象，用纯朴的感情描绘了他们的个性、理念和特征。尽管他们是很普通的犹太人，他们的思想、行动和语言也很平凡，但他们显得很真实，个个栩栩如生，亲切可信，富有浓烈的生活气息。因为那一切都是作者亲身经历过的，他将自己的见闻和遭遇精心地进行了艺术加工，把他的人物写活了。

二、约翰·斯坦贝克的小说创作

斯坦贝克是20世纪30年代美国大萧条时期最杰出的小说家。他出生于加利福尼亚的萨利纳斯,父母是受过良好教育的中产阶级。母亲曾指导他读了许多世界文学名著,这使他具有了一定的文学功底。他在斯坦福大学攻读过英国文学,但没有拿到学位。他很喜欢生物学,非常热爱大自然,也喜欢接触底层劳动者的真实生活。他当过苦工、水手、建筑工人、勘测员等。1925年,斯坦贝克在《纽约时报》担任记者,但是没过多久,他就对记者这种职业感到失望和厌烦。于是,他返回加州,投身到自己的创作中去,1937年发表小说《人鼠之间》,1939年出版小说《愤怒的葡萄》。1962年,他获得诺贝尔文学奖。1966年初,斯坦贝克作为纽约报纸《新闻日报》的战地记者前往南越。斯坦贝克返回美国后,继续在家中写作。1968年5月,斯坦贝克的身体变得很不好,于当年12月21日因心脏病发作逝世。

受左翼文化影响,斯坦贝克非常厌恶美国资本主义的各种矛盾。他自己不是共产主义者,却深深同情工人们的境况,在理论上赞美共产主义背后的理想主义。他实际上是站在中产阶级的立场上,从人道主义的角度对资本主义制度的不平等现象进行批判。他否定当时以颠覆主导意识形态为目的的社会运动,认为它只能带来暴力与混乱,而不利于解决存在于现代美国社会的矛盾和冲突。《胜负未决的战斗》(《工人三部曲》之一)之所以“难分胜负”,根本原因是双方的是非曲直无法确定,正如斯坦贝克所言,小说“将发生在一个果园山谷的小罢工用作人类与其自身永久的、痛苦的斗争的一个象征”。这一思想为斯坦贝克的《工人三部曲》的另两部,即《人鼠之间》和《愤怒的葡萄》的创作定下了基调。这里着重分析一下《愤怒的葡萄》这部小说。

《愤怒的葡萄》是斯坦贝克最重要的代表作,标题出自南北战争期间流行的《共和国战歌》的歌词,象征着将受压迫者的愤怒封装了起来,喻示推翻压迫和对未来美好的憧憬。小说描写了20世纪30年代俄克拉荷马"尘埃盆"的佃农乔德一家大小12人加上牧师吉姆·凯西向加州逃荒的故事。他们挤在一辆破旧卡车上,离开家乡长途跋涉,途中祖父母相继死去。到达加州时,他们受到当地官员和雇主的欺诈,要么找不到工作,要么找到的工作报酬很低,最后只好去收容所过夜,到果园摘苹果,生活十分艰辛。后来,凯西组织穷人罢工,被暴徒所杀,汤姆愤然杀了暴徒,为他报仇。乔德一家只好逃跑,保护汤姆,后来乔德家的妈妈送走了汤姆,罗西在暴风雨中生下小孩,家里仍一贫如洗。乔德家的妈妈气愤而自信地说,我们不会死,人们要活下去……

在这部小说中,斯坦贝克艺术性地交替使用叙事章和插入章,在大萧条的历史背景下展开乔德一家的故事,不仅改变了单一平面的叙述结构,而且使作品获得了一种史诗般的气势。乔德一家是在一场席卷全国的灾难中落入困境的,小说以这样一种历史性的视角展示了权力作用于个体生命所产生的结果,对美国历史上由农业社会向工业社会转型这一社会历史进程做出描述与阐释,既用虚构的形式表现了这一进程,又将它和普通人的命运联系在一起。

可以说,这部小说真实地反映了美国佃农或农工受天灾人祸的折磨,在困境和逆境中顽强斗争的生活,揭露了银行家、警察和农场主们的贪婪和残忍,同时热情讴歌了劳动人民的高贵品质和他们百折不挠的生活意志。正如小说所写的:"愤怒的葡萄在人们心灵长得饱满起来,结得沉甸甸的,准备收获期的到来。"斯坦贝克运用现实主义手法,塑造了乔德一家,尤其是汤姆和乔德家的妈妈在认识上的成长。他笔下的人物描写得有血有肉,感情丰富,个性鲜明,极具感染力。

第五节　地域文化的崛起:南方小说

南北战争之后,美国南方在某种意义上与北方统一了,但文化差异仍然十分鲜明。许多人思想上存在战败的耻辱感,财产受损,就连自尊心也受到了伤害。此外,在美国大部分地区加快了城市化和工业化的步伐时,南方基本上保持着农村和农业的贫穷落后的状态,在相当长一段时期内成为北方经济的“殖民地”。到了20世纪初,联邦政府通过采取一定的措施,试图平衡南北差距,包括经济上的和思想上的。南方人如亨利·格拉第提出建设“新南方”的倡议。工业化开始缓慢地改变南方的经济,而随着经济水平的提升,南方文艺也有了较大的发展。在文学上,作家们开始客观地看待南方的过去和现在,开始对南方的习俗、态度和心理定势进行自我批评,不再竭力地为南方地区辩护了。开创了南方新文学的主要是艾伦·格拉斯哥和詹姆斯·卡贝尔,他们的作品大多以南方社会为背景,通过他们独特的写作为南方文学注入了新的活力。到了20世纪20年代以后,南方文学出现了一次发展高峰,涌现了卡森·麦卡勒斯(Carson McCullers,1917—1967)、玛格丽特·米切尔(Margaret Mitchell,1900—1949)、威廉·福克纳(William Faulkner,1897—1962)、罗伯特·潘·沃伦(Robert Penn Warren,1905—1989)、尤多拉·韦尔蒂(Eudora Welty,1909—2001)等作家,产生了许多有创意的作品。这些作品保留了南方生活的特色,但不局限于南方古老的神话,哀叹昔日光辉的消失,而是大胆地探索南方的新生活,批评过去的落后和保守,反映迈入新时期的南方人的理想和希望。

美国南方文学的主要成就体现在小说方面。南方小说作家大都出生于美国南方地区,都对故乡及其历史有深沉的情感,厌恶和疏远资本主义的物质文明,执意于反映南方落后的病态社会,因而他们作品的故事情节怪诞离奇,常常渲染神秘恐怖的气氛,注重剖析人物的内心世界。从另一个角度来看,也正是这一时期南方小说家通过对南方独特的历史意识、社区和家庭纽带、种族问题等主题的深刻剖析,改变了第一次世界大战前南方作家竭力美化旧南方的倾向。以下对南方小说家福克纳和韦尔蒂的小说创作进行一定的阐释。

一、威廉·福克纳的小说创作

福克纳出生于密西西比州新奥本尼,1920 年迁往密西西比州牛津镇。第一次世界大战期间,他曾在加拿大皇家空军服役,战后进入密西西比大学,一年后辍学,干过邮局职员等杂活,后来成为密西西比大学的邮政局长。1925 年,他移居新奥尔良,为当地一家报纸撰写文章,此时开始接触叶芝、庞德、艾略特等人的作品和弗洛伊德的心理分析理论以及乔伊斯的意识流写作方法,还与安德森成为莫逆之交。福克纳一生笔耕不辍,作品丰富,共创作 19 部长篇小说和 70 多部短篇小说,曾荣获多种文学奖。1949 年冬天,瑞典皇家科学院宣布授予福克纳该年度的诺贝尔文学奖,以表彰“他对当代美国小说的强有力的和艺术上无与伦比的贡献”。获奖以后,福克纳成了美国光荣的文化使者,多次被派往欧洲和南美各国,增进文化交流,还曾去日本讲学。他被弗吉尼亚大学聘为驻校作家,担任母校密西西比大学的名誉教授。但福克纳在故乡仍不断写作,未曾辍笔。1961 年,新作《掠夺者》问世不久,便荣获普利策奖。小说的反战主题反映了福克纳晚年仍坚持进步的思想。1962 年 7 月 6 日凌晨,福克纳在故乡牛津突发心脏病去世。

福克纳作品的题材广泛,但其主要作品都以他的家乡美国南方为背景,以他虚构的约克纳帕塔法县为主要场所。福克纳曾说:“打从写《萨托里斯》开始,我就发现我的家乡那块邮票般大小的地方倒也值得一写,只怕我一辈子也写不完。”所以,福克纳的“约克纳帕塔法”就诞生了。“约克纳帕塔法”是整个美国南方社会的缩影，通过与“约克纳帕塔法”相关的十六部长篇小说和许多短篇小说，福克纳讲述了南方社会的各个阶层的生活、南方社会的兴衰史以及南方人的成功和失败。他指出，南部贵族走向衰落的必然性在于白人对于黑人的不平等对待。白人拒绝把黑人看作真正意义上的人是诅咒南方走向毁灭的主要原因所在，而奴隶主骄奢淫逸、乱伦和道德堕落给其后代留下的沉重罪孽感成为南方人永远无法忘却的心灵阴影。福克纳的作品就在于使人们勇敢地面对生活，面对现实，成为一个强者。

从创作手法上来看，福克纳深受西方现代派文学家的影响，并形成了自己独特的风格。他一改传统的平铺直叙的写作方法，采用了“倒插笔”的技巧，还常常让多位叙事者来讲述同一个故事，有时叙事者对同一事件的叙述相互矛盾，有时互相补充。福克纳受到柏格森时间观的影响，打乱了传统的时空观念，在创作中大量采用意识流的方法来表现主人公和人物的瞬间思想。在语言方面，他写出的句子有时没有标点符号，没有大写，对名词、动词、短语和分句的运用别具匠心，层层堆积，有时句子首尾相连，有时对代词的使用有意指代不明，使人产生模糊的感觉。他还擅长使用南方方言，使人物形象栩栩如生。

《喧嚣与骚动》是福克纳的成功之作，书名出自莎士比亚的悲剧《麦克白》中的一句台词：“人生是一个白痴讲的故事，充满了喧嚣与骚动，却没有任何意义。”这也可以说是小说的主题。在小说中，福克纳运用意识流、象征等手法，以四个人的口吻，通过四个不同角度描写了康普生家族的衰落和崩溃，充满了悲伤的情调。康普生家族曾经显赫一时，出现过好几个将军、一个州长和许多名人。当年的“康普生花园”现在已经败落，康普生家四个孩子凯蒂、昆丁、班吉和杰生各自的悲剧重现了南方古老贵族的崩溃。凯蒂的放荡、昆丁的自杀、班吉的痴呆、杰生的残忍，无一不反映出南方奴隶主贵族的沦落和失败感。最后，康普生家族只剩班吉这一白痴，整天生活在杂乱无章的回忆中。福克纳除了刻画南方贵族家庭的冷酷无情、麻木不仁、虚伪和精神道德的堕落，还展示了白人对黑人的不平等对待。当然，福克纳也描绘了一个代表希望的人物，即黑人女佣迪尔西。她善良、勤劳，富有同情心。

在创作手法上，福克纳让四个人从不同角度叙述同一个故事，四个人的故事互相补充，最后由迪尔西综合。他大量使用意识流的写法，通过每个人的内心独白来暗示和隐喻故事内容。福克纳在人物意识流动时常没有标点或只改变字体来暗示场景的变化。福克纳还采用时空颠倒和时序颠倒的描写手法，突出了人生充满喧哗、骚动，缺乏安定和平衡的心理特征，增加了小说的效果。

《押沙龙，押沙龙！》也是福克纳极为重要的一部代表作，主要描述了托马斯·塞特潘家族的兴衰历史。塞特潘出生于西部山区，一心想开创自己的事业。在西印度洋，他的抱负差一点成为现实，但当他发现自己的妻子有黑人血统时，毅然抛弃了她和儿子。在约克纳帕塔法县，他再一次建立起自己的"塞特潘百里园"。内战后，"塞特潘百里园"变成一片废墟，杂草丛生，塞特潘也被人杀死。最后的"塞特潘百里园"毁于大火之中，塞特潘留下的只有几个黑人孩子在荒野中游荡。

与《喧嚣与骚动》中康普生家族的衰败一样，塞特潘的衰败也象征了南方走向没落的不可避免和必然性。福克纳在分析塞特潘悲剧的原因时，通过昆丁的同学希列夫·麦卡伦向人们提出了一系列关于南方的疑问。南方的悲剧到底为什么会发生，昆丁对此一直感到困惑不解。在某种程度上，昆丁对"塞特潘百里园"衰落原因的调查也正是对自己家族及至整个美国南方衰落的调查和审视。昆丁发现塞特潘的失败在于他从一开始就被诅咒，作为南方的象征，塞特潘失败的原因在于他拒绝把黑人当人看待。然而，"塞特潘百里园"最后只剩下几个塞特潘的黑人后裔，这又显示了极大的讽刺意味。

福克纳在这部小说中通过几位叙述者以及倒序、间接回忆、推测的手法来展开故事情节，在叙述上运用了双重对应结构和神话模式，增加了故事的感染力。在人物塑造上，他生动地刻画了塞特潘的内心世界,语言生动,描写细腻。

二、尤多拉·韦尔蒂的小说创作

韦尔蒂出身于密西西比州中部杰克逊城的一个中产阶级家庭,从小接受资产阶级的正规教育,1926年至1927年就读于密西西比州哥伦比亚女子学院,1929年毕业于威斯康星大学,获文学学士学位。1930年至1931年,她又入纽约哥伦比亚大学的广告学校研究广告学,离校后返回家乡定居。她曾在当地电台中担任过专栏作家和广告编辑,与各阶层人士广为接触,谙熟家乡的风土人情,足迹几乎遍及密西西比全州。这些成了她日后创作具有浓郁南方风味和性格特征的小说的基础。1936年,韦尔蒂在家乡的《原稿》杂志上发表了短篇小说《一个旅行推销员之死》,立即引起文学界的注意,凯瑟琳·安·波特(Katherine Anne Porter,1890—1980)及其他许多著名作家发表评论,高度赞扬了她的这部处女作。之后,韦尔蒂的名气越来越大,作品的传播也越来越广。1942年和1943年,她两次获欧·亨利小说奖。1952年,她当选为美国文学艺术院院士。之后,她又有不少作品获奖。1980年,当时的美国总统卡特授予韦尔蒂自由勋章,对她进行表彰。1998年,美国图书馆选编的代表美国文学最高成就的《美国文学巨人作品》系列书籍,收入了韦尔蒂的作品。2001年,韦尔蒂在家乡密西西比州杰克逊城去世,终年92岁。

韦尔蒂的主要成就在短篇小说方面,尤其是早期的短篇小说。小说集《绿色的窗帘》共收入17个短篇小说,故事背景大都在密西西比州的城乡,人物涉及各个社会阶层,尤其是一些身心不健全的人如精神病人、聋哑人、智力有缺陷者、糊涂的老人、想自杀者和杀人犯等。韦尔蒂同情小人物的坎坷命运和悲惨遭遇,细腻地描写他们的过去和现在、他们的挫折和希望,努力发掘南方生活的意蕴,探索人性的奥秘,抒发下层人的爱与恨。她尤其关注南方女性的命运,如《我为什么住在邮局里》的女主人公介绍了与姐姐斯特拉·隆多争论后，她卷起铺盖住进邮局5天，感到内心孤独和世态的炎凉，通篇用韦尔蒂典型的南方英语的内心独白来展示人物的性格；《莉莉·杜与三个女士》描绘一个弱智姑娘想挤入成人社会的艰辛；《绿色的窗帘》则写了少妇拉金的丈夫被倾倒的大树突然压死的惨剧，她受了极大的刺激，终日混混沌沌；《紫帽子》里的女主人公像个鬼魂，三十年如一日出没于赌场，逃过了两次谋杀；《基拉，无家可归的印第安姑娘》叙述一个印第安姑娘吃生鸡供游客取乐，其实她是个被人抓去的畸形黑人男人，他逆来顺受，不敢反抗，充分暴露了南方奴隶制对黑人身心的摧残，具有深刻的现实意义。《绿色的窗帘》问世之后，韦尔蒂声誉大振，评论界把她的作品与爱伦·坡相提并论，又把她看作福克纳风格的直接继承者，认为她的作品具有古老的"哥特式"与南方奇异风格相结合的艺术特色，成为南方小说的中兴之作。

《金苹果》也是韦尔蒂非常具有特色的小说作品。它由7个在情节上相互关联的短篇组成，分开看它是若干各自独立的短篇，合起来又可当作一个完整的长篇。小说故事发生的地点是一个典型的南方小镇，人物是那些充满奇异色彩的南方乡民，其中交叉出现的主人公是两个年龄和性别不同的漂泊者：垂暮之年的金·麦克莱恩老头和年过40的处女弗吉·雷尼小姐。韦尔蒂以象征主义的手法展开情节并互相衔接成一个环状的整体，探索人类同时存在的欢乐与绝望、美好与恐怖、团聚与分离的复杂感情。小说的高潮是最后一篇《漂泊者》：弗吉的母亲去世了，有许多长年不走动的亲戚前来吊唁，他们的到来勾起了弗吉对往事的回忆。在葬礼仪式上，以前出现过的不少人物，包括麦克莱恩在内都纷纷重新出场。葬礼结束了，只剩下弗吉孤单一人，她驾车来到7英里外的麦克莱恩镇，雨中坐在法院大楼外面的台阶上，望着对面埋葬故人的家族墓地，回想她往日的漂泊生活，回想麦克莱恩的漂泊生活，意识到自己的命运只能是永远过着动荡不安的日子：

她笑了笑，因为她在想象中就好像看到金·麦克莱恩先生在丧礼时对她扮的那个丑恶而又令人情绪激奋的怪相，尽管当时大家都知道下一个就要轮到他了——连他也免不掉。这时，法院大楼外面就只剩下她和那个老乞婆、老偷鸡贼在这棵公共的大树下躲雨；她们既是单独一人，又是相互为伴，听着神秘的雨点的敲击声，听着整个世界在耳边打拍。

透过落下的雨滴，她们听到马奔熊跑，豹子伸掌猛击，巨龙披着鳞甲在泥污中爬行，以及天鹅的嘹亮的鸣声。

这段结尾极为含蓄，其充分表示了主人公精神和心理状态的复杂性，也象征了她命运的孤独和坎坷。

韦尔蒂的第一部长篇小说《强盗新郎》出版于1942年。这是一部充满民间传奇色彩的作品，描写了一个强盗与种植园主女儿之间的复杂关系。强盗是个双重性格的人物，他既爱自己的情人又用粗暴的手段奸污了她，后来他成了一个体面的商人后娶了她，又表现出温柔的感情。这显然是作者受到欧文、霍桑的传奇小说的启发之后而创作的。韦尔蒂的第二部长篇小说《三角洲的婚礼》是她早期短篇小说主题的一个发展，作品以一个南方种植园主的家庭生活为题材，表现了这个古老家族中人与人之间爱和恨的复杂关系。小说的情节围绕种植园主的女儿和他的监工之间的婚姻而展开，婚礼是其中的高潮。对婚礼上聚会的各色各样的人物以及他们的内心活动的描写，使作品充满了浓郁的南方古老社会的生活气氛。新娘的叔叔乔治是一个令人难忘的人物，作者赞扬了他的博爱主义思想。小说虽然仅仅表现一个古老的家庭自给自足的生活，但使人联想到整个人类存在的美德和缺陷。

《庞德的心》和《乐观者的女儿》是韦尔蒂最优秀的长篇小说。前者描绘了密西西比克雷小城的生活，富有喜剧的魅力，老处女庞德小姐是该城某旅馆经理，她叙述了舅舅丹尼尔逃出疯人院，与穷少女博尼结婚的故事。后来，博尼离家出走，回家后死于一场暴风雨。博尼的家人将丹尼尔告上法院，怀疑他杀了她，后经调查证实：博尼是被雷电吓死的，丹尼尔无罪，他是个清白的老实人。后者写了退休法官克林顿·麦凯瓦尔续弦年轻而粗俗的姑娘法伊，她心地善良，但缺乏教养，令法官倍感失望。后来克林顿病故，他的女儿劳雷尔为他体面地办了后事，并将家产全给了法伊，但她返回芝加哥后感到苦恼和空虚。不过，她默默地记住父亲对她的爱，聊以自慰。她想像她父亲那样乐观地对待生活。

从艺术风格上来看，韦尔蒂的小说以简洁紧凑著称，不矫揉造作，也不离题发挥，她的文风兼有契诃夫和福克纳的优点。题材虽然有点琐碎，但含意丰富而深刻，令人回味无穷。她善于选择不同的视角，充分协调景色、光线、氛围和人物心态。人物对话生动简练，富有现代色彩。语言兼有南方英语的特点和韦尔蒂个人的特色，句子所包含的意思丰富，但又能使读者读懂。

第七章　第二次世界大战后至越南战争期间的美国文学

第二次世界大战结束后，美国作为战争的胜利者笑傲群雄，一个新的时代开始了，整个世界进入一段被称为“冷战”的历史时期，以美国为首的西方资本主义国家和以苏联为首的社会主义国家两个阵营除了有直接军事冲突，在其他各方面也都处于对抗状态。在冷战文化狂风劲吹之下，美国人“爱国主义”热情迅速高涨，许多人对“非美”言行高度警惕，十分关注，并以告密方式表现自己的爱国主义精神。建立在反共政治意识形态基础之上的冷战文化，不仅使美国政府在其国内外政策上日益走向保守，而且使美国社会到处弥漫着猜疑、防范甚至敌视的气氛。20 世纪 50 年代，传统的道德观念和价值体系失去了作用，这一切反映在文学上，产生了排斥一切文化和价值观念的“垮掉的一代”作家。表面上，他们反对个人主义，但在处理生活中的实际问题时，又表现出相当的个人主义。同时，他们重视物质享受，关注个人小家庭的生活享受，享乐主义思想再一次蔓延开来。60 年代则是一个进行试验、发现新义务、重新估价和生命力极端旺盛的时代。由于新技术的广泛运用，美国的生产力水平仍然处于世界的先进地位。然而，在这富裕的社会中，还存在着部分人的贫困和严重的种族歧视，黑人的处境已成为不可回避的问题。另外，美国还卷入了越南战争，由此也引发国内的反战浪潮。在这个时代里，人们心理上普遍感到无所适从，信念俱失的一代青年在经历了 50 年代的沉默之后，在 60 年代走向反叛，一种反主流的青年文化同黑人民权运动、反战运动、妇女运动互相交织，形成了冲击美国社会的巨大浪潮。70年代，繁荣一时的美国经济开始走下坡路，美国人挥别了过去的反叛和疯狂，开始走向沉寂，追求个人的解放与自我完善。总的来说，第二次世界大战后至越南战争期间，由于各种文化产生、变化、交流与碰撞的影响，美国产生了黑色幽默风格文学、犹太文学、黑人文学等。其中，小说有黑色幽默小说、犹太人风格独特的长篇小说；诗坛也是流派众多，有黑山派、垮掉派、自白派、纽约派等；戏剧也因作家对欧洲戏剧技巧的吸收、提高而进入新的发展期。

第一节　黑色幽默的诞生及其文学影响

作为一种生存哲学，幽默在第二次世界大战之后，随着现代主义和后现代主义兴起，发展成了一种十分重要的文学流派——黑色幽默。最早提出“黑色幽默”这一观念的是法国超现实主义代表人物布勒东，他在评论英国讽刺小说家斯威夫特的作品《一个谦逊的建议》时，认为“黑色幽默”是超现实主义的一个重要手法，他主张对社会现实的描写要采用幽默可笑的手法，以揭露社会上存在的荒唐面目，表达作家内心的愤懑、忧郁和痛苦，故以“黑色”称之。布勒东在1940年还编辑了一部《黑色幽默诗选》，以宣扬他的观点。但真正在20世纪西方文学中造成巨大影响的是美国，它来源于1965年3月美国作家弗里德曼编选的当代美国作家小说选集的标题，与布勒东的观点相似，“黑色幽默”意谓痛苦的、绝望的、荒诞的幽默。“黑色幽默派”的作家大抵由于对社会现实的不满和反感形成了他们荒诞、讽喻的艺术特色，他们的反常性格来源于社会的精神压抑和两次世界大战以来人类道德沦丧的消极影响。由于黑色幽默小说在美国文学以至整个20世纪世界文学中的巨大影响，它成为20世纪六七十年代美国文学中最重要的流派之一。同时，黑色幽默作家通过独特风格的创作模式所显示出来的深邃的思想价值和丰富的艺术特色也已经成为整个20世纪世界文学的经典内容。第一,黑色幽默是20世纪六七十年代特殊历史背景下的产物,它以荒诞的幽默、夸张的嘲讽来揭示西方资本主义国家丑恶、混乱的一面,具有强烈的批判作用。这些批判虽然带有消极的成分,然而它的主流是积极的,以非现实主义的手法来写西方社会的本质现象,给读者以震撼力量。第二,黑色幽默小说一反现实主义的叙事手法,以非常的结构、非常的题材塑造出非常的人物,揭示出重大的主题。这对于打破20世纪50年代以来美国文坛在麦卡锡主义阴影笼罩下万马齐喑的沉闷局面起到了重要作用,甚至可以说黑色幽默的出现使得美国文坛获得了重新振兴的力量。第三,人物大都个性复杂,思想混乱,受到社会和时代的种种影响,内心充满着惆怅和痛苦,具有“反英雄”的鲜明特征。第四,艺术上用夸张、幽默、虚幻的手法来表现作者对世界充满怀疑和绝望的心情,因而作品往往良莠不齐,主题复杂。为了塑造一些乖僻的“反英雄”形象,流派小说家们往往借助于讽刺性的手法,以打破常规的叙述方式,把严肃的与可笑的、现实的与虚幻的糅合在一起,形成混乱、颠倒的情节线索,以此来表达他们抨击社会、讽刺时弊的情绪。

黑色幽默小说的始作俑者,一般认为是弗拉基米尔·纳博科夫(Vladimir Nabokov,1899—1977),此后涌现出库特·冯尼格特、约瑟夫·海勒(Joseph Heller,1923—1999)、托马斯·品钦(Thomas Pynchon,1937—)、唐纳德·巴士尔姆、威廉·盖迪斯等一批优秀的小说家,其中约瑟夫·海勒尤以他的小说《第二十二条军规》一跃成为“黑色幽默”的代表性作家,小说出版后造成轰动效应,标志着黑色幽默小说成为美国文坛的主流,成为60年代最具后现代主义色彩的小说流派。限于篇幅,下面主要探讨纳博科夫、海勒、品钦的小说创作。

一、弗拉基米尔·纳博科夫的小说创作

纳博科夫出身于俄国圣彼得堡的一个贵族家庭,自小就受到

了良好的教育。1919 年,他因俄国十月革命的爆发而随家人流亡西欧,后到了美国,并获得美国国籍。1960 年,他又移居瑞典。纳博科夫的黑色幽默小说,往往抛弃传统的思维模式和写作模式,运用叙事的虚构、结构的交叠、意义的不确定、字句的争论游戏以及戏仿、隐喻等表现手法,将现实荒谬的方面深刻地表现了出来。这在其代表作《微暗的火》和《洛丽塔》中有着鲜明的体现。

《微暗的火》被称为"纳博科夫小说中最富有试验性和最神秘莫测的一部",小说无论从形式上还是从结构上来看都是别出心裁的。全书由"前言""诗篇""评注"和"索引"四部分组成,貌似一部学术专著。这其中,"诗篇"是诗人约翰·谢德所写的、长达 999 行的自传体长诗,反映了诗人对外表与本质、爱情与死亡、追求与婚姻、艺术与现实等问题的深邃思考,全诗意境优美、思辨气息浓郁,这一长诗的名字就是"微暗的火"。至于全书的其他三部分,则是诗人的邻居、教授查里斯·金波特对该诗所做的"学术研究",充满了冗长烦琐、穿凿附会的曲解和误读。金波特是位流亡学者,在美国某学府任教,因为性格孤僻,一直落落寡合。在幻想中,他自认为是欧洲某小国赞巴拉的国王,被废黜后逃到这里隐姓埋名。他对邻居、著名诗人谢德非常崇拜,并时时窥视诗人的生活。在与谢德的交往中,金波特向对方讲述了自己的"故事",并希望诗人能把这一切写进正在创作的长诗中。一天,二人散步归来,一名精神病人误将谢德当成判他入狱的法官,开枪杀死了谢德。金波特却以为这名枪手是赞巴拉国派来的刺客,本要行刺的是他自己。于是金波特携带谢德未完成的诗稿潜逃,认为此稿就是谢德所写的关于赞巴拉的史诗。由于长诗中并没有赞巴拉的影子,金波特便东拉西扯地妄加注释。"微暗的火"典出于莎士比亚的戏剧《雅典的泰门》第 4 幕第 3 场:"太阳是一个贼,运用他巨大的魅力/掠夺着浩瀚的大海;月亮是一个流浪的贼/从太阳那里偷来自己微暗的火。"在某种意义上,艺术如同太阳一般,从社会与生活中汲取养分;而文学批评则如月亮一般,从原创性作品里窃取光芒。如果说诗人谢德是个太阳般的人物,那么疯狂的金波特便是个月亮般的人物。小说近乎文字游戏,多层次的结构宛如迷宫一般。评论界称赞它的人认为这是一部丰富深刻的艺术品,也有人认为小说螺旋形的技巧是作者在叙事艺术上新的创举。

《洛丽塔》是纳博科夫最为著名的一部小说作品,采用电影倒叙的手法讲述了主人公汉伯特的一生及其变态的心理。小说包含“序言”和“正文”两部分。“正文”部分以第一人称叙述。“我”自称为“汉伯特”,1910年出生于巴黎,虽然母亲早逝,但是家境优裕且不乏父爱,得以度过幸福的童年。13岁时,汉伯特狂热地爱上了12岁的小姑娘阿娜贝尔,但不久阿娜贝尔便死于伤寒。阿娜贝尔的死使得汉伯特在成年后养成了一种畸形病态的爱好——喜欢9岁至14岁之间的某一类小女孩。25岁时他结了婚,也是因为妻子瓦莱里亚喜欢模仿小女孩的举止。但这场婚姻仅仅维持了4年。时逢汉伯特在美国的叔叔去世,被要求去继承财产,于是他从旧大陆来到新大陆经营叔叔留下的公司。汉伯特的健康状况一直不佳,除了心脏病,还因精神病而数度入院疗养。37岁时,汉伯特邂逅12岁的少女洛丽塔,仿佛看见死去的阿娜贝尔在眼前复活,汉伯特欣喜若狂。为了接近洛丽塔,他成了洛丽塔家的房客,甚至娶了洛丽塔的寡母。每天,汉伯特在日记本上热烈地倾吐着对洛丽塔的思念。一天,洛丽塔的寡母发现了日记,但随即死于意外车祸。于是,汉伯特以继父的身份去夏令营接出了洛丽塔。当晚在旅馆发生了关系。也从那以后,汉伯特带着洛丽塔驾车周游世界。一年后,汉伯特在东部安顿下来,并把洛丽塔送进了当地的女子学校。翌年,洛丽塔参加短剧《受惑的猎人》的排演,疑神疑鬼的汉伯特深感不安,于是带着洛丽塔开始了又一轮旅行。不久之后,洛丽塔突然失踪,气急败坏的汉伯特多方寻找未果,终于旧病复发,重新回到疗养院。随后的两年里,汉伯特一面担任客座教授,一面和成年女性丽塔一起,按照曾和洛丽塔走过的路线巡游。多年后,汉伯特意外地收到了洛丽塔的来信,声称她已经结婚、怀孕,并且需要钱。在肮脏的贫民窟里,他找到了憔悴邋遢的洛丽塔，弄清当初拐走她的是剧作家克莱尔·奎尔蒂。奎尔蒂昔日是夏洛特家的座上客，也是一个性变态者，早在汉伯特之前就与洛丽塔发生了关系。汉伯特以洛丽塔父亲的名义开枪打死了奎尔蒂。汉伯特被捕了，在狱中的 56 天里写下了《洛丽塔》。"序言"部分的叙述者为小约翰·雷博士，他叙述了这本书的由来和自己的感想。

从小说的主线情节来看，《洛丽塔》主要描写的是汉伯特、洛丽塔母亲、洛丽塔之间情爱的三角关系，汉伯特对洛丽塔的追求乃病态心理和唯美主义爱情倾向，是对社会上普遍认定的爱情观的怀疑与反抗。因此，这部小说在出版后，遭到了很多评论家的非议、质疑和抨击，他们认为这是一部非道德小说。随着时间的推移以及美国嬉皮士运动的兴起，所谓的"性革命"成为时尚，这部小说才日益受到人们的认可、接受和高度赞扬。

二、约瑟夫·海勒的小说创作

海勒出生于纽约市布鲁克区柯尼岛，父母都是犹太人。1942 年他应征入伍，成为美国空军飞行员。战争结束后，他退伍进入纽约大学，后又升入哥伦比亚大学，1949 年在英国牛津大学深造 1 年。返国后，他在大学当教师。1952 年后先后任职于《时代》和《展望》等杂志，开始发表一些短篇小说，但反应平平。1961 年《第二十二条军规》问世，轰动了文艺界，揭开了 60 年代"黑色幽默时代"的序幕。海勒擅长通过艺术的哈哈镜，将源于现实生活的素材提取、放大，从而表现生活的本质。他的黑色幽默小说常常用喜剧的形式表达悲剧的实质，以冷漠的心态对待意外和暴行，将不正常的东西当作正常的来写，使不可思议的事情变得合情合理，进而对这些现象进行调侃和讽刺。

《第二十二条军规》这部小说比较集中地表现了黑色幽默的特点。作者在小说中摒弃了传统的现实主义创作手法，使整个作品没有一条完整的情节发展线索，也没有突出的人物形象，充满着混乱喧闹、疯狂的气氛,但作者同时强调的是一种“严肃的荒诞”。该作品里,根据第二十二条军规,只有疯子才能获准免于飞行,但是,必须由本人提出申请;同时又规定,凡是意识到飞行有危险而提出免飞申请的,属于头脑清醒者,应继续执行飞行任务。该小说讲述的是发生在1944年第二次世界大战的关键时刻的美国第256空军轰炸机中队内部的故事。这个空军轰炸机中队由指挥官卡司卡特上校掌管,为了能升官发财,他不顾士兵的死活,无限度地增加他们的飞行任务。而这些飞行员由于经历了太多的轰炸任务,最后都变得疯癫,主人公尤索林便是其中的典型代表。他不想升官也不想发财,只想能够早点完成规定的32次飞行任务后回家,因为空军司令部规定已经飞满32次的人可以不再执行任务,并复原回国。最终,尤索林执行了32次飞行任务,但卡司卡特上校仍给他新的命令,他只能无止境地增加飞行次数。为了能停止飞行,生存下去,尤索林想利用空军内部的第二十二条军规来逃避飞行任务,但最终领悟到第二十二条军规表面上看是一条约束每个官兵的军规,但它并非是白纸黑字写下的条文,军官还可以对它做任意的解释。为了逃出在第二十二条军规笼罩下的疯狂的世界,也为了保全自己的生命,尤索林最终在同伴的鼓励和帮助下,不顾一切地逃到中立国瑞典去了。

《第二十二条军规》全书由42节组成,每节重点写一个人物。除了经常变换时空,作者还熟练地在叙述中插入一些相关的逸事。小说描写了空军中队里人物的酗酒、吵架、嫖娼和精神上的浮夸、寂寞和孤独。它的基调主要是喜剧性的,时而凄凉,时而疯狂。全书充满了合乎情理的逼真的画面,与荒诞的插曲巧妙地融为一体。的确,《第二十二条军规》在作者所描述的各种冲突中具有深刻的含义。对尤索林的真正威胁是他自己。美军的僵化、无能、自相残杀和狂想症使他的生命处于危险之中,而德国兵在地图的边界线上的防空炮火是极不利的飞行条件。小说没有描写纳粹的罪行,这也许使主人公尤索林感到尴尬。但他既没有让自己陷入道德含混的泥潭,又不屈服于陈腔滥调的诱惑。这部小说没有描绘战争的大场面，而反映了军队内部的争权夺利，上级对下级的迫害，保持了一种冷嘲热讽的基调。作者从美军生活的侧面影射美国社会的荒谬和变态。

《第二十二条军规》不仅在思想内容上取得了巨大的成功，在艺术上也获得了令人瞩目的成就，具体来说体现在以下几个方面。

第一，这部小说运用了独特的"反小说"的叙事结构，故意用外观散乱的结构、松散凌乱的情节、庞杂的内容、众多的人物对所描述的荒谬而混乱的现实世界进行展示。

第二，这部小说以一种"绝望、沉郁、玩世不恭的幽默将内心无形的恐惧变为有形的大笑，借以表示对现实世界的不满与反抗"[①]。要特别指出的是，海勒在这部小说中所采用的幽默手法与传统的幽默有着更大的区别。一般来说，传统幽默有着乐观向上的基调，能使人们在笑声中愉快地告别自己的过去；而海勒的幽默是痛苦的、残酷的、怪诞的，拿痛苦、不幸、甚至死亡开玩笑，从而在幽默诙谐中表达了自己的愤怒和厌战情绪，在苦笑中揭露了战争给人类带来的灾难。

第三，这部小说运用了大量的象征手法，从而揭示了荒诞世界的可笑，并传达了海勒对世界和人生的看法。"第二十二条军规"是这部小说中最为成功的象征，不仅高度概括了美国官僚体制的混乱、专横和冷酷，而且将现代人的灾难感和困惑感传达了出来。

第四，这部小说运用了大量的夸张手法，从而对涉及的人物和事件进行了极度变形，进而描绘出了一幅幅荒诞不经的图像，让读者在苦笑中回味和思索。

第五，这部小说的语言很有特点，或是用插科打诨的文字来表述严肃深邃的哲理，或是用故作庄重的语调来描述怪诞滑稽的事物，或是用冷漠戏谑的口气来讲述痛苦悲惨的事件，或是用幽

---

① 聂珍钊. 外国文学史：四[M]. 武汉：华中师范大学出版社，2010：85.

默嘲讽的语言来诉说沉重绝望的境遇，并在不经意的调侃之中显露出了锐利的讽刺锋芒，直指荒诞的要害，从而显示出了鲜明的反讽特点。

总体来说，《第二十二条军规》以其内容与形式的创新，成为美国小说发展史上的一个重要里程碑。

三、托马斯·品钦的小说创作

品钦出生于纽约市长岛，曾就读于康奈尔大学，获得文学学士学位，曾入美国海军服役，后在华盛顿波音航空公司任职，20世纪60年代后半期成为职业作家。品钦1963年发表第一部长篇小说《V》，一炮打响，引起了文坛的注意。之后又陆续发表了《拍卖第四十九批》《万有引力之虹》《葡萄园》《梅森和狄克逊》和《临近那一天》等长篇小说，以及《进步缓慢的初学者》《葡萄园》等短篇小说集。

品钦的小说题材十分广泛，涉及很多学科，就像是一部百科全书；故事发生的地点遍及五大洲；故事中人物有将军、士兵、政治家、科学家、特工，还有妓女、非洲土人等。他“将人物的行动与他的议论、喜剧因素与电影技巧、音乐与科幻色彩巧妙结合，形成包罗万象、时空交错、历史与虚构相结合的后现代派艺术风格。文本的不确定性与中心的消解正是它的核心”[①]。另外，他的小说创作深受《亨利·亚当斯的教育》的影响。亚当斯在文学上最早提出了以牛顿热力学第二定律解释人的思想活动，他认为所有的事物都向着混乱无秩序、无用的废物方向转化，而“熵”就是用来测定不能再用来做功的热能数量的总和单位，可以表现为秩序的破坏，造成能的乱扩散，到最后成为惰性、静止状态。因此，品钦的小说世界以“熵”为基础，即将这一理论运用于社会，对人类社

① 杨仁敬，杨凌雁．美国文学简史［M］．上海：上海外语教育出版社，2008：401．

会正日趋混乱和衰竭的现状进行了说明。这方面的代表作如《V》《万有引力之虹》。《V》作为一部小说，本身并没有完整的情节，甚至可以说按“情节”的通常含义来理解的话，它根本没有任何情节。它写的是三个学生围绕着“V”字母所展开的探索：第一个学生从他父亲那里发现神奇的“V”的含义，虽然他收集了许多无结果的迹象，但依然找不出可靠的东西。第二个学生扩大了“V”所包含的范围，把它看成百科全书式的机器人，可以模拟历史，可以模拟地理。第三个学生从当代人有意义的生活出发，认为“V”代表着人类毫无意义的生命，就像一根绳子穿过一块小木板抓住绳子两端旋转的游戏。小说将史实与虚构、有生命的人与无生命的机器人混合组成一个荒诞的世界。《万有引力之虹》这部长篇小说也没有完整的故事情节，在长达八百多页的篇幅中，充满着五花八门、古怪零乱的叙述以及物理学、导弹工程学、高等数学、心理学、变态性爱的许多描写。小说把人的性欲与现代科学技术联系在一起，认为人的死亡是一种心理现象，是天地间普遍存在的物理力量的结果。所谓“万有引力之虹”即指导弹发射后形成的抛物弧线，作者企图用它来象征世界，象征死亡，因此充满着世界末日即将来临的悲观情绪。在《圣经》中，天上的虹是上帝惩罚人类后与人和好的象征，而在小说中，“万有引力之虹”是导弹发射后形成的弧形抛物线，象征着死亡，也象征现代西方世界。品钦刻意描述美国人在欧洲大难临头时的思想和感受，体验欧洲盟友的敏感和分裂，揭示战争的恐怖和灾难，劝导人们将先进的科技为人类谋福祉。

第二节　犹太移民与美国犹太文学的兴起

20 世纪 50 年代是美国犹太文学兴起的时代。因为这 10 年涌现了一批有才华的犹太作家。他们以纽约为中心，在美国文坛发出了响亮的声音。他们那风格独特的长篇小说引起了读者的兴趣和关注。与早期犹太作家不同的是,第二次世界大战后崛起的犹太作家不再刻意描绘物质生活的煎熬和社会的不公,转而探索人生的意义、揭示人性的善恶及质疑传统的价值观念等,其作品关注的中心主题由劳资对立转化为人类内心的斗争。犹太作家以其浓厚的人文情怀赋予了作品无可比拟的深度和魅力,感情炽烈、哲理丰富、洞察锐利、文体清新。伯纳德·马拉默德(Bernard Malamud,1914—1986)、索尔·贝娄(Saul Bellow,1915—2005)和菲利普·罗思(Philip Roth,1933—2018)等都是这一时期重要的犹太小说家。限于篇幅,这里重点探讨马拉默德、贝娄、罗思的小说。

一、伯纳德·马拉默德的小说创作

马拉默德出身于纽约市布鲁克林区的一个俄国犹太移民家庭。1936年,他于纽约市立学院毕业后进入哥伦比亚大学学习,并获得了硕士学位。毕业后,他一直从事教书工作,并进行文学创作。1952年,他发表了处女作小说《天生的运动员》,写得十分成功。1957年,他发表了代表作小说《店员》,得到了评论家的高度认可。之后,他又发表了多部长篇小说。马拉默德的小说犹太味十分浓重,通过丰富而生动的细节对犹太人在艰难生活中的挣扎等进行了深刻描述,展现了一幅幅令人动情的生活画面。长篇小说《店员》是马拉默德最重要的小说作品。

《店员》刻画了犹太人典型的生活与性格特点,表现了马拉默德小说创作的中心主题,即"在'只有爱才能照亮'的污秽的世界赎罪而获得新生"[①]。小说的背景是20世纪30年代美国大萧条时期的纽约市犹太移民的贫民窟,通过对主人公莫里斯·波贝尔在纽约的艰难生活经历以及他与意大利流民弗兰克·阿尔派恩之间戏剧性关系的描写,对犹太社会一个角落的生活画面以及美

① 常耀信.精编美国文学教程[M].天津:南开大学出版社,2006:322.

国犹太人的内心世界进行了反映，对犹太人移民到美国追求美好生活理想的幻灭进行了揭示，对非犹太人如何在“圣者”的净化下脱胎再生为犹太人的经过进行了再现。这篇小说在艺术方面也取得了重要的成就，具体体现在以下四个方面：第一，小说选用了犹太民间素材，并用具有双重用途的荒诞性讽刺将它表现出来，收到了希望和绝望、乐观和悲观相互作用而达到某种平衡的精妙效果。第二，小说的艺术结构十分严谨，情节也非常生动，还巧妙地运用犹太人的幽默渲染了莫里斯世界的犹太气息。第三，小说的人物塑造十分成功，尤其是出色地刻画了莫里斯这一人物心地善良、待人诚恳、忍受生活煎熬的诚实犹太人形象。第四，小说的语言有着浓厚的犹太人味道，还巧妙地在现代英语中融入了意第绪语的节奏和风趣的习语，吸收了海明威式的简洁明快的风格，幽默而风趣。

二、索尔·贝娄的小说创作

贝娄出身于加拿大魁北克省拉辛的一个俄国犹太移民家庭，之后于1924年随父母移居到美国芝加哥。20世纪30年代，贝娄曾在芝加哥大学、西北大学、威斯康星大学就学，毕业后，成为一名社会学教师。第二次世界大战爆发后，他作为预备役军官应征入伍，被分配到海上运输船队工作，战争结束后重回教师队伍。贝娄在进行教学的同时，积极进行文学创作，曾经发表了《赫尔索格》《赛姆勒先生的行星》《洪堡的礼物》《院长的十二月》《越来越多的人死于心碎》《拉韦尔斯坦》等长篇小说，《只争朝夕》《莫斯比的回忆》等中短篇小说集，以及《破坏者》《最后的分析》等五部剧本。

贝娄的小说通过描写犹太知识分子在美国的遭遇，对美国社会的精神危机进行了深刻反映。同时，他运用现代派的新技巧以及现实主义的细节描写，塑造了一批性格迥异的“反英雄”形象，对处于尴尬时代的广阔而生动的美国社会生活图景进行了展现，对当代西方人没有立足点而需要不断进行奔波的深刻主题进行了揭示。这在他的小说《赫尔索格》和《洪堡的礼物》中有着鲜明的体现。《赫尔索格》的主人公赫尔索格是一名犹太历史学教授，为人正派，事业有成。同时，他立志要完成一部有关历史学的巨著，可是因为生活不顺一直未能实现。他有过两次失败的婚姻，第二次离婚时他甚至丢了女儿、职业、财产和房子，这使他感到极端苦闷。由于苦闷无处发泄，他便开始写信排遣，可一封信也没有寄出。慢慢地，他逐渐走向了精神崩溃的边缘，成了一个可怜又可笑的落难“英雄”。赫尔索格之所以会落得这样的下场，主要是因为他对现代思想文明和现在生活文明结合的理解过于简单，以至于无法在现实好好生活。《洪堡的礼物》通过讲述主人公查理·西特林的故事，生动展现了美国社会从20世纪30年代到70年代的社会情境，进而深刻批判了表面繁荣富裕实则千疮百孔的畸形美国社会。查理是犹太人，也是一个中产阶级知识分子，因得到著名诗人洪堡的帮助和提携，成为著名的作家。而当查理成名后，洪堡却因生活的放荡和无度的挥霍破了产，成为沦落街头的乞丐。此时，曾深受洪堡提携之恩的查理却不肯对他伸出援助之手。后来，查理也因无度的挥霍破了产，但就在他山穷水尽之际，得到了洪堡遗赠给他的礼物——两部剧本提纲。通过这份礼物，他换得了一笔钱。在小说中，洪堡出现的场面并不多，却是全书的中心人物。他在20世纪30年代，即自己只有23岁时就出版了诗集《歌谣集》，轰动一时。那时的他“严肃而诙谐，是一个博学的人”，而且“满怀激情地奏完了成功的主旋律”。可十年之后，随着国际上政治的风云变幻，他的思想、性格和意志都变了，纵欲、酗酒，总是害怕别人暗害他，最终变得神经质。通过对洪堡性格演变过程的考察，可以十分“清楚地看到美国资本主义社会如何把一个有正义感、有才华的诗人腐蚀成如此模样的……小说恰如其分地把洪堡的变化与社会现实结合在一起进行描述，二者的发展既是平行的，又是交叉的”①。

① 毛信德.美国小说发展史[M].杭州：浙江大学出版社，2004：368.

三、菲利普·罗思的小说创作

罗思出生于新泽西州的纽瓦克，自幼在纽瓦克市的犹太人聚居区长大，是犹太移民的后裔。罗思在26岁时发表了小说集《再见吧，哥伦布》，一举成名。之后，他便一发不可收拾，发表了《放任》《波特诺的怨诉》《伟大的美国小说》《乳房》《鬼作家》《解放了的朱克曼》等作品，享誉世界文坛。

罗思的小说以其出生地纽瓦克以及周围的犹太人环境为创作源泉，擅长表现当代犹太中产阶级的生活和心理，以及他们在多变的美国社会中的处境和失落感，有着十分明显的喜剧色彩，挖苦和讽刺的效果非常显著，而犹太人的那种苦涩晦暗的黑色幽默也尽在其中。另外，罗思不像其他美国犹太裔作家那样标明自己的犹太人身份，也从不把犹太主义、犹太复国主义、反犹主义等挂在嘴边，他只是通过对小说人物的日常生活感受和言行来表达自己的见解。因此，他在小说中从不把犹太人理想化，不把犹太人提高到神圣的地位，而是将他们作为有血有肉的人来叙述他们人生中的成功和失败。这在他的代表作《乳房》中有着鲜明的体现。《乳房》是在继承和运用了卡夫卡变形文学的创作手法的基础上完成的，通过一只充满象征和隐喻意味的乳房，对包括犹太人在内的所有现代人丧失自我和寻找自我的困境进行了深刻揭示。主人公大卫·凯佩什是38岁的犹太人，也是一位文学教授。作为一名知识分子，他向往着理性和节制，但他又精力旺盛，面对诱惑常陷入苦恼。于是，生理赋予他的情欲以及知识赋予他的理智在他的身体里一直做着你死我活的斗争，使得他时时处于情欲与理智的夹击之下。渐渐地，大卫的理智被情欲击败，他如同一头发情的猛兽，在疯狂且无度的性游戏中释放着自己，掏空着自己，而诡异的生理变化也随之而来。终于在一天夜里，他变成了一只重达155磅的硕大的女性乳房。至此，大卫已经异化，不再是一个“人”，失去了“人”这一普通而正常的身份，也失去了人所拥有的一切,只能像一块肉一样在医院待着,通过静脉注射来摄取营养,维持着自己可笑的生命。

第三节　黑人种族的抗争与黑人文学的繁荣

经过20世纪二三十年代“哈莱姆文艺复兴”的酝酿和推动,黑人文学在第二次世界大战结束后进入了它的繁荣期。这个时期,美国种族主义和隔离政策仍然存在,美国黑人仍然没有获得政治选举权。战后的黑人解放斗争经历了两个时期:首先是1954年开始延续到1964年间的民权运动,然后是1964年到1973年间的黑人权力运动。这两个运动虽然都体现了黑人为争取自由、民主和平等而奋斗的努力,但是在斗争的形式和理念上都发生了重要的转变:在斗争方式上,从民权运动的非暴力改变社会转变为黑人权力运动中的暴力革命。在美学观念上,由一种融合主义哲学转变为分离主义和“去美国化”理念,更确切一点,是“去白人化和去西方化”的黑人美学。也就是说,这个时期的黑人文学不再表现单一的反压迫和反奴役的反抗主题,而演变为注重探索黑人在当代美国社会的生存与发展的题材。小说家们也已经摆脱了对于德莱塞式的批判传统的依赖,从黑人群体的心理世界中去发掘适应时代发展需要的素质特点,以反映黑人民族融入美国整体社会的复杂过程;着重就黑人民族在20世纪50年代以后的社会发展过程中的自身表现与整个美国社会的关系进行切实的、具体的比较,并注重写出导致黑人民族遭到歧视与压迫的根本原因。当然,对于黑人祖先寻根的追求也成为20世纪60年代以后黑人小说的一大特点。另外,黑人小说还逐步吸收了后现代主义的风格技巧,强化了人物的心理演变,并在情节安排、环境设计、语言运用上表现出与现代小说创作技巧逐步融合的趋势。总之,美国黑人作家在20世纪五六十年代表现非常活跃,涌现了一大批优秀作家,下面重点探讨拉尔夫·艾里森

(Rolph Ellison,1914—1994)、詹姆斯·鲍德温(James Baldwin,1924—1987)、威廉·爱德华特·伯利哈特·杜波依斯(William Edward Burghardt Du Bois,1868—1963)的小说创作。

一、拉尔夫·艾里森的小说创作

艾里森出生于俄克拉荷马市,中学时在黑人教育家布克·T.华盛顿创办的塔斯克吉学院学习。1936年到纽约,结识了黑人作家休斯和赖特,并在他们的鼓励和帮助下开始进行文学创作。最开始主要写一些短篇小说和评论文章。1946年时,艾里森因得到罗森瓦德研究会基金的资助,开始专心进行文学创作,终于在1952年完成了巨著《看不见的人》的创作,并一举成名。

在《看不见的人》中,艾里森对美国文化、种族问题和黑人文学等问题进行了较为深入的探讨。小说的主人公是一个无名无姓的美国黑人,他在一开始就以自我介绍的口吻向读者说明了自己是一个"看不见的人",接着详细叙述了他变成这个样子的经过。他在20年前曾是一个规规矩矩的黑人男孩,中学毕业时因自己的演讲受到了白人们的欣赏而获得了一笔黑人大学的奖学金。但在大学里,他因开车送一位白人校董参观黑人区而得罪了黑人校长,被勒令退学。自此,他开始在北方流浪。在一次黑人种族主义分子发动的种族暴动中,他被警察追捕,不慎掉入了一个开着盖子的地下煤窖中,自此留在了那里。在地下煤窖里,他偷偷接上了电力公司的电线,装上了一个很大功率的灯泡,将地下室照得像白天地面上似的明亮,但他所接触的人始终看不见他。于是他把自己伪装成一个兼有流氓、恶棍、情人、牧师等多种身份的人。在整部小说中,几乎没有统一的故事情节,整个故事只是由主人公的种种经历组合成的。而且,小说的叙述几乎是荒诞的,却深刻传达出了作家要表达的主旨,那就是"由于黑人在美国得不到真正的平等、独立和生存的自由,所以他们永远只能成为'看不见的人',失去自我本质,躲在不见阳光的地层底下过着暗无天日的生活”①。

许多现代小说在结构上比较随意松散，而《看不见的人》正相反。艾里森独具匠心，将故事情节设计成一个完美的整体：主人公从“壮志满怀到义愤填膺，再到自我感知”。前言和尾声遥相呼应，丝丝入扣，在重奏“我是个看不见的人”这一主旋律时，全篇浑然一体。作品从存在主义的观点出发，深刻地表现了西方社会当代人的生存处境和自我异化。在美国战后文学中，这是出现最早的一部描写主人公寻找自我、审视自我、求索自我存在的价值意义的小说。作品通过主人公在荒诞的、敌对的社会环境中失去和寻找自我的故事来隐喻现代社会普遍存在的精神危机。就艺术特点来说，这是一部典型的实验小说。作者自称他的小说是“超越现实主义的现实主义”，根据自己的创作需要，从现实主义到印象主义、表现主义、象征主义和超现实主义，凡是能用来表现自己的感受、观察和表达个人生活意识的方法和技巧，他都毫无偏见地予以采用。值得一提的是，贯穿小说的始终，艾里森使用了一系列的象征物来突出和深化主题——书中的金币、反光白油漆、带黄油的烤山芋、铸铁储钱罐、锁链环、黑人玩偶、杰克兄弟的假眼、吊着的人体模型、小牛皮公文包等物品都具有深刻的象征意义。它们的依次出现暗示着“隐身人”从痛失“自我”到发现“自我”的痛苦心路历程。此外，小说的语言也是历来为人们所称道的，全书是以第一人称自述的，作者精于语言文字的口语化，而且随着主人公命运的变化、生活环境的改变，叙述的语言也相应变化，《圣经》、古典文学、布鲁斯歌曲、南方白人的修辞、双关语、笑话、哈莱姆区的黑人俚语……所有这一切都运用得恰到好处，生动、幽默，饶有余味。

二、詹姆斯·鲍德温的小说创作

鲍德温出生于纽约市的哈莱姆区，靠母亲和继父牧师抚养长

① 毛信德.美国小说发展史[M].杭州：浙江大学出版社，2004:410.

大。高中毕业时，正值美国卷入第二次世界大战，父亲生病，家境日趋艰难。1942年，鲍德温在新泽西州找到一份工作，收入不错，这使他有条件从家中搬出，也看到了一些种族冲突。1944年时与黑人作家赖特相识，在其影响下走上了一条以反映黑人真实的思想感情为己任的文学创作道路。1948年，鲍德温在赖特到法国后不久也尾随而去，得到后者的许多帮助。1953年时，鲍德温发表了自己的第一部长篇小说《向苍天呼吁》，引起了文坛的重视。之后又陆续发表了《乔万尼之室》《另一个国度》等长篇小说。

鲍德温像其他的非裔小说家一样，始终关注黑人的命运，对黑人解放事业的历史进程进行了生动描绘。但是，他并没有继承美国文学的现实主义传统，而是更多地吸收了西方现代派的表现手法和存在主义哲学以及弗洛伊德精神分析法，通过描写黑人与黑人之间或是黑人与白人之间的恋爱和性关系对种族矛盾进行揭示。同时，他的小说更多地强调了个人的生存状况，这是他区别于其他非裔作家的一大特色。而这可以通过他的代表作《向苍天呼吁》看出。

《向苍天呼吁》通过描写格莱姆斯一家的冲突，对新旧两代黑人的精神痛苦进行了深刻反映。受古典戏剧三一律的影响，鲍德温恪守时间、场景同一的手法。他把整个故事浓缩于约翰·格莱姆斯14岁生日的那一天，描写主人公在这24小时内经历的巨大思想变化，悟出了人生的真谛，最后达到灵魂得救的结果。而与之相关的场景只有三处，其中又以“火施洗大教堂”为主景。故事的主要情节则围绕约翰与继父加布里埃尔之间的一场对抗和约翰灵魂深处的搏斗而展开。他们父子之间在精神上的“升”与“降”的对比关系不仅涉及他们一家人的行为与经历，也是鲍德温借此表达黑人灵魂与肉体自救的方法。小说由三个部分组成，第一部分是“第七日”，通过描写约翰刚刚睡醒后的内心活动对格兰姆斯一家的状况进行了生动的反映。在生日这天的早上，约翰很怕母亲忘记今天是他的生日，但幸运的是，母亲不但没有忘记，还给了他几枚硬币买自己喜欢的东西。拿着钱的约翰先去看了场电影，之后便返回家中，却发现弟弟罗伊被白人孩子刺伤，而父亲将怒气都撒在母亲伊丽莎白身上。第二部分是“教徒的祈祷”，包括弗罗伦斯、加布里埃尔和伊丽莎白的祈祷。在“祈祷”中，三个人分别对自己的生活道路进行了回忆，进而将黑人种族的苦难详细地叙述了出来。由于三个人的回忆有时会被教堂中发生的事情所打断，从而形成了过去和现在的交错。他们三人都是来自南方的黑人，带着一种甜蜜的幻想到北方来寻找“美国梦”，但严酷的现实把他们的幻想击得粉碎，甚至使他们否定了一向所信奉的爱的拯救力量。第三部分是“打谷场”，描写的是约翰在教堂悔罪，最终皈依了宗教。这样的结局从某种意义上来说象征着约翰，实际上也是作家对其生活在其中的环境的一次超越。总体来说，小说的结构严谨，语言具有《圣经》的文风，因而有着很高的艺术性。

三、威廉·爱德华特·伯利哈特·杜波依斯的小说创作

杜波依斯出身于马萨诸塞州大巴灵顿一个穷苦的黑人家庭，父亲是混血儿，在杜波依斯出生前离家出走。杜波依斯少年时代在大巴灵顿公立学校接受初等和中等教育，中学毕业后进入菲斯克黑人大学深造，在校期间曾担任《菲斯克先驱报》的编辑。1905年，杜波依斯在出版著名的散文报告集《黑人的灵魂》之后，与一批黑人青年知识分子共同发起了有名的“尼亚加拉运动”，开展了一系列为争取黑人的人身独立、自由和平等权利的解放运动。杜波依斯还长期从事新闻报纸的编辑、撰稿工作。杜波依斯一生著作甚丰，除《黑人的灵魂》，重要的还有长篇小说《寻找银羊毛》《黑公主：一部罗曼史》和《黑色的火焰》三部曲（1957—1961）。另外还发表过诗集、散文、学术理论专著、传记文学作品等。杜波依斯最有代表性的文学作品当推《黑色的火焰》三部曲。

《黑色的火焰》三部曲以19世纪后半期和20世纪上半期的

美国南方社会为背景，通过对主人公一生艰难困苦奋斗经历的描写，集中地展示了近百年来美国黑人受迫害和反迫害的悲壮历史，揭示了黑人们在社会现实教育下逐步觉醒的过程，可以称得上是具有重大社会意义的现实主义巨著、美国黑人伟大形象的赞歌。第一部《曼萨特的苦难历程》写主人公曼萨特的成长。曼萨特出世时，他父亲在家门口被三 K 党徒处死，他祖母用父亲的鲜血替他行了洗礼，并取名“黑色的火焰”。小说描绘曼萨特一家的活动，反映了美国 1916 年南部的历史，写了亚特兰大种族暴动。第二部《曼萨特创办了学校》写曼萨特当了黑人大学校长，通过教育解放黑人。曼萨特的儿女都已长大成人，但他们在商业、教会、军队及政界各方面都受种族歧视。这一部以第一次世界大战至第二次世界大战期间为背景。第三部《肤色的世界》是从第二次世界大战前到 1954 年，曼萨特游历了欧洲和亚洲各国，并到了中国，使他认识到解放黑人的道路，不仅是争取选举、工作、受教育的权利，还要争取使用自己创造的财富的权利。《黑色的火焰》三部曲概括了近百年来美国黑人遭受迫害和进行英勇反抗的悲壮历史，歌颂黑人的觉醒，是一部现实主义的壮丽史诗。曼萨特的形象显然带有作者的自传成分，但他不是一个单纯的、个别的人物，而是作者综合了许多美国黑人进步知识分子走过斗争道路之后归纳出来的艺术典型。

第四节　美国诗坛的多元化发展

第二次世界大战后，美国诗歌两种不同的创作方向的相互撞击日益明显，威廉斯与艾略特之争有了新发展。随着美国战后经济的复苏和超级大国的定位，艾略特诗学的影响逐渐减弱，庞德和威廉斯的诗学越来越占上风，涌现出黑山派、垮掉派、自白派、纽约派和黑人诗人，流派纷呈，新一代陆续崛起。也有接受艾略特诗学的诗人，他们继续从欧洲文化传统中吸取现代派的技巧，有的融入美国的人文景观,有的融入苦涩的幽默和自然风光,在继承的基础上摸索创新的途径。此时,美国诗坛里还有一种新的躁动在跃跃欲试。先锋派影响已露端倪,有时在爵士乐伴奏下朗诵诗歌散文,吸引了忘情的听众。在美国诗坛,不同流派间的论争促成又一轮诗歌复兴。诚如当时的一种说法:"诗歌也处在一个新边疆的边缘"。各个流派的诗歌创作主要探讨20世纪六七十年代社会冲突所带来的人际关系的突变:工业的发达与政府滥用权力造成社会的动荡和民众的不安,少数民族的权利受到侵犯,家庭婚姻关系的解体,同性恋、吸毒和酗酒引起的精神变态。

一、黑山派的诗歌创作

黑山派诗歌(Black Mountain Poetry)产生于20世纪50年代中期北卡罗莱纳州的"黑山学院"(1933—1956)。该诗歌流派提倡用开放型的诗歌取代新批评派提倡的封闭型智性诗。这就是后来遐迩闻名的黑山派诗歌。换言之,黑山派是以50年代中期黑山学院一小批诗人为骨干发展起来的一个流派。唐纳德·艾伦在他主编的《新美国诗歌》里首先正式称他们为黑山派。而罗森塔尔教授则在他的论著《新诗人》里称他们为投射派诗人。对他们的命名,前者根据地点,后者根据诗歌特色。当时黑山派的主将亦即黑山学院院长查尔斯·奥尔森(Charles Olson,1910—1970)首先提出"投射诗"的理论:

> 而今1950年的诗歌,如果要向前进,具有实质性价值,我认为必须牢牢地把握某些呼吸的规则和可能性,即把一个人创作时的呼吸及自我听到的某些呼吸规则和可能性放进诗里。"

他根据这个以呼吸为诗歌节奏单位的创作主张,1953年开始陆续完成并发表《麦克西莫斯诗抄》。诗行长长短短,占据整个稿面,把开放诗推向了极致。享有共同美学趣味的罗伯特·邓肯(Robert Duncan,1919—1988)、罗伯特·克里利根据个人对奥尔森投射诗理论的理解和运用,也创作了富有特色的开放型的投射诗。不同的是前者诗行偏长,后者诗行偏短。他们和奥尔森有一个显著的共同点:否定了以语言为基础的传统格律和传统的印刷形式,投射诗强调即兴性。

黑山派诗人在美学的破旧立新上比垮掉派诗人更激进,更有建树。他们首先摒弃了新批评派智性诗的美学原则:正确的语法、逻辑发展、规则的格律、押韵、诗节、一致性、紧凑、多义和自控等。而主要地诉诸即兴和自发。与新批评派智性诗人恪守的人格面具相反,也与自白派诗人纯自我坦白不同,黑山派诗人将自我与非个性的自然融为一体。

奥尔森还创办了由克里利主编的《黑山评论》,吸引了不少青年诗人和艺术家。《黑山评论》最先对学院派发起攻击,在美国诗坛反响很大,虽然仅出版 7 期,但触动了许多诗人。1956 年因经费短缺,黑山学院停办。作为一个诗歌流派,黑山派诗人纷纷离去,诗派自动解散,但几位主要人物仍致力于创作“投射诗”。他们当中最著名的除了奥尔森、邓肯、克里利,还有丹尼丝·莱弗托夫等。这里重点介绍前两位。

奥尔森主张诗歌应既是高度能量的合成物又是高度能量的释放,在将音节、音响、诗行、意象等要素融为一体的同时,也要将诗人从社会和自然中获得的能量投射给读者;注重诗歌形式的自由开放,允许诗人追随自己片刻的心灵感受去大胆实验。这在其代表作《翠鸟》中有着鲜明的体现:

　　我想起了石块上的 E 字形,和毛的讲话
　　曙光
　　　　但是翠鸟
　　就在
　　　　但是翠鸟向西飞
　　前头!

它胸脯上的色彩
染上了炽热的夕阳!

诗中的结构松散,诗行即兴排列,长短不一,有时一个词也成了一行,颇有庞德和威廉斯诗歌的风格,也给读者留下了广泛的想象空间。

奥尔森认为耳朵、呼吸及心脏是比任何一本音韵学词典里所能找到的勾勾画画以及诗歌格律更能进行韵律分析的手段。除了听觉,呼吸是诗歌创作的第二位要素。奥尔森反对诗歌创作的一切传统格式,主张完全排除自我,提倡所谓客观主义,面对现实及世界,主张诗歌涉及历史、地质学、考古学、人类学。《食兔鸟》一诗也很好地体现了他的开放形式:

不止死亡一次。而是要死许多次,
不能积累,而在变化,反馈证实,反馈是法则
无人能第二次步入同一条河。

这首诗表明没有任何一件事物能准确和最终加以说明奥尔森在进行诗歌创作时对长诗情有独钟。而且,他的长诗也是结构自由松散,形式不拘一格的,诗行有长有短,还十分讲究语言的运用。《麦克西莫斯诗抄》便是这样一部系列长诗:

牙龈脱落,牙齿
　　就大了。鼻子就无所谓,
　　眼窝也不算回事
此刻,散热器
影子落在地板上
像母狼的乳房,整齐的一排
适于抚养
野蛮的孩子。
你会把它们都算进来,
……

在这首长诗中，诗人以公元4世纪的腓尼基神秘主义者为第一人称的叙述者，集中描绘了自己的家乡格洛斯特滨海小城的过去和现在。全诗结构松散，前后不连贯，灵活的句法中穿插了不少古词，诗意朦胧，神秘莫测。

邓肯在1956年接受奥尔森的邀请到黑山学院任教，自此正式成为"黑山派"的一员，并在其中发挥了重要的作用。邓肯是一名多产的黑山派诗人，认同并竭力支持奥尔森的"投射诗"论，并将人体的五官和心脏都纳入诗歌的创作过程。同时，他认为诗是生命的灵魂，其核心是爱，诗人应学会爱；诗歌的形式是由内容决定的，而要做到形式自由，就需要创作"开放型"诗歌。因此，邓肯的诗歌大多即兴而作，并将自己的真情实感充分融入诗歌之中。从内容方面看，邓肯的诗歌涵盖了古代神话、中世纪历史、古希腊哲学、基督教教义、犹太文学和印度文化，可谓包罗万象。另外，邓肯的诗歌内容常蕴含着丰富的哲理和浓郁的浪漫主义情怀，如他的名作《回到一片草坪》：

我常常被允许回到草场上
好像这是头脑的天生财富
某些疆界使它免于混乱
那是一块人们最早得到允许的地盘
事物实质的永恒征兆。

在这首诗中，诗人将草坪当作自己心中向往已久的自然圣地，它受到人们的保护，是一片世外之地，让人可以在这里自由自在地畅享，并感受到一份清静。同时，"这块草坪是'事物实质的永恒征兆'，结合奥尔森的'原野创作'，可见，草坪也是一个新的诗歌创作领域，展现了诗人的创作理论和美学原则"[①]。

---

① 唐根金，等. 20世纪美国诗歌大观[M]. 上海：上海大学出版社，2007：139.

二、垮掉派的诗歌创作

人们一般认为，打响美国后现代诗第一炮的是以艾伦·金斯堡(Allen Ginsberg，1926—1997)为首的垮掉派。金斯堡因写《嚎叫》出名，成为美国20世纪60年代叛离精神的代表。《嚎叫》长诗从语言、内容、结构方面都打破了第二次世界大战以前英美现代诗的原则，充分反映了20世纪60年代美国激进青年的思潮，形成垮掉派的风格。垮掉派诗歌又称为“节拍运动”或“敲打诗派”。“垮掉青年”对战后美国社会现实不满，又迫于麦卡锡主义的反动政治高压，便以“脱俗”方式来表示抗议。他们奇装异服，蔑视传统观念，厌弃学业和工作，长期浪迹于底层社会，形成了独特的社会圈子和处世哲学。

垮掉派诗歌是在“旧金山文艺振兴”的推动下诞生的。1955年10月，在雷克斯罗思的主持下，金斯堡、凯鲁亚克、斯奈德、威伦和菲尔林盖蒂等6名诗人在旧金山的6号美术馆举行朗诵会，听众达100多人。这被凯鲁亚克称为“旧金山诗歌振兴之夜”。它成了第二次世界大战后美国诗歌发展的转折点。不久，诗歌朗诵会在旧金山到处出现。诗歌走进了咖啡屋、博物馆和水族馆，有时一夜有三处朗诵会，它成了旧金山人文化生活的重要内容之一。1956年，金斯堡发表了《嚎叫》第二部分，虽仅13页，但立即成为读者抢购的畅销书。金斯堡对艾森豪威尔时代僵化的法规提出挑战，得到民众的认同。凯鲁亚克陆续发表了《在路上》和《达摩流浪者》，增强了垮掉派的声势。不久，垮掉派作家风靡全国，冲击了占美国诗坛主导地位的学院派诗歌。

垮掉派诗人生活放荡不羁，吸毒纵欲，对于社会习俗无所顾忌。垮掉派诗人又称自己为“Beat Generation”，约翰·克莱隆·霍姆斯在纽约《时报杂志》一篇文章“This is Beat Generation”里对“beat”一词专门作了解释：这词不只是令人厌倦、疲惫、困顿、不安，还意味着被驱使、用完、消耗、利用、筋疲力尽，一无所有的意思。这可是一语道破垮掉派诗歌的本质,如果去掉垮掉派诗人生活放荡的表面,人们发现垮掉派诗歌的实质是对脱离群众的艾略特式的学院派诗歌一次颇具规模的造反。这与解构主义反对一个中心论,追求无中心的多元思想相一致。同时,垮掉派诗歌在诗歌节奏上往往会有咒语似的独特诗歌节奏,给读者造成既惊诧不已又痛快淋漓的感觉。在语言上使用大量俚语、口语,也不避讳生动的污言秽语,从而烘托了垮掉派的行为方式。垮掉派强调自发创作,一切顺其自然,不加雕琢。同时,他们继承了林赛和桑德堡的传统,走上街头向民众朗诵自己的诗作,使美国诗歌走出象牙塔,接近平民百姓。这对第二次世界大战后诗歌摆脱困境、走进新天地具有重大意义。

垮掉派诗人除了最著名的艾伦·金斯堡和加利·斯奈德,还有肯尼思·雷克斯罗思、劳伦斯·菲尔林盖蒂、杰克·斯拜塞、菲利普·威伦、威廉·埃弗森、菲利普·拉曼西亚和格雷戈里·科索等。这里重点介绍金斯堡的诗歌。

金斯堡的诗歌创作,通常以其自身意识的流动为源泉,并借助自由体的形式和丰富的意象,对他所处时代的美国进行了猛烈的抨击,无情地披露了美国社会对美国最杰出的一些人的疯狂摧残,揭示了美国工业文明所产生的精神痛苦和绝望情绪;打破了传统的诗歌节律,不是以韵脚而是以呼吸或一个意象的长度来划分诗句,因而诗中充满了长句。这在其代表诗作《嚎叫》中有着鲜明的体现。

《嚎叫》全诗由三部分组成。第一部分是“垮掉的一代”的一幅画像:

　　我看见我们这一代的精英被疯狂毁灭,饥肠辘辘赤身露体歇斯底里,拖着疲惫的身子黎明时分晃过黑人街区寻求痛快地注射一针,

　　天使般头脑的嬉皮士们渴望在机械般的黑暗中同星光闪烁般的发电机发生古老的神圣关系,

　　他们穷困潦倒衣衫褴褛双眼深陷在只有冷水的公

寓不可思议的黑暗中吸着烟昏昏然任凭夜色在城市上空飘散冥思着爵士乐。

……

这一部分首先表现的是金斯堡和“垮掉的一代”等被疯狂摧残的一代精英的生活状况：堕落、颓废、绝望，诅咒自己命运不佳；其次表现出这些人对深刻见解的不懈追求：他们坐在非凡的黑暗中，向上天表白心迹，经历梦想、幻觉、非凡的顿悟，在头脑里雷鸣电闪，照亮时间的世界；最后表明这些人有些自命不凡，相信“天生我材必有用”，他们要创造历史，他们不落窠臼，决心在文学上走出新路，要创作出一种让后人铭记的诗歌来。

第二部分中绝望的情绪有增无减，同时诗人积极寻找着使他们濒于绝望的根源——美国现代文明。这一部分集中抨击了美国的机械文明，金斯堡称为“莫洛克”。

第三部分是诗人献给朋友卡尔·所罗门的。

全诗一气呵成，每一诗句至少一两行。长者达五六行，中间极少停顿，像第一部分只有末尾唯一的一个句号。语音上，金斯堡博采众家之长，吸取了布莱克、惠特曼、麦尔维尔、威廉斯以及哈特·克利恩的风格，从而锻造出自己那高度“合金”的诗歌语言。特别是日常口语甚至不见经传的粗俗词汇都堂而皇之进入他的诗里。金斯堡为了使诗获得最佳的音响效果，在形式上首先大胆师法惠特曼气势磅礴的长句，其次不断重复相同句型——即“Who”引导的定语从句，在诗的第一部分中重复达60次之多——从整体上打破了正常的语法结构。这使人感到此诗像一首慷慨激昂的演说辞，语气声嘶力竭，气宇轩昂，节奏铿锵有力、掷地有声。全诗的基调是立足在“愤怒”二字上的，诗人运用了无数个意象来表达这种愤怒。同时，诗中充满了触目惊心的、刺耳的、赤裸裸的粗俗语言，从而更好地将美国的黑暗以及知识分子的愤怒衬托出来。

三、自白派的诗歌创作

自白派继垮掉派之后向艾略特的形式主义诗歌提出挑战，成为20世纪50年代中期至60年代一个成就显著的诗歌流派。如果说垮掉派公开大吵大嚷地对抗社会习俗，那么自白派则是静静地不约而同地破坏社会传统。自白派从来没有打旗号、写纲领、发宣言或建立像黑山派那样的区域性组织，也没有像奥尔森这样的领袖人物。自白派诗人独立性强，只是差不多在同一个历史时期，以差不多相似的美学趣味，创作了毫无保留的自我坦白式的诗歌，自发地形成了自白派诗歌运动。自白派诗的真正目的是剖析心理现实，剖析自我和自我体验与世界之间的关系。自白派诗人热衷于表现自我，坦露自己精神上的苦闷。他们往往在诗中尽情地宣泄受压抑的情绪，构建现代的"自我"神话，向读者揭露种种痛苦的真相，将美国政府所支配的社会、追求物质的时代和侵略战争的灾难作为痛苦的根源而加以责难。自白派诗人主要包括罗伯特·洛厄尔(Robert Lowell,1917—1977)、W. D. 斯诺德格拉斯、约翰·贝里曼、安妮·塞克斯顿、西尔维娅·普拉斯等。其中，洛厄尔是自白派的主将，下面重点探讨他的自白派诗歌。

洛厄尔是波士顿的名门之后，但从小就决心当诗人。他早年追随泰特、兰塞姆等新批评派诗人，模仿英国玄学派诗人，注意严谨的格律音韵，使用大量的基督教和古典文学方面的典故，内容比较艰深。但在20世纪50年代后期，受威廉斯的影响，也受垮掉派诗人的感染，决心改变诗风。他采用日常生活的语言和结构，注意借鉴口语的节奏，诗行短而明快，多为自由体。这时期的代表作是诗集《人生研究》。在《人生研究》中，诗人巧妙地运用了"双重自我"，分别从"儿童时代的我"和"成年的我"两个角度，对自己的父母和祖父母一家以及自己童年的生活遭遇和心路历程，特别是自己内心的痛苦和感情危机进行了坦率且赤裸裸的表述。《人生研究》由四个部分组成。第一部分概述了诗人早期诗作中的社会和宗教主题。第二部分用散文形式写成。诗人回顾了他的家庭和青少年时代,带有反讽气息。第三部分涉及对诗人有直接影响的四位作家:福特·麦多克斯·福特、桑塔雅纳、德尔莫尔·施瓦茨和哈特·克莱恩。他们的经历和作品曾经影响了洛厄尔。诗人对他们十分崇敬。第四部分就是书名《人生研究》。这是诗集中最重要、最引人注目的部分。诗人以诗的形式回顾了他的身世、他的父母和祖父母以及他的童年。最后以那描绘他亲身的坎坷经历的四首诗结束。比较有意思的是那最后一首诗《臭鼬出没时》,诗人献给他的密友、女诗人伊丽莎白·毕肖普。这是诗人的得意之作。诗人通过缅因州某小镇的变态,描绘了时代精神和社会风尚江河日下的衰败景象。他悲观地疾呼:"我自己是个地狱!"

《人生研究》将诗歌和散文融为一体,写成无韵体自由诗。洛厄尔挑战艾略特的形式主义诗风,推崇民族化的诗人威廉斯。他强调作诗应坦率地表白个人的内心活动,以平静的姿态发泄对社会恶习和旧文化残渣的不满。《人生研究》自传性很强,富有诗人个性。语言通俗易懂,韵律流畅,意象繁多,节奏明快,感情真挚。诗人以惊人的自白陈述了个人内心的痛苦、迷惘狂躁欲望和愤懑,以此拉近了与读者们的距离,引起他们内心的共鸣。

四、纽约派的诗歌创作

所谓纽约派,主要指由一群与"纽约"有这样那样联系的诗人、画家、音乐家组成的一个非正式的团体,它形成于1950年前后的纽约城,而真正作为一个派别出现并引起广泛重视则是在1960年。是年,唐纳德·艾伦出版发行了其著名的《当代美国诗歌选集》,弗兰克·奥哈拉(Frank O'Hara,1926—1966)、阿什贝里、格斯特和舒亦勒等纽约派主将脱颖而出,引起读者与评论界的广泛关注,他们通过对友谊、艺术的融合和对生存状态的思考与联系而形成一个派别,以超然物外的态度来看待整个世界的同时又对个体的存在怀有平等的尊重与同情之心。他们在“永远合作”的口号下演绎成地道的美国本土文化的一部分，高举反传统、反成规戒律的大旗开始个性化的诗歌创作。他们通过对日常生活戏剧化和滑稽幽默的刻画，向读者呈现自己对世界的观感认识。非写实性、抽象拼贴、口语(甚至俚语)化和荒诞不经、插科打诨的幽默感是纽约派鲜明的特点。纽约派的诗歌创作深受法国诗歌和绘画的影响，对超现实主义和达达派艺术也怀有浓厚的兴趣，主张用自由开放的形式写诗。这里重点探讨奥哈拉的诗歌创作。

奥哈拉早期的诗歌并不成功，直到 1964 年《午餐诗》才使他成名。奥哈拉认为诗是重新认定真理和价值的主导者，不是储存真理和价值的容器，诗人应描写直接的感受和事物的特性，并将语言融入自己的情感中。他做过许多实验，写过各种各样的诗如田园诗、十四行诗、散文诗、哀歌、颂歌和恋歌等。他的诗风灵活多变，随心所欲，很有弹性。奥哈拉在进行诗歌创作时，主题往往取自周围的人和事，还常常将使他产生创作激情的环境以及自己的心理活动直接写入诗中，如《为什么我不是画家呢》。在该诗中，诗人用诗句将自己的日常生活及心理活动生动地展现在读者面前，从而向世人展示自己与传统不同的诗歌创作倾向。

奥哈拉的诗歌也运用了即兴、开放的结构，往往在平淡中透出深刻的哲理，在幽默机智中透出梦幻感和荒诞感，这既突出地表现了他的个性，也开创了反文雅反高贵的诗风，如《今天》：

> 哦！袋鼠，金币，巧克力苏打！
> 你们真美！珍珠，
> 口琴，胶糖，阿司匹林！所有
> 他们经常谈论的素材
> ……

诗中这短短的几行就包含了诸如巧克力、苏打、胶糖、珍珠、阿司匹林这样琐碎的事物和词语，从而大大拓展了诗歌对经验的吸取能力与范围。

纽约派最具影响力的代表诗人几乎无一例外的都是后现代诗派的重要作家。诗人奥哈拉对传统的背离、对“拼贴画”的运用与拓展,以及对东方诗美的借鉴与融合都充分体现出美国后现代主义的特点与诗学风格,尤其其诗作中对东方诗美的钟情与运用更是达到了神奇的效应,如他那首脍炙人口的名篇:《致约翰·阿什贝里》。短短的诗行中,中国诗词的元素随处可见。通过杜甫的《茅屋为秋风所破歌》以及白居易的《卖炭翁》,分明可以看出诗人对现实的批判与悲愤之情。而这样的悲愤之情传达至奥哈拉的笔下,顷刻间又被转化为对挚友的依依不舍之意:“你凋落,像花卉。”显然,这位天马行空、最不讲究韵律的率性诗人,竟也在《月宫嫦娥》合辙押韵的借鉴中,使这首短诗有别于其他即兴创作的诗句而显得韵味十足。奥哈拉的诗作充分体现了后现代主义诗歌的艺术特色和“不确定性”的理论体系。他在创作过程中继承、传扬、拓展了后现代主义的诗学观,诠释了后现代主义诗歌赖以生存的诸多因素和具体特征,通过借鉴这一流派的创作技巧,他不仅成为一名善于模仿的卓越诗人,而且还成了一位富有独创精神和后现代诗学风格的门派领袖。

五、黑人诗人的诗歌创作

黑人诗歌一向具有自己鲜明的特点,它不但肩负着弘扬黑人民族的历史文化、反映黑人民族的呼声的重任,同时,它也是美国诗坛乃至美国文学中一个必不可少的组成部分。第二次世界大战后美国黑人诗歌有了新的进展。模仿爵士乐节奏的自由诗成了新时尚。“哈莱姆桂冠诗人”兰斯顿·休斯继续发表新作,如《问你妈妈——爵士乐12式》。20世纪50年代末至60年代,黑人反对种族歧视、争取自由平等的运动仍然此起彼伏,不断高涨,黑人自主意识得到进一步加强,黑人诗人在思想上普遍变得更为成熟。他们的视野更加开阔,对各种问题的看法也更加全面和趋于理性。在对诗歌创作的态度上,他们仍一如既往地坚持兼容并蓄、继承和创新相结合的方针,不但继续发扬光大前辈黑人诗人的诗歌创作经验,还自觉地融入后现代主义的潮流。这个时期,一批青年黑人诗人应运而生,如仓库工人出身的查尔斯·安德森、埃瑟里奇·奈特、唐·李和厄姆伯拉书社的大卫·汉德森、罗兰德·斯聂凌斯、伊马莫·阿米里·巴拉卡以及女诗人格温多琳·布鲁克斯(Gwendolyn Brooks,1917—2000)等。他们继承先辈的传统,愤怒地控诉种族歧视和社会对黑人的迫害,反映黑人的不幸遭遇和抗暴斗争,同时努力追求更完美的艺术形式,采用节奏感强、诗行短的爵士乐式的诗歌形式,像战斗的鼓点打动了读者的心。他们的诗作出现了前所未有的热销场面。获得普利策奖的第一个黑人诗人布鲁克斯,其主要诗作有《布朗士维尔一条街》《食豆的人们》《诗选》《在麦加》《暴动》《家庭画像》《孤独》和《上岸》等。她继承"黑人文艺复兴"的优秀传统,推崇艾略特和庞德的现代派诗艺,受到他们的影响,讲究韵律和节奏,善于描写黑人青年男女和儿童的悲惨遭遇,指出贫民窟环境对他们的腐蚀。后期,她参加黑人进步团体,组织诗社,写出更有战斗性的诗篇。她采用爵士乐的节奏,将黑人民众的口语引入诗篇,其自由诗深受读者的喜爱。

当然,还有一些诗人,如理查德·威尔伯、詹姆斯·梅里尔、安东尼·赫克特、丹尼尔·霍夫曼、A. R. 阿蒙、约翰·霍兰德、莫娜·万德温等,虽然没有加入上述几个诗歌流派,但改进了形式主义诗歌的技巧,悄悄地加以利用和发展,坚持以前严格的标准,将 20 世纪 40 年代复杂的艺术形式和大学的学术训练,与 60 年代新的创作活力和社会现实结合起来,取得了突出的成就。他们的诗作拥有大量读者,为第二次世界大战后美国诗歌宝库增添了不少珍品。

第五节　田纳西·威廉斯等人与戏剧的新发展

第二次世界大战结束后,美国戏剧继续保持此前的发展势头,剧作家们在秉承传统的基础上,在主题与艺术风格上又有大胆创新,进入一个对欧洲戏剧技巧吸收、提高和创新的时期。田纳西·威廉斯(Tennessee Williams,1911—1983)、阿瑟·米勒(Arthur Miller,1915—2005)和罗伯特·阿尔比以全新的姿态在戏剧界出现。他们的作品不论在思想内容上或艺术技巧上,都远远超过早期比较粗糙的戏剧实验。他们特别注意将现实主义或自然主义与表现主义创造性地融为一体,展现了美国戏剧的新面貌。其中,威廉斯把注意力投向社会弱势群体,着力体现他们屡受挫折后的沮丧、失望,甚至疯狂。在这个大主题下,威廉斯揭示了人们之间感情冷漠、关系复杂和缺乏理解的现实。他的剧本也反映了他的家乡——美国南部的社会情况和当地人的生活状态。米勒以关注美国社会生活和道德问题著称,被誉为“美国的易卜生”。阿尔比的戏剧以思想激进、艺术前卫而著称,他善于用荒诞的形式揭露社会问题,被称为“恶魔式社会批判家”。限于篇幅,下面重点探讨威廉斯、米勒的戏剧。

一、田纳西·威廉斯的戏剧创作

威廉斯出生于密西西比州哥伦布市,12岁随全家移居圣路易斯城。1929年,他入密苏里大学学习,业余开始戏剧创作。1957年,他在衣阿华大学毕业,同年发表了第一篇署名威廉斯的短篇小说。1940年,戏剧协会在波士顿上演他的《天使的战斗》,但演出失败。1944年,他的自传体剧作《玻璃动物园》问世,大获成功,被评为年度美国最佳剧本,获得了纽约评论俱乐部奖,这使他名声大噪。此后还发表了剧本《欲望号街车》《夏天与烟雾》《玫瑰黥纹》和《牛奶车不在这儿停了》等。威廉斯剧作中经常突出的人物是一个孤独的、脆弱的女人，她的生活毫无安全感。此外，剧作中常出现的人物还有迥异于周围其他人的“局外人”、对可怕的生活看得最透彻的人、身心畸形的人、精神不正常的人，还有逃避现实者，他们面对世界的冷漠无情感到惶恐。威廉斯的写作技巧非常精妙，尤其对人物性格的刻画牵动人心，语言也简练、生动，富有诗意。他对“疲塌的现实主义戏剧”感到不满，在自己的作品中运用了语言、视觉和听觉上的象征主义手法，尝试了文学和戏剧表演方面的多种表现主义技巧，包括特殊的背景、音乐的烘托、不寻常的声响和灯光效果等，引导观众洞察掩藏在表面现象之后生活的本来面目。下面就威廉斯的代表作《玻璃动物园》进行探讨。

《玻璃动物园》讲述的是一个被丈夫遗弃的妻子和她的两个孩子的故事，她为了孩子能有一个好未来，对他们进行超出其承受能力的严厉管教，为他们设计工作和婚姻，结果，她什么也没能改变，却给他们带来精神上的伤害。故事情节很简单：在一处下等中产阶级聚居的公寓大楼里，住着一家 3 口人——阿曼达·温菲尔德夫人以及她的女儿罗拉和儿子汤姆。阿曼达的丈夫已离家出走，腿瘸的女儿罗拉心灵脆弱，羞于见人，躲在家中与玻璃动物为伍；儿子在一家鞋厂仓库工作，全家生活相当清苦。阿曼达意识到了她这个家庭已经到了崩溃的边缘，但她并不气馁。当然，她也惶恐地感到，眼前虽然还有个家，但不会存在很久了，一旦儿子出走，她自己衰老，这个家就名存实亡了，到那时没有自立能力的女儿罗拉就会成为无家可归的人。罗拉纤弱苍白，文静温柔，就像她收集的玻璃动物制品一样，透明晶莹、小巧玲珑但容易破碎。她用逃避与欺骗的方法，斩断一切与现实的联系。只有在摆弄那些极易受伤害的玻璃动物时，她才找回一些慰藉。汤姆也很痛苦，他极富想象，爱好文学创作，然而他所从事的是世界上最平淡、最乏味的工作。于是，他离开家，宛如浮萍到处漂泊。《玻璃动物园》所写貌似日常琐碎事情，全剧始终未发生过重大事件，但掩卷闭目，人们又觉得很有很多动人之处。“逃避现实”乃是该剧的主题。最终，读者可以看到阿曼达和罗拉都有快活的时候，证明已经实现逃遁，而汤姆却失败了。在这一剧本中，显示了威廉斯对年轻人成长经历的关注，虽然他们有进取心，但环境、责任和经济条件的限制给他们设置了重重障碍。在该剧里，威廉斯突破了现实主义框框，运用不同艺术手段制造出了一种“不真实”的气氛，写成了一出“回忆剧”。剧作家运用故事叙述人（同时又是剧中的主要人物之一）对往昔的回忆，把故事发生的时间拉回到美国因经济危机而造成民不聊生、生灵涂炭的20世纪30年代，这就为这出家庭悲剧提供了一个广阔的社会背景，增强了悲剧气氛。

二、阿瑟·米勒的戏剧创作

米勒出身于纽约的曼哈顿区的一个犹太移民家庭，父亲是一个女衣制造商，母亲是教师。米勒童年时家境富裕，生活舒适，但后来的经济大萧条使父亲破产，全家被迫搬迁到贫穷区布鲁克林。1932年米勒中学毕业就开始到社会谋生，积攒上学的费用，1934年如愿以偿地进入了密歇根大学，学习之余开始创作剧本。大学毕业后，米勒加盟政府主导的“联邦戏剧项目”。1940年，米勒的《吉星高照的人》在百老汇上演，从此，米勒开始涉足百老汇戏剧界。1947年，《全是我的儿子》在纽约市上演成功。1949年2月10日，《推销员之死》公演于纽约莫罗斯科剧院，连演了742场，获得评论界和观众的一致好评，甚至在欧洲引起了轰动。该剧作通过推销员威利·罗曼一生的坎坷经历和有产阶级残酷剥削雇员的严峻事实，对美国流行的价值观、人生理想和家庭伦理秩序提出质疑，揭露了所谓的“美国神话”的欺骗性和对普通民众心灵的毒害。剧中的威利已经63岁，为公司推销商品达36年之久，到了晚年他跑不动了，就被老板解雇。他对此想不通，眼看毕生一事无成，格外烦恼。两个儿子比弗和哈皮也很不争气，但威利还对他俩抱有幻想，给了儿子一些本钱，比弗用来搞投机，去了波士顿。威利去波士顿发现比弗生活浪荡，无所作为，回家和他打了一架，但最终又被比弗的眼泪软化了。威利去和非洲发财归来的哥哥班商量后，觉得自己死了比活着好，便决定撞车自杀，骗取 2 000 美元的人寿保险金来给比弗做生意。在葬礼上，他过去打交道的商界朋友一个也没有出现。而哈皮则决定走父亲的老路，去征服世界，去实现成功梦想。《推销员之死》思想深刻，首先，作者通过威利一生的悲剧，揭露了所谓美国神话的欺骗性，以及商业文化对普通民众价值观的负面影响。其次，作者让观众从普通人的遭遇中看到令人震撼的悲剧力量，体味出与自己身份和处境相类似的现代社会悲剧英雄的凄凉心境。《推销员之死》结构紧凑简捷，精巧明快，全剧只有两场，故事只发生在一天两晚之间，然而，作者能让观众看到威利一生的悲剧发展和他两个儿子的成长历程，看到 20 世纪三四十年代美国普通人家的不同画面。这主要得力于作者对舞台表演区域的设计和闪回手法的运用。尤其是曼哈顿饭店父子三人见面的戏，真实与幻觉交替出现，是电影手法在戏剧舞台的成功运用，现实主义和表现主义互补交融。

第八章　越南战争以后的美国文学

1955 年，美国为了实现自己的亚洲战略，再次踏出了战争的步伐，将枪口对准了越南，试图将越南南方变为自己的殖民地。这场旷日持久的战争最后以越南胜利而告终。自由民主一直是美国人引以为豪的社会文化，其自由平等、天赋人权、民主独立的观念一直深入人心。但在越南战争之后，这种自由民主文化受到了前所未有的挑战，民众大规模的质疑引发了强大的认同危机，自由主义衰退。可以说，在这场违背人道主义的战争中，美国失掉了民心，国内对战争的反对呼声此起彼伏，相继掀起了各种民权运动、黑人运动、女权运动。越南战争还催生了以嬉皮士为代表的反文化运动，他们要冲破束缚，挑战权威，反对社会传统的一切生活方式，对年轻一代产生了深远的影响。与此同时，受战争的影响，欧美知识界和文艺界各种思潮涌动，新的学说和理论层出不穷、交互作用，从荣格的心理学理论到存在主义、从柏格森的直觉理论到抽象表现主义，这些都很快影响到美国的文学创作。在这种情况下，美国社会上出现了一股股强烈要求改变社会秩序和文化的思潮。美国文坛又开始活跃起来，出现了一批爱思索的作家。在他们眼里，美国的社会变得十分复杂，价值观念混乱。他们普遍感到不知怎样解释这样的现实，于是便通过怪诞、幻想、夸张的方式，再现生活中的混乱、恐怖和疯狂。他们表现的是没有目标与方向的梦境世界，讲述的是支离破碎的故事，描写的是“反英雄”“性爱”，甚至是不完整的形象。作为在文学领域的反映，各种创作思潮、文学观念精彩纷呈，其中重要的有融合心理展现与现实描摹的心理现实主义、东西方文化碰撞下的华裔小说、印第安土著文化的变革以及戏剧的多元化发展。

第一节　心理展现与现实描摹的融合：心理现实主义的诞生

美国心理现实主义文学由 19 世纪末期亨利·詹姆斯开创，到了 20 世纪下半叶，其在小说领域也有了突出的发展。心理现实主义小说注重通过对人物心理上的描写以反映人类社会的精神演变过程，是现实主义和现代主义心理描写手法结合的产物，最具代表性的作家是约翰·厄普代克(John Updike,1932—2009)和乔伊斯·卡罗尔·欧茨(Joyce Carol Oates,1938—　)。

一、约翰·厄普代克的小说创作

厄普代克出生于宾夕法尼亚州小城里丁，父亲是中学数学教员，母亲颇有艺术才华，倾心写作。这给幼年的厄普代克很多熏陶。他从小就对绘画和写作感兴趣，中学时就时常给当地报刊写故事，1950 年入哈佛大学，在校期间主持学校的一本幽默杂志。厄普代克自 1955 年起供职于《纽约客》杂志社，并常为该杂志撰稿，包括喜剧色彩很浓的诗歌、几部长篇小说和短篇小说。1957 年他辞去在《纽约客》杂志社的工作，潜心从事创作。该杂志一向以对各阶层人的风俗、举止的体悟与描写而著称于世。但厄普代克并未被这种传统所左右。他专事创作后的作品无论在内容上还是在风格上都超越了《纽约客》杂志的范畴。厄普代克是 20 世纪下半叶美国最多产和获奖最多的作家之一，出版小说、诗歌、评论集和短篇小说集数十部，仅长篇小说就达 19 部。他的各种作品曾多次获得国内外各类奖项，囊括了几乎美国国内授予文学创作的所有重要奖项。从 60 年代开始，厄普代克几乎每隔一段时间总有一部小说问世,而且几乎每次都会引起文坛反响。2009年,厄普代克去世。

厄普代克的作品常以郊区中产阶级白人的生活为题材,描写普通中产阶级的生活,尤其是写他们的日常生活,但由此而展示的画卷丰富多彩,涉及从社会政治到伦理道德,从个人行为到文化传统等各个方面。由家庭风波而产生的道德观念的冲突,对性爱的迷恋及其产生的问题等,构成了厄普代克许多小说人物行动的主要内容。他深感当代社会支离破碎,道德沦丧,物欲横流,但他拒绝接受这一现实。他对美国社会生活令人窒息的极端物质主义深恶痛绝,并努力在这种无意义的社会生活中发掘出一定的意义来。在他的小说中,最能说明这一点的是"兔子"五部曲。他笔下的人物兔子哈里已成为当代美国文学中的经典人物。

厄普代克的代表作"兔子"五部曲:《兔子,跑吧》《兔子,回来》《兔子,富了》《兔子,安息》以及《兔子,复活》。20世纪60年代初出版第一部,所反映的是美国20世纪50年代的社会生活画面。过了十年,他又写出第二部,反映20世纪60年代美国的社会状貌。又过了十年,已是20世纪80年代,他写出第三部,主要写20世纪70年代的生活情况。进入20世纪90年代,他感到小说系列应收尾了,于是把"兔子"安排在一次剧烈活动中因心脏病发作而死掉了。21世纪开始后,他又感手头发痒,终于还是忍耐不住诱惑,写出第五部。所以"兔子"五部曲实乃美国半个世纪以来的社会发展风物图。五部曲的情节相互连接,丝丝入扣。

《兔子,跑吧》的主人公是一位26岁的名叫哈里·安斯特朗的年轻人,绰号"兔子"。故事开始时,他是一家公司的推销员,专门推销一种厨用削刀。他的妻子詹妮斯是个家庭妇女,可不善理家务事,整天看无聊的电视节目,还酗酒,把家里弄得乱糟糟的。有一天,哈里回家发现已经怀上第二个孩子的詹妮斯邋遢臃肿,只顾自己看电视,不把两岁半的儿子从他父母家接回来。哈里只得自己去接儿子,但心中郁闷,转而开始他"逃跑"的历程。在逃避现实的过程中,他结识了妓女露丝,并在那里居住下来。两个月后詹妮斯分娩，哈里又回到她身边，但不久又跑了。第二天，詹妮斯不慎把出生不久的女儿淹死在浴盆里。哈里在葬礼上因不承认自己的过错，引起众怒，再次跑掉。他回到露丝那里，得知她已怀孕。哈里这时仿佛陷在一张大网里，为逃避现实，他又“跑”了。工作不如意，与家人和朋友的关系不和谐，“兔子”于是跑个不停，不断地更换工作、朋友和女人，他似乎在寻找什么，但他究竟在找什么，找到与否，读者到书的末尾也不得而知。以后通过阅读其他续集，才了解到他没有找到任何东西。小说的背景是 20 世纪 50 年代的美国，那时美国开始进入富裕社会，但社会气氛相对保守、沉闷，是一个思想趋同的时代。兔子哈里离家逃跑在一定程度上表现了对社会的反抗。厄普代克并没有把哈里塑造成一个有着明确目标和理想的反抗英雄。相反，一方面表现哈里对现实生活不满，另一方面表现他不知道要寻找什么，只是一味地逃跑。

第二部《兔子，回来》中，哈里已是 36 岁，他的家庭生活又一次陷入困境。这次是詹妮斯离家与同事斯达福罗司同居。一天，经黑人同事介绍，哈里把 18 岁的富家女、嬉皮士吉尔带回家同居，吉尔继而引来黑人青年斯基特，两人发生性关系，被白人邻居发现，招致指责。结果，哈里的房子被人纵火烧毁。斯基特逃脱，吉尔被烧死。哈里的妹妹米姆从外地回来，调解了哈里和詹妮斯的关系，使他们重归于好。小说写的是一个动荡不安的社会，越南战争，校园革命，黑人民权运动，科技突飞猛进，阿波罗号飞船登上月球。思想保守的白人，原是富家子女的嬉皮士和有着激进思想的黑人青年混住，这本身就表现了 60 年代美国特殊的社会和文化现象，即现存秩序的崩陷。

在《兔子，富了》里，哈里因继承岳父产业而富起来，身体发胖，生活平稳、快活，但和妻子时有不快。一个女孩突然出现，他怀疑是他和露丝的私生女，但露丝否认。上大学的儿子纳尔逊似入迷途，开始吸毒，他百般努力才把他送回学校去。最后，纳尔逊的女儿出世，兔子哈里当上了爷爷。在这部小说中，厄普代克又回到以描写家庭风波和日常生活为主的故事，但同样扣住了时代的特征。富起来的哈里俨然成为中产阶级的一员，高尔夫、游泳俱乐部、家庭聚会、度假等已成为主要的生活方式。但哈里的心态是矛盾的，一方面他感到满足，他与詹妮斯的关系也日渐融洽；可是另一方面，富裕的生活并不能抹去平庸的感觉，内心并不感到充实。他又想到了自由，坚持要搬出岳母的房子，购置一所自己的住处。他还想寻回自己与露丝的女儿，甚至还时时感到死亡的阴影。所有这一切说明他心中仍有追求的冲动，但这些冲动被日常生活的平庸、琐碎和无休无止的风波和冲突一一消解了。

1990 年出版的《兔子安息》中，哈里已 56 岁，心脏不好，被妻子和儿子所逼，处于半退休状态，吃垃圾食品，和儿媳乱搞被妻子捉住，后来和一个男孩玩耍篮球时发病去世。这本书也围绕着家庭风波展开，与前书不同的是，作者在描写日常生活场面的同时，加入了人物的政治特征。小说从一个家庭的侧面，表现了美国社会在一个特定的历史时期面临的种种问题和一些普通人的心理和思想状态。

在《兔子，复活》中，通过家人的回忆，哈里似乎又回到了人间：他的妻子和罗尼结婚，罗尼评论美国总统克林顿的话“他对我们撒了谎”，成为社会上风行的时髦话；哈里的儿子成为一个精神病咨询医生，他的私生女不得不时时听罗尼侮辱她父亲的语言；哈里在这些人的谈话中时隐时现，仿佛又复活了。

总体来看，哈里这个人在美国中产阶级社会中是个无足轻重的人物。他是蓝领阶层的一员，“兔子”这个绰号表明其性格的两个特点：难以自控的性欲以及在社会上的小人物地位。哈里总是感到性饥饿的搅扰，总是充满不知如何处置的精力和能量。他和兔子一样，总是在寻觅什么，又总是忙于逃脱什么。“兔子”的问题在他的时代具有相当的代表性。厄普代克在这里表现的乃是一个生活在深渊边缘上的人的画像，没有任何心灵援助，环境冷酷而无法获得恩典和拯救的希望。

总之，厄普代克叙述的虽然是普通人的故事，但反映的是整个时代的社会特征。在许多故事情节和人物的身上隐含了时代特定的文化和社会现象，准确而细腻地反映了近半个世纪美国社会的价值观念的变迁发展。

二、乔伊斯·卡罗尔·欧茨的小说创作

欧茨出生于纽约州的乡村。童年时期阅读《爱丽斯漫游奇境记》，颇受影响。高中时对梭罗的《沃尔登》和陀思妥耶夫斯基的作品很感兴趣。欧茨17岁入锡拉丘兹大学，接触到福克纳、卡夫卡、弗洛伊德、尼采、麦尔维尔以及托马斯·曼等人的作品。她如饥似渴地阅读文学、哲学及心理学方面的书籍。大学期间，她的短篇小说《在过去的世界里》获《小姐》杂志举办的大学生小说一等奖。欧茨1960年获学士学位，1961年在威斯康星大学获硕士学位。正当她在赖斯大学读博士学位时，偶然发现她的一篇短篇小说被选载在一本《美国最佳短篇小说集》里，这使她下决心停学，悉力进行文学创作。1962年，她移居底特律市教英语，这个城市成为她许多作品的故事背景。1967年，欧茨到加拿大安大略市温莎大学任教，讲授文学与心理学、现代世界文学及文学创作。后来她到美国普林斯顿大学任驻校作家。

欧茨是一个多产的作家，她的作品包括小说、诗歌、散文、文学评论等几十部，真可谓著作等身，尤以小说创作最为突出，诸如《他们》《奇境》及《随你拿我怎么办》等作品均为脍炙人口之作。她从一个传统的现实主义作家开始，逐渐吸取了现代派的一些技巧，特别注重刻画人物的心理状态，从而更有力地反映了现代人的精神世界。由于在小说创作方面令人瞩目的成就，她赢得了文学评论界的普遍好评和一系列的文学大奖。1978年她被选为美国文艺协会成员。1996年，欧茨凭借其大半生的文学成就获得了作家笔会奖。

欧茨是坚持现实主义传统的社会小说家。她描写现代社会生活中普通人的恐惧和不安。出现在她作品中的人物形象有工

人、女学生、商人、教师和牧师等。欧茨的许多作品中都有"暴力"内容的描写。这是她创作的一个特点,也是读者关注的一个热点。小说《他们》中有关凶杀、殴打、吸毒、卖淫的情节使读者常有凶险之感,当然,这种感觉又是与底特律20世纪60年代动荡中的社会环境十分契合的。这部小说时间横跨1937年至1967年的三十年时间,背景设在底特律,讲述了一个贫困家庭中两代人的悲剧。小说中的三个主要人物——母亲洛雷塔、儿子朱尔斯和女儿莫琳三个人的命运交织在一起。故事发生在20世纪30年代底特律的一个贫民窟,这里充满了贫穷和暴力。

洛雷塔在一家洗衣店干活,家境不好,母亲死了,父亲失业又酗酒如命,她的哥哥布洛克刚满20岁,神经质,十分古怪,自称已经厌倦了一切。尽管家中的情形令人心寒,整个社会又处于经济大倒退之中,一切都显得毫无生气,但洛雷塔此时正堕入情网,对此并不在意。布洛克回家吃饭,洛雷塔无意中发现他口袋中藏有一支手枪,她为此感到不安。洛雷塔干完家务后,被男朋友伯尼·马林邀请一起去他哥哥家里,那儿正有一个晚会。正当这些男男女女玩得高兴之时,一辆警车呼啸而来逐走了这群人的好梦,大家吓得作鸟兽散。伯尼随着洛雷塔来到了她的家,他们紧紧地拥抱,不久便进入甜蜜的睡梦中。也不知过了多久,洛雷塔突然被一声尖利的巨响惊醒了。她在惊恐之中发觉是哥哥布洛克一枪打死了躺在身边的伯尼·马林。这场飞来横祸把洛雷塔吓呆了。布洛克作案后夺路而去。洛雷塔急急地出了家门,匆匆地来到朋友丽塔家里。丽塔得知她的情况后,给了她一点钱,让她换了衣服。洛雷塔从丽塔家里出来,旋即撞上了一个叫霍华德·温德尔的值班警察,她撑不住了,报案自首。霍华德把她带到出事的房间,一边为伯尼·马林的惨死感到震惊,一边又情不自禁地同情起这个可怜的姑娘,由此乘人之危当场又奸污了洛雷塔。洛雷塔怀孕了,她与霍华德结了婚。她搬到城里同他住在一起,她的青春年华也随之宣告结束。面对日渐衰败的生活,她抱怨、愤怒。战争爆发了,丈夫被征入伍,洛雷塔带着两个孩子在乡下居住了一段时间，之后回到了城里。迫于生活，她不得不靠做妓女以维持生计，而且还经常受到警察的欺凌。战争结束了，丈夫回家了，但是他已经变成了一个酒鬼，经常酗酒后就把她毒打一顿。后来丈夫在一次事故中去世，洛雷塔则嫁给了另外一个男人。小说到这个地方，洛雷塔出现的次数就越来越少了，她的两个孩子逐渐成为故事的主角。

洛雷塔的儿子朱尔斯12岁那年开始萌发了性意识。他初恋的对象是修女玛丽·查尔姆，即妹妹莫琳的老师。放学后他去一家杂货店打工赚些零花钱。虽然他也常常做忏悔，但总是隐藏内心最黑暗的东西如偷盗、迷上修女、打架等。他曾打算去上玛丽的钢琴课但终未成功。为了弄大钱，朱尔斯开始想偷些大件的东西如无线电等，整天吊儿郎当地晃来晃去。为了逃避上学，他宁愿陪祖母去看病，在无聊、拥挤的公共医院里泡上一天。虽然他还年轻，内心里却强烈地向往着华贵的生活。后来朱尔斯认识了一个黑社会老大，并结识了他的侄女娜丁。两个年轻人私奔到了美国南部。后来朱尔斯不幸患上严重的流感，陷入昏迷，于是娜丁不得不返回家中，遵从家人的意愿嫁给了一个有钱的律师。朱尔斯幸运地活了下来，也回到了北方。一次偶然的机会，两个人相遇了，于是相约在一家旅馆见面。绝望的娜丁为了能与朱尔斯永远厮守，就先开枪击中了朱尔斯，然后自杀。但是朱尔斯再一次逃脱了死亡的魔爪，昏迷了很久之后活了过来。他从此过着放荡的生活。后来这座城市里爆发了动乱。此时的朱尔斯才从整日的浑浑噩噩中清醒过来。他在逃避警察追捕的过程当中拿起一把来复枪打死了一名警察，之后便跟随一名激进分子来到了加利福尼亚。

女儿莫琳恬静、温和，但内心强烈渴望摆脱母亲那样的命运。由于她生长在一个暴力的家庭，她开始挣扎，想逃出这个家庭。她发现了一个秘密，只有金钱能使自己得到解脱。而且身体的伤痛与精神的折磨使她对情感更加麻木不仁。于是年仅14岁的莫琳开始出卖肉体。为此，愤怒的继父把她暴打了一顿，她昏迷了很长时间,母亲洛雷塔也因此与丈夫离婚。莫琳伤好之后进入一所夜校读书。为了金钱,莫琳看中了有钱有地位的教授,费尽苦心地引诱他,最后教授抛妻弃子娶了莫琳,她住进了郊区的大房子,有了一个有着稳定收入的丈夫,她也得到了想拥有的一切。

《他们》写温德尔一家三代,尤以后两代人的活动为主线,时间跨度非常大,足足有四十余年之久。小说中三个人物的命运错综复杂,交织在一起。洛雷塔是一位善良的女性,但是她浅薄、庸俗,没有知识,而且又甘心平庸。她在一个自然主义的环境中成长起来,又经历了生活一次次的打击,已经变得麻木不仁、逆来顺受,对生活没有理想和追求,不会有意识地去改变或改善命运,只是听任命运的摆布。可以说,她是当代美国社会中新一代的"祥林嫂"。欧茨在刻画这个人物时并没有简单化、程式化,而是既写出时代给她的烙印也赋予她独特的个性。她是一个肤浅的、懒散的而又强烈地向往美好生活的女人,为此她曾努力过,付出过,也抗争过,但等待她的并不是想象中的美景,她太渺小了,在时代的风浪里被抛得踪影全无,像大多数底层妇女一样,浑浑噩噩,稀里糊涂地已到了差不多人生的终点站。朱尔斯是一个凭着直觉做事的人。他的生活漫无目的,只受欲望的控制,无论做什么事都以原始的冲动为指导,他的头脑中永远也不会有理性。莫琳是一个出生在这个枯燥世界中的浪漫主义者,对生活感到压抑不满,因此经常做白日梦,试图通过想象来逃离这个贫穷无聊的现状。最终,这个在暴力中成长起来的女人也成了暴力的实施者,甚至在施暴时也同样不遗余力。也许这才是欧茨笔下女性的最大悲哀。

整个故事是一个悲剧,小说也描写了一个充满混乱与绝望的世界。欧茨以温德尔一家人的生活经历和他们个人的命运沉浮来描绘美国社会从20世纪30年代到70年代的精神风貌,特别是北方底层人民的苦难生活,以小见大,从而让读者感受到整个当代美国的社会实质。在这个世界里,城市的穷人们过着悲惨的生活,到处是凶杀、遗弃、妓女、暴乱、欺骗、暴力和死亡,读者会感到一种窒息与恐惧。这也体现出当代美国生活中的感情和精神上的危机。小说的描写运用了自然主义的手法，给人一种真实的压迫感。

总之，欧茨不断寻求艺术意义，认为艺术作品与经验相悖，拒绝解释艺术作品，认为艺术必须具有目的性，驳斥艺术取悦人的论点，她的小说极具社会写实色彩，客观、真实地揭露了美国社会，透露出悲剧的意识。

第二节　东西文化的碰撞：华裔小说的创作

美国是一个不断有移民进入的移民国家，它的祖先来自于全球各地。他们在移居美国的时候，还会把母国的文化与风俗习惯带过来，这使得美国成为一个多元文化共存的国家。来自各地的、各种族的人所携带的文化因子都可以在这里停留，而各种不同质素的文化成分在这座兼容性很强的磨盘上就像磨荞麦面一样被融合到了一起，并形成了一些带有新质的东西。

华人从“淘金热”时期开始大规模移民美国至今已有一百多年历史了。在一百多年里，美国华人曾经一度被当时美国主流话语排斥，在边缘和夹缝中痛苦地挣扎。随着中美邦交的正常化，中美双方的文化交流越来越频繁，汤亭亭（Maxim Hong Kingston，1940—　）、谭恩美（Amy Tan，1952—　）等华裔作家也逐渐活跃了起来，他们抓住美国民权运动的有利时机，不遗余力地发出自己的呐喊，创作出了一部又一部的优秀作品。华裔作家用英文写的作品，可以说是东西文化碰撞的结晶，这些作品以其新颖的题材和独特的风格丰富了美国当代文学，轰动了美国文坛。

一、汤亭亭的小说创作

汤亭亭出身于加利福尼亚州斯托克顿市一个华裔之家。祖母原籍广东新会市,父亲开过洗衣店和赌场,母亲是个护士。汤亭亭从小爱读书,中小学学习成绩优秀。1962年从加州大学伯克利分校毕业后,她到夏威夷大学应聘教书。她业余坚持写作,出版了多部作品,主要有《女勇士》《中国佬》和《引路人孙行者:他的即兴曲》(以下简称《孙行者》)和《和平的第五部书》等。1991年至今,汤亭亭在母校英文系教英文写作课。她的自传性作品《女勇士》和《中国佬》深受美国读者的欢迎。许多大学和学院授予她荣誉学位。汤亭亭成了名闻全国的头号华裔女作家。

早在童年和青少年时代,汤亭亭就接触了大量关于中国的神话、传说、戏剧、风俗和传统,以及华裔祖先远涉重洋期冀实现美国梦的艰辛故事,这些东方文化和现实境况成为汤亭亭日后创作的源泉。她所创作的三部传记性长篇小说——《女勇士》《中国佬》《孙行者》,出版伊始便蜚声美国和欧洲文坛。1976年《女勇士》出版后获当年美国国家图书评论界奖;第二部作品《中国佬》用生动、细致、引人入胜的笔调,描写先辈在美国的传奇性苦难经历,为修筑美国四通八达的铁路网立下不可磨灭的功劳,获1981年美国全国图书奖;她的第三部作品《孙行者》描述美国华裔青年惠特曼·阿新的生活奇遇,获美国西部国际笔会奖。限于篇幅,这里主要分析汤亭亭的成名作《女勇士》。

《女勇士》是美国华裔女权主义文学的代表作之一,曾多年名列全国畅销书单,被收入各种选集和高校教科书。它荣获了全国书评界奖等多项文学大奖。全书由五篇既是非虚构又是虚构的故事组成。小说从一个华裔女孩的角度,叙述了她从母亲处听到的关于中国的故事,并与她所熟悉的华人社区的生活结合起来,形成了她描绘中国的独特视角。作品将中国的神话传说、母亲的鬼怪故事,以及华人的现实生活交织在一起,展现给读者一个处于两种文化背景和两种民族精神影响下的女性的成长经历。

《女勇士》共有五个部分:第一部分"无名女"以第一人称叙述,母亲向"我"叙述了姑姑所演绎的一出家庭悲剧。姑姑怀上了偷情而得的私生子,这一大逆不道的行为成为家族的耻辱,姑姑抱着婴儿投井自杀。“我”不但没有按照母亲的教诲对此守口如瓶，反而将姑姑视作敢于冲破封建礼教的束缚，勇于追求自我幸福的“女勇士”，将姑姑的故事四处传扬。

第二部分“白虎山学道”是根据中国妇孺皆知、脍炙人口的花木兰女扮男装杀敌立功的故事改编而成。“我”被鸟儿召唤，进山刻苦练功十五载，学成后下山与丈夫一起英勇杀敌。军队所向披靡，连连告捷，一路杀进京城。在功成名就后，“我”又重新回归女人的本分：相夫教子，操持家务，侍奉公婆。作者把花木兰的故事从中国的语境中移到现代的美国，以新颖独特的构思创造出了一个全新的艺术形象——美籍华人英雄花木兰。

第三部分“乡村医生”描写了母亲的故事。父亲离家赴美后，母亲孤零零地留在村子里，生下的两个孩子先后夭折。性格刚强的母亲考上了广州助产士学校。她学习刻苦，在学校里出类拔萃，常常帮助同学。毕业后，母亲买了个丫鬟，把她培养成自己的助手，回乡行医，治好了很多人的病，接生了很多婴儿。后来正逢日本侵华，1939年底，母亲前往美国。来美后，母亲不能继续悬壶济世，只好帮助父亲经营洗衣房，在这个仍然到处是“鬼”的新世界里艰难谋生。母亲英兰颠覆了传统中国妇女的形象，她开朗，有思想，有主见，敢作敢为。

第四部分“西宫门外”讲述了月兰姨妈千里寻夫的悲惨故事。她年轻时受父母之命嫁给了比自己年轻许多的丈夫，可完婚后不久丈夫就远赴金山，并在发迹后抛弃了在中国的发妻和女儿，月兰足足守了30年活寡。晚年在姐姐的帮助下，月兰移居美国。千里寻夫，但最终死于一家疯人院，落得个悲惨结局。

最后一部分“羌笛野曲”取材自东汉末年女诗人蔡文姬的故事。她用骚体创作的《胡笳十八拍》，咏叹了自己颠沛流离、痛苦不堪的坎坷生活。在汤亭亭笔下，蔡文姬的愁思和痛苦已经荡然无存，取而代之的是一个完全适应异邦生活的女子。显然，这个故事寄托了汤亭亭的理想。现实生活中的汤亭亭通过写作扮演社会勇士的角色。像写出《胡笳十八拍》的蔡文姬一样，汤亭亭要用自己的笔来书写华裔的生活和情感，以及精神和文化，谱写出华裔文学光辉灿烂的新篇章。

《女勇士》从美国华裔女性的视角出发，通过刻画几位不同时期、不同类型的女勇士形象颠覆了美国主流社会中华裔美国女性的刻板印象，并建构了有主见、具有反抗性、自强不息、能文能武的新女性形象，表现了女性主义的思想。该作品的文学成就和政治意义引起了广泛的关注。压抑与反抗的情绪贯穿整部小说，针对性别歧视和种族歧视，作者既有对传统中国文化中妇女卑微地位的批判，也有对华裔边缘化地位的挣脱。作者打破文化、语言、性别界限，塑造了强大的主人公形象。作者努力塑造一个全新、勇敢、自立自强、自由独立的女性形象，并且以兼容并蓄的态度反抗中美两种文化的压制，最终发现了自己的新身份：一个不属于任何社会的华裔美国女性。通过塑造这些解构传统的女性形象，汤亭亭也表达了包容并蓄中美两种文化、两种社会，消解东西方文化冲突与对立的愿望。

汤亭亭的创作手法具有后现代特征，在对中国传统神话原型的再现方面尤为明显。她的作品中频频出现花木兰、关公、蔡文姬、孙悟空等中国传统文化元素，然而，这种“再现”不是原样照搬，而是将之变形、置换，注入新的现代元素后再糅合融会出新的意象，因而她的作品常常被归入后现代之列。这位外表柔弱、温和的女作家有着深沉、坚毅的内心世界，她以手中的笔，打破了西方对华裔的偏见，为华裔响亮地发出了自己的声音。

二、谭恩美的小说创作

谭恩美出生于加利福尼亚州奥克兰，父母都是中国移民。谭恩美的命运多舛，14 岁那年，她的哥哥和父亲相继病死。悲痛欲绝的母亲将命运的不幸迁怒于房子的风水，甚至迁怒于女儿的“命硬”。于是带着她远避于欧洲。谭恩美在瑞士完成高中学业，后与母亲就大学和事业的选择而产生争执。回美国后，她进入圣何塞州立大学，曾获英语和语言学学士和硕士学位，后转入加州大学伯克利分校攻读博士学位。20多岁的时候，她最好的朋友在自己过生日那天被入室抢劫者捆绑勒死，她被叫去辨认尸体，由此产生严重的心理障碍——不仅放弃了博士学业，而且在将近10年的时间里，每到生日都有那么几天说不出话来。此后，谭恩美从事残疾儿童语言能力的开发工作，后与人合办一家商业写作公司，业余试写小说。她是第二代华人中的一员，对中美两种文化的碰撞感触很深。

1989年，第一部长篇小说《喜福会》问世后一举成名。该作品写的是四个家庭四对母女之间的不同的故事，母亲们在异国他乡的美国组织了一个以打麻将为主的纯中国式的俱乐部——喜福会，以寄托对祖国的怀念和对自身在美国命运的良好祝愿。她们在麻将桌子上轮流坐庄，各自述说自己在中国的遭遇，来美国后对异国文化的迷茫，对已经美国化的女儿们的失望。

其中的发起人吴素云在抗战爆发后，带着孩子逃到广西。在桂林逃难期间，为了排除心中的恐慌和烦恼，她和另外三位妇女组成了喜福会以打麻将消磨时间，不久有消息传来，日本军队将打进桂林，吴素云背着还是婴儿的双胞胎女儿逃奔重庆。但是逃难的人太多，她一个人带着两个孩子，又无车可乘，终于病倒，无奈之中她只好把女儿丢在路旁。战争使她失去了一切，绝望中的她被一个美国传教士所救，送进了医院，认识了男病友吴吕宁，两人一起辗转到了美国，后来结婚生下了吴精妹。素云去世后，女儿精妹代替了她的位置，正是在打麻将时，精妹才知晓了母亲遗留在中国大陆的双胞胎女儿已经找到的消息。在其他几位喜福会阿姨们的劝说下，精妹才决定陪父亲回国探亲，也正是此时，她才了解了母亲生前寻找女儿的愿望有多么强烈。父女一到达上海，就受到父亲一家的热烈欢迎。精妹顿时感到自己变成一个中国人。可以说，是一场麻将让精妹更了解了自己的母亲，尽管是从别人那里得到的信息，尽管母亲已不在人世，但是精妹感到与母亲的情感更接近了，最终促成了她的中国之行。在小说中作者苦费心思地将吴精妹放在麻将桌子的东方。因为“东方是一切的开端，东方是太阳升起的地方，也是风吹来的地方”。这预示了故事将从吴家开始，并以吴家结束。

许安梅是喜福会的另一名成员。她从小就从母亲和外婆身上学会了逆来顺受、忍气吞声、有苦不露、不信任任何人。她年少时跟随被迫做了妾的母亲从宁波搬到天津。在那个男权思想统治的旧中国社会里，她母亲改嫁被认为是一件羞耻下贱的事。她母亲在大宅院里四个妻妾中的地位十分低下，深深地感受到寄人篱下之苦，虽然最后脱离了那个妻妾争风吃醋明争暗斗的大宅院，可她的自由是用母亲的生命换来的。她担心自己会把逆来顺受的性格传给女儿，但女儿露丝奋不顾身嫁给特德，显示了自己的主见。可惜的是，婚后露丝仍然成为特德大男子主义的牺牲品，最终露丝在母亲的帮助和启发下保持了独立与自信。

钟琳达的家在中国的北方，家乡连年灾害，使得父母们不得不及早地让她出嫁，然后带着家庭其他成员迁离老家。钟琳达由父母之命、媒妁之言嫁给了一个无用的富家子弟。在那个家庭里面，她不是被当成少奶奶，而是一个名副其实的童养媳，受尽了各种侮辱，最后婆家为了保全儿子性无能的秘密，给钱让她离开，侥幸逃脱了不幸婚姻，获得自由。在小说中，琳达具有最为强烈的文化认同危机意识，她始终彷徨于东西方文化冲突中，试图寻找东西方文化碰撞中的得失。

顾映映这位富家千金由于丈夫寻花问柳，身心受到了极大的损害。她因为憎恶丈夫，亲自杀死了腹中的胎儿，在忍无可忍的情况下离开了丈夫的家。多年闲居在一个穷亲戚的家里，直到丈夫死去才走出了绝望境地，遇上了一位美国士兵，并与这个语言不通的美国男人结婚，来到美国，开始了新生活。

这四位母亲移居美国已有几十年，但她们仍念念不忘从小受过的传统教育，保留中国几千年来渗透于妇女血液之中、几乎已成为天性的封建家长制的思想。她们共同的理想就是要严格教育、管束自己的儿女，使其能逃脱自己这辈女人的命运，成为她们眼中的幸福女人。然而，对于母亲的管束，女儿们则以各自不同的方式不懈地反抗，在这个种族、阶级、性别不平等的美国社会里，两代女性上演了一出出由相互争斗到相互认同的悲喜剧。

《喜福会》采用后现代派拼贴手法，将四对母女两代人的故事串在一起。四条线索形成四个断面交相映辉，形成多层次的视角，通过“我”黏合成统一的结构。人物心理描写细腻，情真意切，令人感动。作者将事实、神话和想象构成一个奇特的艺术世界，展现了四个华裔妇女在旧中国的坎坷遭遇和辗转到美国后与女儿产生代沟的苦闷心情，深刻揭示了中美两国文化在两代人身上的冲突和磨合，洋溢着浓烈的生活气息，展现了独特的艺术风格。小说也有着独特的叙事结构，整部小说由四大部分组成，每个部分又分为四个小部分，16 个小故事各自独立，又构成一个相互交叉的整体，单一时间的线形结构发展为相互交错的立体格式，极具亮点。

总之，谭恩美非常关注华裔妇女的命运，她始终密切关注和探索在不同环境下华裔妇女命运变迁的主客观原因，使其小说具有深厚的中国文化意蕴和浓郁的风土人情，促进了美国华裔文学的新发展。

第三节　土著文化的变革：印第安裔小说的创作

北美印第安人是美洲土著居民，正当他们以缓慢的速度、按照社会发展规律前进时，欧洲殖民主义者开始来到北美。最初印第安人对他们慷慨援助，但殖民者站稳脚跟之后，就开始夺取印第安人的土地，对印第安人采取野蛮的种族灭绝政策。在被驱逐与被征服的过程中，印第安人对殖民者进行英勇斗争。至今，在美国，印第安人依旧属于经济上最为贫困，就业人数最少，健康、教育和收入水平最低，居住状况最恶劣的少数民族。但是，北美印第安人在逆境中表现出强大的生命力，第二次世界大战后开始组织自己的政治文化团体，争取生存权利，反对种族歧视，保存印第安人的文化传统。在文学领域，詹姆斯·韦尔奇（James Welch，1940—2003）、莱斯莉·马尔蒙·西尔科（Leslie Marmon Silko，1948— ）、路易斯·厄尔德里奇（Louise Erdrich，1954— ）等美国印第安裔作家坚持从本民族的视角叙述自己的故事，他们刻意对印第安人的“身份”和“归属”问题进行探讨，并成功地改变了原先被一些白人作家歪曲的印第安人形象，使得文学作品的印第安人更加贴近现实，也更加富有活力。

一、詹姆斯·韦尔奇的小说创作

韦尔奇出生于蒙大拿州。父亲是黑脚族人，母亲是格鲁斯·温特族人。他曾在印第安保留地上学，后升入蒙大拿大学。他当过消防队员和教育顾问，也在州政府服务过。随后曾回母校教书，又去康奈尔大学任教。第一部作品是《诗集》。接着，又有两部长篇小说问世:《血液里的冬天》和《吉姆·朗尼之死》。韦尔奇的长篇小说还有《愚弄乌鸦人》和《印第安律师》，这些小说描述了印第安部落传统生活方式的逐步消失和在反抗、同化中挣扎的人们。1997年韦尔奇获得美洲土著作家终身成就奖。2003年，韦尔奇去世。

《血液里的冬天》描写无名青年在印第安保留地生活中苦苦挣扎、寻找出路的故事。他没有职业，没有亲属，到处流浪，追寻被逐出部落的祖母的身世。他爱打架，好酗酒，与女人鬼混，成了一个没有人性的冷血动物。最后，他从黑脚族的历史找到自己的根，有了归属感，开始了新生活。小说凸显了现代社会里印第安人的身份危机，书中人物游离于保留地与白人生活环境之间，性泛滥、暴力、酗酒等情节揭示了印第安人对前途的茫然和困惑。

《吉姆·朗尼之死》写的是混血儿主人公朗尼彷徨在印第安文化与白人文化的交叉路口，不知何去何从，十分苦闷，在孤独和痛苦中最后走向死亡。小说揭示白人与印第安人道德准则的差异，强调回归纯朴的印第安部族对于个人身份归属的重要意义。

《愚弄乌鸦人》描述19世纪70年代居住在蒙大拿西北部印第安黑脚族人的日常生活和礼仪活动、部族内外的矛盾和抵御白人殖民者侵袭的斗争。主人公名叫“白人之犬”（后改名为“骗乌鸦族的人”），这个年轻人一直未交上好运。一次大家决定去宿敌“乌鸦族”的营地盗马，名叫“黄腰子”的盗马队长把“白人之犬”“快马”这两个年轻人都带去参加。“快马”不听指挥，向假装睡着的“乌鸦族”人傲慢地叫嚷，结果暴露了，导致盗马行动失败。队长“黄腰子”被抓，受到“乌鸦族”人百般虐待。“白人之犬”在行动中表现出忠诚可靠的品质，受到大家的拥戴。部落把更多的责任托付给“白人之犬”，他也渐渐成长为一名成熟、受尊敬的部落成员。同时，他的伙伴“快马”因遭到族人鄙视而失去了继承权。当“黄腰子”意外逃生回到营地后，“快马”跑出去加入了一个背叛者的团伙，最后还是远走他乡，跑到许多离群索居的人们那里去了。作者将虚构与史实相结合，揭露白人军队对印第安人的大屠杀。他巧妙地将黑脚族的话语翻译成英文，保留了奇特的地方色彩。

《印第安律师》讲述的是塞尔威斯特律师的故事，他刻苦耐劳，事业有成，受到白人社会的欢迎，有望竞选议员。但他内心孤独不安，远离自己的部族最后影响了自己的事业。作者强调印第安部族及其文化才是所有印第安人获得成功的根本。小说体现了作者对自己部族的热爱，给人有益的启迪。

总之，韦尔奇的小说语言平实，文体简约。他有意运用这种描写手法，简朴的文字与书中所描绘的苍凉景色相得益彰。

二、莱斯莉·马尔蒙·西尔科的小说创作

在保留地里长大的西尔科身上有三种血统——拉古纳族印第安人、墨西哥人和白人。她在一个多种文化混杂的家庭中长大，口头传说艺术在她家里仍然备受重视。她听曾祖母给她讲过许多年代久远的故事，这些故事令她无比着迷和神往。长大后她

进入新墨西哥大学读法律,但发现白人制定的美国法律系统有着根深蒂固的不公正,于是她毅然退学,转而以写作为业,用笔来寻求公正。1977年,她推出首部小说《仪式》,被方兴未艾的"本土美国人文艺复兴"运动推举为重要的文学代表作,遂与詹姆斯·韦尔奇齐名。之后她写了融合多种文体风格的自传《说书人》和小说《死者年鉴》。其他作品包括诗集《拉古纳妇女》、诗集《圣水》、一部自传,以及散文集《黄色女人与神灵美人》。1994年因其文学创作佳绩而获得美洲土著作家终身成就奖。

《仪式》是一篇充满哲理的故事,它讲述了主人公塔尤为本族人寻求福祉的经过。广义地讲,这种对幸福的不懈追求对整个印第安民族、乃至全体人类都具有普遍意义。塔尤是从第二次世界大战回来的老兵,依然受到战争综合征的折磨,他发现自己再难融入部落生活,最后在纳瓦霍人巫师的仪式帮助下才逐步恢复和获得生活的勇气。他经历的最后一次考验是面对战友、邪恶化身的印第安族人艾默,他必须克制自己不去杀对方。这个坏家伙早先曾想用一只打破的酒瓶割伤他的肚子,但如今塔尤已学会从坏事的反面来看问题。他竭力帮助从艾默心中驱走邪恶。当他痊愈时,拉古纳大地也得到雨露的滋润。

塔尤曾经是个正直而富有责任感的青年,在军队里他被灌输了许多美化暴力与战争的谎言,艾默成了这种骗术的俘虏,但塔尤无法接受欺骗。

《仪式》是一篇不同凡响的作品,它使用了印第安口头文学的艺术形式。在此之前,世人曾经无视印第安等少数民族的文化价值,西尔科终于以其作品让全世界了解到印第安文化的博大精深。

西尔科在《死者年鉴》中对小说的艺术形式大胆实验,以极强的生态意识和多元文化的观念,在超越种族、地域和文化的方面有大的突破,并对人类文明的发展加以预言和警示。她在创作中着力探索身处文化杂合的社会里作为"混血儿"的生存意义,凸显对本土的依恋与回归的生态意识。在这部小说中,西尔科逐步恢复和获得了生活的勇气。

西尔科在短篇小说方面亦成就斐然。她的作品以丰富多彩的方式,描绘了一个印第安人眼中本土美国人的喜怒哀乐。例如《带来雨云的人》,作品讲述的是关于一位印第安老人葬礼的故事。一位老祖父过世后,他的儿孙们准备遵循传统方式将他下葬,如把玉米做的食品铺在老人遗体上等,但聚居地天主教神父要按天主教教规举行葬礼。有个孙子想了个两全其美的办法,请求神父只使用圣水(其余采用部落传统仪式);但临近葬礼,神父又觉得至少要保留最后的祷告仪式。不管怎样,神父还是带着圣水参加了葬礼。老人以印第安人的习俗下葬,同时灵魂又得到了天主的保佑。故事虽短却充满内在张力,展现了不同信仰、文化以及少数族群的行为模式。作品中的双方都不情愿以别人的方式行事,但彼此都做了退让,事情最终以一种互补的、可接受的方式顺利完成。

总之,西尔科注意到当代社会多元文化对土著民族的影响,在创作中将西方后现代文学形式与印第安人口头文化传统进行有机结合。她常常将自由体诗歌插入非线性叙事散文之间,生动反映土著民族的思想观念和在当代社会的生存状态,强调民族文化本源的疗伤功效。

三、路易斯·厄尔德里奇的小说创作

厄尔德里奇生于明尼苏达州,在北达科他州长大。她也是混血儿,父亲是德裔美国人,母亲是奥吉韦族人。厄尔德里奇就读于达特茅斯学院和约翰斯·霍普金斯大学。她的处女作《爱药》于 1984 年出版,曾荣获"国家书评界最佳小说奖"等多种大奖,由此奠定了她作为美国重要作家的地位。1993 年她对原小说做了扩充,增加了 5 篇新故事。继最初的成功之后,她又陆续推出了另外 5 部小说,其中《甜菜皇后》《足迹》和《赌宫》这三部加上《爱药》,构成了她著名的"北达科他四部曲"。四部曲中写得最精彩的是《爱药》。不论是从内容上看，还是从艺术手法上说，都体现了厄尔德里奇的创作特色，也是学界和读者们最看好的一部优秀作品。厄尔德里奇还有很多其他作品，如《燃烧的爱情传奇》和《羚羊妻》等。厄尔德里奇是一位多产作家，她还写了几本诗集和若干散文集。

厄尔德里奇的小说，十分关注当代印第安人的生存状态，并侧重于对当代印第安人和白人的生存危机与精神危机进行揭示，如其代表作《爱药》。

《爱药》通过1934年到1984年住在北达科他州印第安保留地的本土美国人卡斯博家庭内四代人之间的爱与宽容的故事，对本土美国人在面对主流社会的威胁和邪恶时依然按照自己的传统格局坚持不懈地生活的历史兴衰过程进行了真实而生动的展现。小说也展现了印第安人部族内部的土地纠纷、宗教矛盾、平民百姓的乱伦与酗酒，这样的描写意在说明印第安社会已经出现令人担忧的分裂状态。

《爱药》的故事由卡斯博和拉马丁两个家庭的不同声音讲述。卡斯博从小在祖父母身边长大，祖父常带他去钓鱼，祖母无微不至地关照他。祖父是个英雄的部族首领，祖母知书达理，消息灵通。后来，祖父母年纪大了，祖父爱吃许多糖，常独自去林中喊叫，令人惧怕，祖母更担心。医生说这是一种病，祖父自以为是“第二个童年”，祖母难过得泪汪汪。老人有时外出垂钓不归家，还嗜酒，勾搭别的女人。祖母告诉孙子，有一种用加拿大黑雁的心脏，按古老的习俗做成的爱药，具有特殊的魔力，可以让祖父对祖母的爱意永不改变。孙子便借了祖父的猎枪去打了黑雁，取其心脏加上其他配料制成“爱药”，叫祖母劝祖父吃了。吃了不久，祖父当场窒息死亡。祖母悲痛欲绝，孙子后悔莫及。后来，祖母一直感到祖父没有死，他还坐在家里的椅子上。孙子只好坦率地告诉她：那爱药全是假的。祖父一直很爱她，但没有说出来，来不及说出来就走了。超市里卖的心脏是不能让他起死回生的……

小说人物在一个个故事里出场，各个故事相对独立，全书将它们连成一个整体。作者通过普通印第安人的生活遭遇表明离开了自己的土地和传统文化，印第安人在白人统治的主流社会里就无立足之地。小人物也遭遇可怜的悲剧，表现了当代人的生存困境和精神危机。作者表露了对那些困境中的印第安人的深深同情。同时，她也呼吁社会各界人士多多关注印第安人的生存状态。小说里不乏黑色幽默色彩，给读者留下反思的空间。

这部小说的一个值得称道之处，是采用了独特的叙事视角，除第一章在叙述时采用了第三人称，其余的各章在叙述时都采用了不同人物的第一人称方式。不过，这样的叙事方式使得小说明显缺乏时空上的条理，也很难将小说的时间线索理清，不利于读者的阅读。虽然作者给每章都标注了事件发生的时间以方便解读，但各个事件的时序仍难以准确分辨。尽管如此，厄尔德里奇仍用足够的艺术技巧来成功驾驭如此众多的人物，使得小说成为一部艺术精品。

总之，厄尔德里奇与其他印第安作家不同，她不直接写种族冲突和文化对抗，而是深入探讨美国现代社会里印第安人的生存危机。印第安人已成为美国民族的一部分，她从“美国人”这个大视野来观察和描写印第安人面临的部族内外的问题和他们的亲身感受，具有更深刻而普遍的时代意义。

第四节　萨姆·谢波德等人与戏剧的多元化发展

越南战争后，美国戏剧创作聚焦美国梦破灭后人们的生存状态，有相当数量的剧作家创作了大量的多种多样的戏剧，使美国剧坛呈现出百花齐放的局面。以萨姆·谢波德(Sam Shepard，1943—2017)为代表的主流剧作家促使主流戏剧创作继续发展，以奥古斯特·威尔逊(August Wilson，1945—2005)为代表的少数族裔剧作家和以梅根·特里(Megan Terry，1932—　)、玛莎·诺曼(Marsha Norman，1947—　)为代表的女性剧作家也推动了少数族裔戏剧创作和女性戏剧创作的快速发展。限于篇幅，这里主要分析谢波德和威尔逊的戏剧创作。

一、萨姆·谢波德的戏剧创作

谢波德原名塞缪尔·谢波德·罗杰斯，出生于伊利诺伊州。谢波德是一个居无定所的人，从小就随着父亲和全家人一起从一个空军基地迁到另一个空军基地。后来他让这些漂泊者类似的人物出现在他的剧本之中。他的父亲由于曾在战争期间服役而在心理上受到伤害，常常酗酒，任意对家人施以暴力。终于有一天，谢波德离开了父亲。谢波德年轻时生活经历十分丰富，曾做过橘园采橘工、剪羊毛工人、餐馆服务员，还当过歌星、演员。他在村庄之门做餐厅招待时，开始了他的戏剧创作生涯，曾为创世纪剧院的拉尔夫·库克写了一些剧本，该剧院位于鲍厄里的圣马克街区。谢波德的第一部剧作《牛仔》反映现实社会中理想不断被物质文明侵蚀，作者面对现实中物质繁荣和人们精神贫困感到深切的悲哀。在他心中，存在着两个西部——理想的西部和现实的西部。同年，他结识了约瑟夫·柴金，进入了开放剧院实习班。

谢波德的戏剧创作一般以 1971 年为界，分为两个阶段。第一阶段从 1964 年至 1971 年。这一时期的主要作品包括《石花园》《伊卡鲁斯的母亲》《芝加哥》《红十字》《旅游者》《响尾蛇行动》等。

谢波德于 1971 年离开了美国。人际关系方面出现问题，吸毒恶习缠身，事业陷入暂时的停顿等个人的危机以及一心想在摇滚乐方面施展抱负的愿望促使他来到英国，在那里侨居了三年，开始了他创作的第二阶段。在此期间，他曾为汉普斯特德戏剧俱乐部和皇家宫廷剧院创作剧本，那些“在演出技巧方面并不偏执”的演员使他十分欢喜。这一时期他创作的剧本主要有《罪恶之牙》《马赛预测者的地理》《B 公寓的自杀者》《天使城》等。这一阶段的作品除了反映现实和理想的冲突，还着重表现艺术家的痛苦和追求。之后，谢波德笔耕不辍，相继出版了《情痴》《心灵的谎言》《和谐》《投向康斯薇拉的目光》等。

谢波德的作品具有强烈的个性特征，比较难以理解，因为他用的是暗示手法、联想手法，探索人的思想意识的进展过程。作者的意图不告诉观众，让观众通过看演出去理解他的意图，或者说剧本的意义，因而说剧本意义不是剧作家事先“规定”的，而是作家、演员和观众集体创作和理解的结果。从 20 世纪 70 年代中期以来，谢波德更加关注人物性格的多变性，更加关注封闭于个体之中的那些多重而矛盾的自我，他的戏剧创作开始向现实主义模式过渡。1976 年是他有社会讽刺意义的实验戏剧成绩斐然的一年，也是他开始转向现实主义创作模式的一年，先后创作了《饥饿阶级的诅咒》《被埋葬的孩子》和《真正的西部地区》，有现实主义的背景，有直线发展的故事情节和连贯一致的人物形象。这三部剧作被公认为是美国的哥特式作品，作者称它们是自己的“家庭三部曲”。

《挨饿阶级的诅咒》写了美国西部地区一个农场里一家人为了自己的尊严和荣誉而宁愿挨饿的故事。韦斯顿一家负债累累，成了那些恶棍和掠夺者所捕食的对象和受害者。他们诅咒这不公正的现象，而这种诅咒是家庭“传统”，“我们继承了诅咒，将它传下去，再传下去。一直不停地传下去，直到我们不存在了”。这部剧反映了美国下层人的梦想和希望的破灭，以及人际关系的恶化和世间的炎凉。正如剧中猫跟鹰在空中以死相拼最后双双落地惨死一样，中下层人士成了利欲熏心的上层人士争权夺利的受害者。故有人称此剧是“乡村里的《推销员之死》”。

在两幕剧《被埋葬的孩子》中，祖父道奇缠绵病榻，生命处在弥留之际，祖母哈利却在城里跟神父厮混。他们的两个儿子一个跛子、施虐犯，另一个智力不正常。孙子文斯是音乐家，和女朋友雪莉怀着美好的愿望从洛杉矶回到伊利诺伊农场探家，不久便大失所望，自己也变得残酷起来。雪莉不满现状，从家中逃走。剧终时，蒂尔登托着一具腐烂的婴儿尸体上场，它是被道奇杀死埋在后院里的，因为他怀疑这可能是他妻子乱伦行为生下的孩子。婴儿的被埋象征着年轻一代被一个乱伦(哈利)、呆痴(蒂尔登)、虐待狂(布兰德利)和死亡(道奇)的美国家庭埋葬掉了，实际上这个家庭本身也被埋葬掉了。唯有的一线希望则是在雪莉身上，在文斯陷入家庭的尴尬局面的时候，她的出走才能使她有可能为年轻人的未来而奋斗。这部剧通过写祖孙三代人之间的思想隔膜，反映了家庭这个最小社会单位的败落，以及人际关系的冷漠，甚至是残酷无情。

《真正的西部地区》以离洛杉矶40英里的一个地方为背景，写两个兄弟为了创作一部真正的西部电影剧本而进行的竞争。奥斯汀是一个电影剧本作家，代表“客观，自我克制和自我约束”；李是一个小偷流浪汉，代表“无政府状态、直观知识和想象力”。他们跟好莱坞制片人签订了写同类剧本的合同。他们其实是“同一个人”。他们都是创造西部神话的人，自己却成了神话的受害者，是剥削掠夺行为的牺牲品。两个人的冲突实际上反映了一个人物内心思想矛盾和冲突的两个方面。此剧不失为一部现实主义佳作，但谢波德早期戏剧风格的影响也是比较明显的，神话又成了他探讨的一个重要内容，人物形象也像过去一样不十分完整。从总体来看，剧本兴趣盎然，富有轻歌舞剧和情景喜剧的特点。

总之，谢波德是美国衰落时期的剧作家。他所写剧本的背景常常是一种为描绘男性奋斗历程的道德故事提供场景的地带——西部神话中的约翰·福特之乡，充满了各种备受人们赞许的好莱坞梦想——这些剧作的主题都是围绕家庭的，而正是家庭为美国抱负提供了基础和依据。

二、奥古斯特·威尔逊的戏剧创作

威尔逊出身于匹兹堡一个跨种族家庭，其母是一位替人清扫房间的非裔女仆，其父为德裔移民，后弃家出走。再婚的母亲携威尔逊搬迁至以白人居民为主的市郊，可渗透着种族歧视的一块块砖头不时从窗户飞进威尔逊的新家。作为学校里唯一的黑人学生，威尔逊也饱受种族仇恨给他带来的种种难以承受的折磨。16岁时，被恐吓威胁包围的威尔逊被迫离开学校，只好在社区图书馆汲取丰富的知识，在街头接触了形形色色的黑人民权运动主义者，对黑白有别的社会有了更为深刻的认识。这段特殊的人生阅历为其日后的戏剧创作奠定了丰厚的文学基础。1968年他建立了山丘上的黑色地平线剧团。1981年，当威尔逊把他的剧本提交给位于康涅狄格州沃特福城的尤金·奥尼尔中心的时候，作品引起了该中心导演劳埃德·理查兹的注意。理查兹当时已经是美国戏剧界一位重量级人物，他曾导演了第二次大战后美国最主要黑人剧作家劳瑞恩·汉斯白瑞的作品《阳光下的葡萄干》。理查兹很快发现了威尔逊的创作潜质。自那以后，理查兹竭力鼓励威尔逊创作，并连续导演了威尔逊的五部作品，分别是《莱妮大妈的黑臀》《篱笆》《乔·特纳来了又走了》《钢琴课》和《两列飞驰的火车》。2005年，威尔逊在西雅图辞世，享年60岁。威尔逊一生获得多项荣誉和美国戏剧文学大奖，如国家人文学科勋章、格莱美奖、洛克菲勒戏剧创作奖金、古根海姆戏剧创作奖金、海因茨奖、纽约戏剧评论界奖、托尼奖和普利策戏剧奖，等等。其中，他八次获得纽约戏剧评论界奖，并于1987年和1990年两次获得普利策戏剧奖。

威尔逊叙事的显著特征是他作品中的幽默和对话，生动通俗的语句、诗意和内心独白融为一体。在他的剧作中，最有代表性和被世人推崇的是《栅栏》和《钢琴课》两部作品。

《栅栏》是奠定威尔逊当代美国著名剧作家地位的一部作品，讲述的是一个希腊式悲剧。威尔逊将故事的背景设在20世纪50年代美国北方的一座工业城市(匹兹堡市)。剧中主要人物是黑人棒球运动员特洛伊·马克森一家，作品主要探讨了家庭中突出的夫妻之间和父子之间的矛盾。冲突的根源来自长期种族歧视和压迫下，黑人在实现自己愿望过程中屡屡受挫之后的痛苦和绝望。父亲特洛伊的一生可以用“悲惨”两个字来形容。他年轻时因为伤人被判入狱，在监狱中他积极改过自新，并学会打棒球，出狱后成为一名优秀的棒球运动员。但由于种族歧视，他无法加入职业棒球大联盟。为了谋生，他找到了一份垃圾清理车司机的工作。无法发挥自己的天赋，特洛伊终日过着抑郁的生活，他常常酗酒，与一名年轻黑人妇女同居。被妻子发现后，夫妻关系开始破裂，双方矛盾贯穿于整部剧本。作者展现的另一主题是父子矛盾。特洛伊的儿子科里从小喜欢体育，梦想成为一名体育明星。但特洛伊不愿儿子走自己的老路，害怕他的悲剧会重演，拒绝在学校的培养协议上签字，这导致儿子与他反目，愤然离家出走。随着20世纪五六十年代的非裔民权运动的兴起，黑人的诸多不公平规定逐渐被废除，他们的社会地位不断提高。科里作为新一代黑人青年的代表，自然而然地与父辈有着不同的人生观和价值观。作者以《栅栏》为名，具有强烈的象征意义。主人公特洛伊在自己房屋家四周修建栅栏，围住整个家园，初衷是保护家人，但无形中也把自己与外界隔绝起来。黑人要想真正消除种族歧视，做到和白人完全平等，不仅要打破社会限制黑人的条条框框，而且还要彻底摧毁自己心理上无形的栅栏。

《钢琴课》将时代背景定格在1936年，展现了一个黑人奴隶受压迫历史相关的故事。剧作中，威尔逊将整个故事聚焦于一架雕饰讲究、带有人物镌刻图案的钢琴上，巧妙地将现代与过去、城市与乡村、现实与理想杂糅在一起。小说讲述了身处20世纪30年代的黑人姐弟之间就是否应该固守黑人文化传统而相互争执、最终和解的故事。钢琴记载了一段令所有黑人难以忘怀的岁月，成为黑人文化传统的象征。剧作的开始，威利从密西西比州来到匹兹堡，与叔叔多克庆祝杀父仇人苏特的死亡，并说了自己的打算——说服姐姐伯妮斯卖掉钢琴，去买下那片自己祖辈曾经辛苦劳作的土地，因为苏特死后，苏特的兄弟准备卖掉那片土地。威利想通过卖掉钢琴来实现自己的理想，但是姐姐拒绝了，因为她认为钢琴才是家族历史的见证，卖掉钢琴就等于卖掉了家族历史。而且，在她眼中，威利一直在做些偷盗杀人的勾当，自己的丈夫也因为威利而丢掉了性命。在姐弟两人不断的争吵中，当年烧死他们父亲的苏特鬼魂在伯妮斯家中反复出现，嘴里念叨着威利的名字。于是，威利与苏特的鬼魂作殊死搏斗。危急关头，伯妮斯打开钢琴，吟唱《我要你帮我》，威利顿悟钢琴承载了家族祖先的神奇力量。伯妮斯和威利这对姐弟代表了所有现代美国黑人，他们站在两个极端，以截然不同的态度对待黑人民族文化传统，彼此之间无法达成共识。只有当他们真正领悟黑人文化传统的历史底蕴时，他们之间的和解才有可能达成。因此，美国黑人只有落脚于黑人传统文化，才能使黑人摆脱心理、社会、文化上的分裂状态，获得自尊、自由与完整。

总之，威尔逊在当代剧坛独树一帜。深受作家阿米里·巴拉卡的影响，威尔逊作为黑人文化民族主义者，坚持黑人独有的文化内容和特色，全身心地探索美国黑人的文化，既具有广泛的政治意义，又具有深刻的审美意义。他以黑人的生活为荣，但又非不加批判地盲目自豪。他对种族汇合毫无兴趣，也无心粉饰文化差异。作为一名剧作家，威尔逊把戏剧与深刻的洞察力和自豪的、尽管有点令人不安的人性交融在一起。

参考文献

[1]龙毛忠,颜静兰,王慧.英美文学精华导读[M].3版.上海:华东理工大学出版社,2016.

[2]徐峥.图说世界文学史[M].北京:光明日报出版社,2012.

[3]张潜.中外文学家的故事[M].长春:吉林人民出版社,2011.

[4]胡宗锋.英美文学精要问答及作品赏析[M].西安:西安出版社,2009.

[5]毛信德.美国小说发展史[M].杭州:浙江大学出版社,2004.

[6]朱自强.海洋文学[M].青岛:中国海洋大学出版社,2012.

[7]葛军.初中生课外必读名著导读大全[M].北京:北京工业大学出版社,2013.

[8]董衡巽.一本书搞懂美国文学[M].北京:北京理工大学出版社,2012.

[9]吕黛,张煜.解读英美文学中的智慧[M].哈尔滨:哈尔滨工程大学出版社,2016.

[10]王余光,徐雁.中国阅读大辞典[M].南京:南京大学出版社,2016.

[11]刘文荣.当代英国小说史[M].上海:文汇出版社,2010.

[12]聂珍钊,等.英国文学的伦理学批评[M].武汉:华中师范大学出版社,2007.

[13]张和龙.战后英国小说[M].上海:上海外语教育出版社,2004.

[14]瞿世镜,任一鸣.当代英国小说史[M].上海:上海译文出版社,2008.

[15]白晓荣.英国反面乌托邦小说研究[M].银川:阳光出版社,2015.

[16]沈雁.威廉·戈尔丁小说研究[M].苏州:苏州大学出版社,2014.

[17]吴元迈.20世纪外国文学简史[M].南京:译林出版社,2013.

[18]张德政.外国文学知识辞典[M].北京:书目文献出版社,1993.

[19]常耀信.英国文学大花园[M].武汉:湖北教育出版社,2007.

[20]何树,苏友芬.英国文学导读与应试指南[M].上海:上海世界图书出版公司,2005.

[21]王程辉.英美文学戏仿研究[M].苏州:苏州大学出版社,2014.

[22]闫广林,徐侗.幽默理论关键词研究[M].上海:学林出版社,2010.

[23]朱维之,等.外国文学史[M].5版.天津:南开大学出版社,2014.

[24]王恩铭.美国文化史纲[M].上海:上海外语教育出版社,2015.

[25]马永辉,王白菊,王化雪.中西方文化比较与研究[M].哈尔滨:黑龙江朝鲜民族出版社,2009.

[26]周春.美国黑人文学批评研究[M].上海:上海人民出版社,2016.

[27]黄铁池.当代美国小说研究[M].上海:上海三联书店,2014.

[28]张子清.二十世纪美国诗歌史[M].长春:吉林教育出版社,1995.

[29]陈敬咏,章祖德.外国文学论集:世纪末的探索与思考[M].南京:译林出版社,1997.

[30]周礼红.郑敏创作思想研究:兼及1940年代以降中国新诗发展动向的考察[M].北京:中央编译出版社,2014.

[31]章宏伟.西方现代派文学艺术辞典[M].北京:社会科学文献出版社,1989.

[32]汪小玲,等.弗兰克·奥哈拉城市诗学研究[M].上海:上海外语教育出版社,2016.

[33]唐根金,等.20世纪美国诗歌大观[M].上海:上海大学出版社,2007.

[34]张蔚,常亮.20世纪英国女性文学探微[M].北京:清华大学出版社,2015.

[35]何国强.政治人类学通论[M].昆明:云南大学出版社,2011.

[36]王守仁,等.英国文学批评史[M].南京:南京大学出版社,2013.

[37]马海良,张剑.当代外国文学纪实:1980—2000:英国卷[M].北京:商务印书馆,2015.

[38]赵启光.客舟听雨[M].北京:海豚出版社,2013.

[39]石云龙.全球文化语境下的他者书写与生态政治:英国移民作家小说研究[M].南京:南京大学出版社,2014.

[40]陈义华,王伟均.东方文学文化精粹[M].广州:暨南大学出版社,2017.

[41]刘爱琴.英国当代编史元小说[M].济南:山东人民出版社,2015.

[42]徐振,杨茜,陈祥波.V.S.奈保尔印度书写的嬗变[M].成都:四川大学出版社,2013.

[43]谢景芝.全球化语境下的女性主义文学批评[M].郑州:

河南人民出版社,2006.

[44]杨仁敬.简明美国文学史[M].上海:复旦大学出版社,2014.

[45]蒋承勇,等.英国小说发展史[M].杭州:浙江大学出版社,2006.

[46]杨仁敬,杨凌雁.美国文学简史[M].上海:上海外语教育出版社,2008.

[47]常耀信.精编美国文学史[M].天津:南开大学出版社,2016.

[48]张立新.二十世纪美国文学导读[M].沈阳:辽宁人民出版社,2002.

[49]魏淼.历史视角下的英美女性文学作品研究[M].北京:北京工业大学出版社,2017.

[50]陈晓兰.外国女性文学教程[M].上海:复旦大学出版社,2011.

[51]陈劲松.文华耕耘荟萃:第6辑[M].昆明:云南大学出版社,2015.

[52]常耀信.英国文学通史:第3卷[M].天津:南开大学出版社,2013.

[53]戴从容.当代英语文学的多元视域[M].上海:复旦大学出版社,2016.

[54]王守仁,方杰.英国文学简史[M].上海:上海外语教育出版社,2006.

[55]匡兴.外国文学[M].2版.北京:中央广播电视大学出版社,2002.

[56]毛信德.世界文坛百年回望[M].杭州:浙江大学出版社,2007.

[57]王佐良,周钰良.英国20世纪文学史[M].2版.北京:外语教学与研究出版社,2006.

[58]侯维瑞,李维屏.英国小说史[M].南京:译林出版社,

2005.

[59]何其莘.英国戏剧史[M].2版.南京:译林出版社,2008.

[60]侯维瑞.英国文学通史[M].上海:上海外语出版社,1999.

[61]赵秀明,赵张进.英美散文研究与翻译[M].长春:吉林大学出版社,2010.

[62]徐颖果,马红旗.精编美国女性文学史[M].天津:南开大学出版社,2016.

[63]王玉括.20世纪美国小说赏析[M].上海:上海外语教育出版社,2014.

[64]褚慧敏,刘凤.永不凋零的异域玫瑰——欧美著名女作家研究[M].北京:中国戏剧出版社,2011.

[65]罗小云.美国文学研究[M].重庆:重庆出版社,2013.

[66]郭继德.精编美国戏剧史[M].天津:南开大学出版社,2016.

[67]徐畔.美国文学概观[M].长春:东北师范大学出版社,2011.

[68][美]萨克文·伯科维奇.剑桥美国文学史:7卷[M].修订版.孙宏,等译.北京:中央编译出版社,2012.

[69][美]科恩.戏剧[M].6版.费春放,等译.上海:上海书店出版社,2006.

[70]吾文泉,等.多元文化与当代美国戏剧[M].上海:上海外语教育出版社,2015.

[71][俄]高尔基世界文学研究所.世界文学史:8卷[M].陈雪莲,译.上海:上海文艺出版社,2013.

[72][美]哈罗德·布鲁姆.剧作家与戏剧[M].刘志刚,译.南京:译林出版社,2016.

[73]陈惇,何乃英.外国文学史纲要[M].北京:北京师范大学出版社,1995.

[74]陈世雄.现代欧美戏剧史:上册[M].北京:文化艺术出

版社,2010.

[75]陈恕.爱尔兰文学[M].昆明:云南人民出版社,2011.

[76]崔宝衡,张竹筠.外国文学史导读:欧美卷[M].天津:南开大学出版社,2014.

[77]段军霞,张月娥,石卉.20世纪英国小说流派研究[M].北京:新华出版社,2013.

[78]冯益谦.涉外文化管理[M].广州:华南理工大学出版社,2006.

[79]郝澎.带你游览美国文学:你不可不知道的英语学习背景知识[M].海口:南海出版公司,2015.

[80]何宁.哈代研究史[M].南京:译林出版社,2011.

[81]黄怀军,詹志和.外国文学史[M].长沙:湖南师范大学出版社,2015.

[82]匡兴.20世纪欧美文学名家评传[M].北京:北京师范大学出版社,2000.

[83]李璐,郭小璐,孙娜.外国文学史[M].北京:中国工商出版社,2013.

[84]刘琼.世界文学专题研究:文本与影像的相遇[M].北京:北京交通大学出版社,2013.

[85]刘文珍.20世纪英国小说创作历程透视[M].长春:吉林大学出版社,2012.

[86]刘秀玉.生存体验的诗性超越:贝克特戏剧艺术论[M].北京:光明日报出版社,2012.

[87]聂珍钊.外国文学史:4卷[M].武汉:华中师范大学出版社,2010.

[88]陶滋年.精神文明建设的理论与实践[M].济南:济南出版社,2000.

[89]汪介之.外国文学教程[M].修订本.南京:南京大学出版社,2015.

[90]王庚年.国际舆论传播新格局研究[M].北京:中国国际

广播出版社,2013.

[91]王守仁,何宁.20世纪英国文学史[M].北京:北京大学出版社,2006.

[92]温晓芳,吴彩琴.英国文学发展历程研究[M].北京:中国书籍出版社,2014.

[93]谢宇,薛初晴.英国文学名著便览[M].上海:上海外语教育出版社,2006.

[94]周宁.西方戏剧理论史:下册[M].厦门:厦门大学出版社,2008.

[95]晏榕.诗的复活:诗意现实的现代构成与新诗学:美国现当代诗歌论衡及引申[M].杭州:浙江大学出版社,2013.

[96]吴伟仁,张强.《英美文学史及选读》学习指南[M].北京:中央民族大学出版社,2002.

[97]杨仁敬.20世纪美国文学史[M].青岛:青岛出版社,1999.

[98]刘文.二十世纪美国诗歌研究[M].上海:上海交通大学出版社,2013.

[99]毛信德.美国小说史纲[M].北京:北京出版社,1988.

[100]郭继德.美国戏剧史[M].天津:南开大学出版社,2011.

[101]程倩.女性生命本真的历史叙述——拜厄特小说《占有》之女性主义解读[J].暨南外语论丛,2014(2).

[102]赵杰.《占有》的后现代叙事技巧分析[J].辽宁科技大学学报,2009(1).